GERHARD LOIBELSBERGER

Reigen des Todes

DIE SPUR DES TODESENGELS Wien 1908. Ein Obdachloser findet am Ufer des Donaukanals einen abgetrennten Unterarm. Er bringt ihn dem Gerichtsredakteur Leo Goldblatt und tischt ihm gegen ein kleines Honorar die unglaubliche Geschichte vom Kannibalismus unter Wiens Obdachlosen auf. Goldblatt wittert die große Story. Doch nicht nur diese mysteriöse Angelegenheit schlägt dem Inspector und ausgewiesenen Gourmet Joseph Maria Nechyba gewaltig auf den Magen, sondern auch die Suche nach dem seit Tagen vermissten Oberstleutnant Vestenbrugg. Bewegung kommt erst in den Fall, als bei einer Großrazzia im Wiener Kanalsystem Vestenbruggs abgeschnittener Kopf auftaucht und sich herausstellt, dass er eine junge Geliebte hatte: Steffi Moravec, deren amouröse Fähigkeiten auch andere Herren der Wiener Gesellschaft sehr zu schätzen scheinen …

Gerhard Loibelsberger wurde 1957 in Wien geboren und arbeitet seit 1984 als freier Werbe- und PR-Texter. Er ist Autor von Sach- und Gourmetbüchern, Songtexten und Kriminalromanen. Im Frühjahr 2010 erschien sein Buch »Wiener Nachspeisen«, das Gerhard Loibelsberger gemeinsam mit dem Wiener Chefpatissier Herwig Gasser verfasst hat. Mit dem Jugendstil-Krimi »Reigen des Todes« setzt er seine Serie um den Wiener Inspector Josef Maria Nechyba fort.

Bisherige Veröffentlichungen im Gmeiner-Verlag:
Die Naschmarkt-Morde (2009)

GERHARD LOIBELSBERGER

Reigen des Todes

Historischer Kriminalroman

GMEINER *Original*

Besuchen Sie uns im Internet:
www.gmeiner-verlag.de

© 2010 – Gmeiner-Verlag GmbH
Im Ehnried 5, 88605 Meßkirch
Telefon 07575/2095-0
info@gmeiner-verlag.de

2. Auflage 2010

Lektorat: Claudia Senghaas, Kirchardt
Herstellung / Korrekturen: Daniela Hönig / Doreen Fröhlich
Umschlaggestaltung: U.O.R.G. Lutz Eberle, Stuttgart
unter Verwendung des Bildes »Beethovenfries« von Gustav Klimt / zeno.org
Druck: Fuldaer Verlagsanstalt, Fulda
Printed in Germany
ISBN 978-3-8392-1068-0

Für meine Lebensgefährtin Lisa und für meinen Hund Jester, der mir auf meinen Spaziergängen durch Wien ein treuer Wegbegleiter ist.

Verzeichnis der historischen Personen

Oberst Hugo Daler (1859 – 1922): Kommandant des k.u.k. Infanterieregimentes Hoch- und Deutschmeister N° 4.

Franz Josef I. (1830 – 1916): Kaiser von Österreich, König von Ungarn.

Sigmund Freud (1856 – 1939): Arzt und Neurologe. Begründer der Psychoanalyse.

Ferdinand Gorup von Besanez (1855 – 1928): Zentralinspector der Wiener Sicherheitswache, ab Juli 1908 stellvertretender Polizeipräsident.

Marie Sidonie Heimel-Purschke (1853 – 1928): Schriftstellerin.

Oskar Kokoschka (1886 – 1980): Maler, Grafiker und Dichter. Bedeutender Vertreter des Expressionismus.

Adolf Kratochwilla (1860 – 1938): Besitzer des Café Sperl.

Karl Lueger (1844 – 1910): Wiener Bürgermeister.

Alfred Fürst Montenuovo (1854 – 1926): Obersthofmeister.

Johann Schwarzer (1880 – 1914): Fotograf, Kameramann und Filmproduzent. Gründete Österreichs erste Filmproduktion, die Saturn-Films.

Leopold Tomola (1862 – 1926): Bürgerschuldirektor, Wiener Gemeinderat, Obmann des Subkomitees Kinderhuldigung.

Februar/März 1908

»Dieses Buch ist den Elenden gewidmet, den Verdammten der Gesellschaft, den Lumpen von Schicksals Gnaden.«

Aus Emil Klägers ›Durch die Wiener Quartiere des Elends und Verbrechens‹, Wien 1908.

I.

Ein steif gefrorener Finger ragte aus dem Bündel Fetzen, das unmittelbar unter der Stefaniebrücke* lag. Der Finger zeigte flussabwärts, wo auch die grauen Fluten des Donaukanals unablässig hinstrebten. Auf der Wasseroberfläche trieb allerlei Unrat, vereinzelt waren Eisschollen dabei.

Der Rücken schmerzte. Er wälzte sich auf seinem harten Lager von einer Seite auf die andere, doch in jeder Stellung tat ihm das Kreuz weh. Er rollte sich ein wie ein Fötus und stieß dabei mit der Kniescheibe an einen Stein. Stechender Schmerz durchfuhr ihn, mit einem Schlag war er wach. Die Glieder steif vor Kälte. Lumpen, mit denen er sich zugedeckt hatte, waren während des Schlafs fortgerutscht. Seine zerschlissene Kleidung bot wenig Schutz gegen die feuchte Kälte der Februarnacht, genauso wenig wie sein Schlafgemach, ein etwa anderthalb Meter hoher, tunnelartiger Schacht, in dem sich Steinhaufen, einige Fetzen sowie drei weitere Obdachlose befanden. Nachdem an ein Einschlafen nicht mehr zu denken war, kroch Anastasius Schöberl auf allen vieren in Richtung Schachtausgang. Dabei stieß er dem ›Zigeuner‹ ans Schienbein, was dieser ihm mit einem gegrunzten Fluch dankte. Schöberl stieg aus

* heute: Salztorbrücke

dem Schacht ins Freie, musste sich aber sofort an die Wand lehnen, so schwarz wurde ihm vor den Augen. Nach einigen Minuten verging das Schwindelgefühl und nagender Hunger begann in seinen Eingeweiden zu rumoren. Die Restsäure des Fusels, den er am Vorabend gesoffen hatte, brannte in seinem Schlund, ein Feuer, das keine Wärme spendete. Noch immer benommen vom Schlaf, taumelte er das gemauerte Flussufer des Donaukanals entlang. Dann lenkte er seine Schritte ans träge dahinfließende Wasser, knöpfte sich die Hose auf und verrichtete plätschernd seine Notdurft. Der Bogen des Urins dampfte ebenso wie sein Atem. Der weiße Hauch wurde vom eisigen Wind, der den Donaukanal entlangpfiff, verweht. Er knöpfte sich den Hosenladen zu und bemerkte ein paar Schritte weiter, am Rande des Wassers, ein Bündel Fetzen. Hatte jemand Kleidungsstücke oder vielleicht etwas Kostbares, das zur Tarnung in Lumpen gehüllt war, verloren? Schöberl wankte zu dem Bündel, hob es auf und erstarrte: Ihm ragte ein blau gefrorener Finger entgegen. Vorsichtig schob er die Tücher rund um den Finger beiseite und sah, dass es sich nicht nur um einen Finger, sondern um einen ganzen Unterarm handelte. Entsetzt unterdrückte er den ersten Impuls, das Bündel fallenzulassen. Er starrte es eine Zeit lang an. Nein, zur Polizei würde er damit nicht gehen …

Aber an eine Zeitung könnte er sich wenden; an den Redakteur Goldblatt, den er aus längst vergangenen

Tagen kannte. Wenn er dem seinen Fund zeigen und ihm eine Räubersg'schicht auftischen würde, wäre vielleicht ein Lohn von ein paar Hellern möglich.

Schneeregen setzte ein und der Aufstieg zur Stefaniebrücke wurde zu einem rutschigen Abenteuer. Als er dies keuchend geschafft hatte, wankte er über die Brücke in den 1. Bezirk. Hier herrschte dichter Verkehr: Fiaker, Einspänner, Pferdefuhrwerke und hin und wieder ein knatterndes Automobil. Schöberl kämpfte immer noch mit einer Ohnmacht. Er musste höllisch aufpassen, nicht unter die Räder zu kommen. Sein Ziel waren die prachtvollen Bürgerhäuser, die im 1. Bezirk den Donaukanal säumten. Aus ihren Fenstern strahlte warmes Licht in das düstere Grau der Morgendämmerung. Wehmütig und halb wahnsinnig vor Hunger dachte Anastasius Schöberl an seine einstmalige bürgerliche Existenz als Fleischergeselle. Zwar hatte er nie in einer modernen, geräumigen Wohnung in der Innenstadt logiert, aber immerhin in einer Wohnung mit Zimmer, Küche und Kabinett in der Gumpendorfer Vorstadt. Es war ein gemütliches Zuhause; mit einem riesigen Herd in der Küche, den er abends mit Kohle fütterte und der bis in den Morgen hinein Wärme spendete. Wenn er in der Früh einige Holzscheite nachlegte, verbreitete der Herd sehr bald wieder wohlige Wärme. Außerdem konnte man dann Kaffee kochen und Wasser für die Morgentoilette wärmen. Zu herrlich duftendem Bohnenkaffee gab es immer ein dickes Stück Wurst. Schließlich war er die rechte Hand des Fleischermeisters gewesen. Ein wohlhabender Mann, dem nicht nur die Fleischhauerei, sondern das gesamte Haus gehörte. Hier hatte Schöberl auch seine Wohnung gemietet.

Als er die Brücke überquert hatte und in das Verkehrsgewühl des noch stärker befahrenen Franz Josefs Quais wankte, riss ihn das laute Fluchen eines Kutschers aus den Erinnerungen. Zum Glück blieb er erschrocken mitten am Quai stehen. Wenige Zentimeter vor seinen Zehen donnerte ein mit Baumaterial schwer beladenes Pferdefuhrwerk vorbei. Rasant näherte sich auch ein Automobil, das schrill hupte. Im letzten Augenblick sprang Schöberl auf den sicheren Gehsteig. Vor ihm befand sich ein hell beleuchteter, mit Marmor verzierter Hauseingang, dessen Tür mit kunstvollen Schmiedearbeiten verziert war. Nun stand er da – wie die Kuh vorm neuen Tor. Doch neuerlich hatte er Glück, ein elegant gekleideter Herr verließ eiligen Schrittes das Haus. Mit einem Sprung vorwärts verhinderte Schöberl das Zufallen der Tür. Klatschnass – durch den heftigen Schneesturm – trat er in die trockene Geborgenheit des Bürgerhauses ein. Er sah einen prunkvollen Stiegenaufgang mit breiten Treppen sowie einen aus edlem Holz und Glas gefertigten Lift und genoss die Wärme und die Gerüche, die aus den Wohnungen strömten. Mit bebenden Nasenflügeln witterte er den Duft einer morgendlichen Eierspeise sowie ein Bouquet unterschiedlicher Kaffeearomen: Bohnen-, Malz- und Zichorienkaffee. Auch der Geruch von angebrannter, auf die heiße Herdplatte übergelaufener Milch lag in der Luft.

Plötzlich hörte er, wie im Stockwerk oberhalb eine Tür aufgemacht und wieder geschlossen wurde. Eilige Schritte kamen den Gang entlang. Blitzschnell überlegte er, wo es für ihn ein Versteck gäbe. Denn eines war klar: Erwischen lassen durfte er sich in diesem Stiegenhaus nicht. Eine Verhaftung wegen Vagabundage oder gar wegen Mordes – er hatte ja noch immer den in Fetzen gehüllten Unterarm bei sich – wäre die unmittelbare Folge gewesen. In seiner Not fand er unterhalb der nach oben geschwungenen Treppe einen Hohlraum, in dem er sich verkroch. Von hier aus erhaschte er den Anblick derber Frauenschuhe sowie den Saum eines Rocks und einer weißen Schürze. Vorsichtig lugte er aus seinem Versteck und sah ein Dienstmädchen, das in einen weiten Umhang gehüllt mit weißer Haube auf dem Kopf und bauchigem Einkaufskorb in der Hand, hinaus ins Schneegestöber verschwand, den zarten Geruch von Kernseife und das würzige Aroma frisch gemahlener Kaffeebohnen im Stiegenhaus zurücklassend …

II.

Als Leutnant Hans Popovic auf den Kasernenhof hinaustrat, formte sein Atem eine bleiche Fahne. In der eisigen Kälte des Februarmorgens sah er, dass die Kompanie samt seinem eigenen Zug in rechteckiger Formation angetreten war. Vom Eingang des Kompaniegebäudes ging er die Stiegen hinunter, der diensthabende Unteroffizier Ladislaus Novak salutierte. Popovic dankte ihm nachlässig grüßend und beobachtete danach aus den Augenwinkeln, dass der Oberleutnant Dunzenberger und der Fähnrich Biasutti, die ihm folgten, noch viel nachlässiger grüßten, indem sie nur mit dem Kopf nickten. Wortlos bezogen die Offiziere Position bei ihren Zügen. Ladislaus Novak kommandierte mit einer gewaltigen Fahne warmen Atems vorm Gesicht »Habt Acht!« und alle warteten, dass nun die rundliche Gestalt des Kompaniekommandanten erscheinen werde. Doch wie so oft, während bereits die Befehle von den anderen Kompanien herüberhallten, war Hauptmann Korenyi ein bisserl unpünktlich. Und so standen die Soldaten der 2. Kompanie reglos in der Kälte und verfolgten, wie eine blutrote Sonne Stück für Stück hinter der Kaserne den eisgrauen Himmel emporkroch.

Er, Leutnant Hans Popovic, hatte für das Naturschauspiel keinen Kopf. Denn der seine schmerzte, und er kämpfte einen tapferen Kampf mit seinem Kreislauf, der ihm den Dienst versagen wollte. Die blödsinnige Sauferei gestern Abend … War ja ganz lustig gewesen mit dem Hauptmann, dem Dunzenberger, dem Oblak und dem Biasutti. Vor allem die Mädel, die sie in dem Prater-Etablissement auf ihren Schößen sitzen gehabt hatten. Alle Achtung! Fesche junge Dienstmädel. Solche, die bei ihren gnädigen Frauen daheim richtig hart anpacken und den ganzen Tag treppauf, treppab rennen mussten, und die deshalb so stramme Waden und Schenkeln hatten. Alle Achtung! Nur das viele Saufen, das hätte nicht sein müssen. Während von den anderen Kompanien die Standeskontrollen zu hören waren, war der Korenyi noch immer nicht erschienen. Hoffentlich war ihm nix passiert. So angesoffen wie der war, konnte der glatt aus dem Bett gefallen sein und sich das Genick gebrochen haben. Oder vielleicht war er im Schlaf am eigenen Erbrochenen erstickt? Der Korenyi war ein echter Ungar. Der soff Schnaps so wie andere Wasser. Das Schnapssaufen war auch der Grund für Popovics Malaise.

Als g'standener Wiener trank er lieber Bier oder Wein. Bier vor allem im Sommer, wenn es heiß war. Aber wenn sie mit dem Hauptmann ausgingen, wurde immer Schnaps getrunken. So lange, bis der Korenyi umfiel. Und als ihm gerade das durch den Kopf ging, erschien der Hauptmann. Leichten Fußes tänzelte er die Stiege hinunter und die Standeskontrolle konnte endlich beginnen.

Später, als sich die Soldaten der 2. Kompanie des k.u.k. Infanterieregiments N° 4 für das vormittägliche Exerzieren auf der Wasserwiese im Prater fertig machten, tranken die Offiziere in der Kompaniekanzlei noch schnell einen türkischen Mokka. Ein Usus, den Korenyi vor Jahren eingeführt hatte. Der Türkische wurde während der Standeskontrolle von Korenyis Burschen gekocht, sodass die Herren, nachdem sie aus der Kälte in die wohlig warme Kanzleistube getreten waren, dampfend heißen Kaffee schlürfen konnten. Heute war Popovic dem Korenyi dafür dankbarer als je zuvor. Der Türkische wärmte und brachte seinen Kreislauf auf Trab. Als er aus dem Reich der Halbtoten wieder hinüber zu den Lebenden gewechselt war, betrat eine Ordonnanz des Regimentskommandanten die Kanzlei. Der Fähnrich begrüßte die Anwesenden mit einem »Na, sind wir schon so früh bei einem Kaffeeplausch, meine Herren? Wünsche einen schönen guten Morgen!«

Korenyi, der auf Unverschämtheiten äußerst sensibel reagierte, maß die Ordonnanz vom Scheitel bis zur Sohle und sagte leise, ohne dabei die Kaffeeschale wegzustellen: »Herr Fähnrich! Bevor du kecke Bemerkungen machst, solltest du lieber einmal grüßen lernen …«

Der Fähnrich nahm Haltung an, salutierte und machte Meldung. »Herr Hauptmann soll sich umgehend in das Regimentskommando begeben. Befehl von Oberst Daler.«

Korenyi murmelte »Da schau her« sowie ein leises »Abtreten«, worauf die Ordonnanz salutierte und den Raum verließ. »Meine Herren, ihr habt gehört, ich muss zum Alten. Also: Dunzenberger, Oblak und Popovic, ihr macht's mit unseren Leuten das ganz normale Exerzieren. Keine Gewalttouren, keine Extrawürste. Dazu ist es heute ein bisserl zu kalt. Biasutti, du bleibst herinnen und kümmerst dich um die Kanzlei. Hoffe, dass ich jetzt nicht stundenlang beim Alten sitzen muss ... Eine mühselige Lagebesprechung würde mir heut gar nicht konvenieren. Meine Herren, gemmas an!« Damit verließen die Offiziere die Kanzlei und ein ganz normaler Vormittag nahm seinen Lauf.

Zu Mittag, zurück in der Kaserne, erfuhren Popovic, Oblak und Dunzenberger von Korenyi folgende Neuigkeit: Der Kommandant des ersten Bataillons, Oberstleutnant Vestenbrugg, war heute nicht zum Dienst erschienen. So wie es aussah, hatte er die Nacht auch nicht in seinem Zimmer in der Kaserne verbracht. Das Regimentskommando war beunruhigt und hatte eine Suche nach Vestenbrugg eingeleitet. Beim Mittagessen im Offizierskasino war das Verschwinden des Oberstleutnants das alles beherrschende Thema. Nach dem Essen nahm Popovic gemeinsam mit Dunzenberger und Korenyi im Rauchsalon einen Kaffee. Da kam sein Bursche und überbrachte ihm einen Brief mit der Bemerkung: »Wurde für Sie von einem Mädel beim Torposten abgegeben, Herr Leutnant.«

»Popovic, hast ein Gspusi, von dem wir nichts wissen?«, lachte Dunzenberger. »Willst uns den Brief nicht vorlesen? Vielleicht gar von dem Dienstmädel, das du gestern Nacht in den Büschen im Prater glücklich gemacht hast … wobei ich es für unwahrscheinlich halte, dass so eine überhaupt schreiben kann …«

»Komm, Popovic, spann uns nicht auf die Folter und lies vor!«, raunzte Korenyi in einem freundschaftlichen, aber doch befehlenden Tonfall. Der Leutnant brach das Siegel auf, faltete den Brief auseinander und las – etwas konsterniert – den anderen vor:

Lieber Hansi!

Verzeih, dass ich mich aus heiterem Himmel nach so vielen Jahren bei Dir melde. Bin in einer schrecklichen Notsituation und weiß nicht aus noch ein. Bitte hilf mir! Heute! Bitte!

Deine dankbare Steffi Moravec

Popovic ließ den Brief sinken, sah seine Kameraden verblüfft an und brummte: »Die Steffi. Na so was …«

Dunzenberger nahm ihm den Brief aus der Hand, prüfte dessen Papierqualität, roch daran und bemerkte fachmännisch: »Handgeschöpftes Büttenpapier, ordentliche Qualität. Zartes Rosenparfum, passable Handschrift. Sag, Popovic, hast gar mit einer verheirateten Frau ein Pantscherl?«

»Blödsinn!«, knurrte dieser. »Die Steffi ist eine Jugendfreundin von mir. Außerdem kennst sie ja eh. Die war doch eine Zeit lang Sitzkassierin im Café Sperl.«

»Ah, die fesche Kleine mit dem Riesenbusen«, mischte sich Korenyi ein, »an die erinnere ich mich gut. Die würde ich nicht von der Bettkante stoßen. Geh, zeig mir einmal das Brieferl, Popovic.« Aufmerksam studierte der Hauptmann den Brief.

Popovic trank inzwischen seinen Kaffee aus, tötete seinen Zigarillo ab, stand auf und nahm Haltung an. »Herr Hauptmann, darf ich dich für heut Nachmittag und die kommende Nacht um eine Beurlaubung bitten?«

Korenyi knabberte nachdenklich an seiner Zigarre, blies den Rauch weit von sich, sah Popovic grinsend an und sagte schließlich: »Willst zu dem Mädel, gell? Na dann fahr ab, du Schweinkerl!«

III.

Laut Völker, laut, zu höchst erhabnen Ruhme,
Auf dass es alle hören, vom Kleinkind bis zur Muhme.
Sind sechzig Jahre doch nun hingefloh'n,
seit Franz Josef kam auf Habsburgs Thron.
Drum schmettert heut zum Himmelsdom empor
Gleich Lerchentrillern euren Jubelchor.
Und jeder bittend fromm die Hände falte:
Heil Dir, Franz Josef, dass Dich Gott erhalte!

»Was für ein gestelzter Unsinn! Eine Aneinanderreihung hohler Phrasen, die diese völlig unbegabte Blödistin zu holprigen Versen und gezwungenen Reimen zusammengeschustert hat«, murmelte Nikolaus Graf Collredi in seinen ausufernden Backenbart. Es schüttelte ihn vor Widerwillen. Seufzend trat er an ein Fenster seines Arbeitszimmers und starrte in das undefinierbare Grau des Wintertages hinaus. Dieses Weib hat wirklich keinen Geschmack und leider auch keine solide Bildung! Hätte sie doch nur in der Jugend ihren Ovid und Vergil ordentlich studiert! Dann müsste er, Markgraf Nikolaus Collredi, sich jetzt nicht mit diesem ›dichterischen‹ Machwerk herumschlagen. Immer wurden ihm die unangenehmsten Aufgaben bei Hof übertragen. Nun ja, er war halt einer der wenigen Freunde des Obersthofmeisters Fürst Montenuovo. Diesem Umstand verdankte er es, dass er in Bälde den Wiener Gemeinderat Leopold Tomola – wie kann man nur Tomola heißen? – empfangen würde. Gemeinsam mit diesem unbegabten Frauenzimmer – wie war ihr Name? Ach ja. Marie Sidonie Heimel-Purschke. Da Montenuovo offensichtlich keine Lust hatte, den beiden persönlich seine Unzufriedenheit mitzuteilen, hatte er diese Aufgabe seinem Freund Collredi übertragen. Und zwar ganz nebenbei, im Vorübergehen. »Geh Collredi, mein Lieber! Sei so gut und rede einmal mit den Leuten, die für das Festspiel bei der Kinderhuldigung zum sechzigsten Regierungsjubiläum Seiner Majestät zuständig sind. Weißt eh, mit dem verantwortlichen Wiener Gemeinderat und mit der sogenannten Dichterin. Sag ihnen, dass das Ganze leider unter dem Niveau eines der deutschen Dichtung kundigen Menschen ist. Leider haben wir nichts Besseres im Moment. Deshalb müssen wir diesen ... diesen ... diesen Ballawatsch trotzdem vor Seiner Majestät aufführen. Aber eines werden wir auf gar keinen Fall akzeptieren: Diesen unsäglichen Beginn! Hör dir das einmal an: Laut Völker, laut, zu höchst erhabnen Ruhme, auf dass es alle hören, vom Kleinkind bis zur Muhme ... Nein, nein und nochmals nein! Wenn er schon den restlichen Blödsinn über sich wird ergehen lassen müssen, das werden wir den Ohren Seiner Allerhöchsten Majestät ersparen ... Der Beginn wird geändert!«

Und so kam es, dass Collredi heute um halb zwei Uhr Nachmittag eine Unterredung mit dem Gemeinderat und der Dichterin angesetzt hatte. Da er ein Frühaufsteher war, mühte er sich nun schon seit Stunden mit diesen unsäglichen Versen ab. Trotz eifrigem Nachschlagen bei Goethe, Heine und Novalis kam ihm keinerlei Idee, wie er das Problem von ›Ruhme‹ und ›Muhme‹ sprachlich elegant lösen könnte. Weiters war er mit Montenuovo einer Meinung, dass das Adjektiv ›erhaben‹ in einer Huldigung an Seine Apostolische Majestät nur auf ihn selbst angewendet werden dürfe.

Es klopfte an der Tür seines Arbeitszimmers. Er schreckte aus seinen trübsinnigen Gedanken hoch, die ihm beim Hinausstarren in die winterliche Annagasse gekommen waren. Die hohe Tür wurde geöffnet und August, der Kammerdiener, betrat, auf einer Hand elegant das Tablett mit dem Mittagessen balancierend, das Zimmer. Er stellte es auf dem Schreibtisch ab und richtete an. Collredi bevorzugte (so wie Seine Allerhöchste Majestät) zu Mittag Tafelspitz im eigenen Süppchen. Dazu aß er einen Erdäpfelschmarren mit einer Portion Apfelkren. Der Tafelspitz, der in einer Suppenterrine serviert wurde, blieb so lange in der dampfend heißen Brühe, bis der Graf einen Teller Suppe mit scheibenförmig geschnittenen Karotten und gelben Rüben genossen hatte. Dann wurde ihm auf einem warm gehaltenen Teller eine schöne Scheibe Tafelspitz samt einem

Gupf Erdäpfelschmarren, mit etwas Suppe übergossen, serviert. Seitlich flankiert wurde der Teller von einer Schale Apfelkren. Und da seine gräflichen Gnaden heute dringend Inspiration benötigten, orderte er ein Gläschen Weißwein; einen reschen Grünen Veltliner von den Hängen des Nußberges.

Nachdem er gespeist hatte und sich ein weiteres Glas Grünen Veltliner einschenken ließ, entspannte sich Collredi. Er begab sich in die Bibliothek, griff zu einem seiner Lieblingsbücher und machte es sich in einem geräumigen Ohrensessel bequem. Bedächtig nahm er einen Schluck Wein und schlug die ›Venus im Pelz‹ von Leopold Sacher-Masoch auf. Mit Genuss las er von den Erniedrigungen des Erzählers, die dieser freiwillig auf sich nahm. Und während er las, empfand er rückwirkend höchste Befriedigung bezüglich des eigenen quälenden Vormittags. Die holprigen Verse der Marie Sidonie Heimel-Purschke fasste er nun als lustvolle Strafe auf. Er nahm einen weiteren Schluck Wein und schloss die Augen. Er stellte sich die Dichterin als prachtvolles Weib in einem dunklen, langen Pelzmantel vor. In einem düsteren Raum, in dem nur ein Kaminfeuer flackerte, quälte sie ihn unablässig mit ihren Versen. Ein wunderbar warmes Gefühl durchdrang ihn und er glitt hinüber in die Traumwelt eines Mittagschläfchens.

»Exzellenz, aufwachen! Die Herrschaften sind da!«

Collredi schreckte aus seinen Träumen, gähnte herzhaft, strich sich den Backenbart zurecht und murrte: »Führen Sie die beiden in den kleinen Salon.« Außerdem ließ er sich ein Lavoir und einen Krug mit kaltem Wasser bringen. Er wusch sich das Gesicht, seine Lebensgeister kehrten augenblicklich zurück. Er begab sich in den kleinen Salon, wo ihm als Erstes der eisgraue Spitzbart Tomolas ins Auge stach. Seine Erziehung nicht vergessend, wandte er sich aber zuerst der Dichterin zu und erschrak. Vor ihm stand die Antithese seines erotischen Traums. Ein kleinwüchsiges, schmächtiges Weib mit aufgestecktem Haar, Knopfaugen und einem bissigen Zug um den Mund. Trotzdem begrüßte sie der Graf mit einem »Küss die Hand, gnädige Frau«. Er bot beiden an, sich zu setzen, und machte es sich selbst hinter einem massiven Barocktisch bequem.

»So … mein lieber Stadtrat, meine liebe gnädige Frau! Wir sind heute hier zusammengekommen, weil uns eine äußerst delikate Aufgabe übertragen wurde. Es handelt sich um die im Mai dieses Jahres von Seiner Exzellenz, dem Herrn Bürgermeister Lueger, und dem Wiener Stadt- und Gemeinderat geplante Kinderhuldigung anlässlich des sechzigsten Regierungsjubiläums Seiner Kaiserlichen Hoheit. Wie Sie sicher wissen, liegt die Genehmigung der Durchführung dieses Festes in den Händen Seiner Durchlaucht des Fürsten Montenuovo. Dieser wiederum ist – wie soll ich es ausdrücken? – ein bisserl unglücklich …«

Tomolas Spitzbart schoss nach vorne. Das feiste Gesicht des Stadtrats färbte sich rötlich und mit lauter Stimme verlangte er Aufklärung über das »Unglücklichsein Seiner Durchlaucht«. Die Dichterin schwieg, doch ihr ohnehin schon verkniffener Mund verkrampfte sich merklich, sodass er eine auffallende Ähnlichkeit mit einem Hühnerpopo bekam.

Nikolaus Graf Collredi lehnte sich weit in seinem Stuhl zurück, holte tief Luft und ließ die Katze aus dem Sack. »Um es auf den Punkt zu bringen: Seine Durchlaucht findet die Anfangsverse der Dichtung ›Gott erhalte!‹ für absolut unpassend, um nicht zu sagen für unmöglich.«

Marie Sidonie Heimel-Purschke stieß einen Zischlaut aus, der dem eines mit kochendem Wasser gefüllten Teekessels glich. Leopold Tomolas Kopf wurde noch röter und seine Stimme noch lauter. »Ich bitte Exzellenz, Folgendes zu bedenken und auch Durchlaucht zur Kenntnis zu bringen: Die Dichtung ›Gott erhalte‹ wurde von einem Spezialkomitee, das aus den Gemeinderäten Philip, Stangelberger, Monsignore Laux, Bezirksschulinspector Professor Habernal und meiner Person bestand, unter drei Entwürfen ausgewählt. Auch Seine Exzellenz, der Herr Bürgermeister Lueger, hat die Dichtung begutachtet und sich wohlwollend dazu geäußert.«

Collredi sagte eine Weile nichts. Stattdessen zupfte er an seinem Backenbart und bemerkte mit einem maliziösen Lächeln: »Vom Obersthofmeisteramt war aber kein Vertreter in diesem Spezialkomitee. Und soviel ich weiß, wurde das Obersthofmeisteramt auch in so manchen anderen Fragen bezüglich der geplanten Kinderhuldigung nicht konsultiert …«

Tomolas Kinn samt Spitzbart wurde eingezogen, die Röte verschwand aus seinem Gesicht. Er bemerkte, dass er gerade im Begriff war, sich in Opposition zu Seiner Durchlaucht zu stellen. Und das war – gelinde ausgedrückt – unklug. Denn Alfred Fürst von Montenuovo hatte den Ruf, cholerisch, machtbewusst sowie streit- und rachsüchtig zu sein. Tomola erkannte, dass er die Sache zu einem gütlichen Ende bringen musste, anderenfalls würde Montenuovo wahrscheinlich die gesamte Kinderhuldigung sowie weitere Festakte der Stadt Wien anlässlich des allerhöchsten Jubiläums verhindern. Das konnte er auf keinen Fall riskieren. Also erwiderte er mit leiser Stimme: »An welche zu ändernde Stelle haben Exzellenz gedacht?«

Collredi schmunzelte und nahm das Machwerk zur Hand. Er blätterte gelangweilt darin und warf es schließlich vor Tomola auf den Tisch. Ganz ruhig, in verbindlichem Ton, erklärte er: »Seiner Durchlaucht und auch mir gefällt das ganze … wie soll ich sagen … Werk nicht. Absolut inakzeptabel ist aber der Anfang: *Laut, Völker laut, zu höchst erhabnen Ruhme, Auf dass es alle hören, vom Kleinkind bis zur Muhme* ... Das kann auf keinen Fall so bleiben. Ich bitte die Dichterin, zumindest diese beiden ... äh ... Verse zu ändern.«

Marie Sidonie Heimel-Purschke stieß wiederum einen Zischlaut aus. Ihr Gesicht war weiß wie ein Stück Tafelkreide, ihre Knopfaugen verdrehten sich und sie kippte mit einem weiteren Zischer vom Sessel. Tomola sprang auf und beugte sich über die in Ohnmacht gefallene Frau. Collredi läutete nach seinem Kammerdiener. Der brachte Riechsalz, welches alsbald Wirkung zeigte und die Dichterin ins Hier und Jetzt zurückholte. Während dieser Vorgänge kritzelte Collredi gedankenverloren auf dem Titelblatt der Dichtung herum. Als Marie Sidonie Heimel-Purschke wieder aufrecht saß, eröffnete er ihr im Plauderton: »Meine liebe gnädige Frau, während Sie uns gerade für kurze Zeit verlassen haben, hat mich die Muse geküsst. Stellen Sie sich vor, ich hab eine praktikable Lösung für die ersten beiden Verse gefunden. Die werden wir in die Endfassung einfügen. Das zeigen wir nochmals Seiner Durchlaucht, und ich bin überzeugt, dass dann alles in bester Ordnung ist.«

Marie Sidonie Heimel-Purschke gab nun erstmals artikulierte Laute von sich. »Aber Sie können ... Sie können doch nicht einfach so in meine Dichtung eingreifen ...«

Collredi lächelte und erwiderte sanft: »Müssen, gnädige Frau. Müssen! Weil sonst können Sie sich

Ihre ›Dichtung‹ – pardon – an den Hut stecken. Wenn Sie also bitte notieren wollen … Die Einstiegsverse der Dichtung ›Gott erhalte!‹ lauten wie folgt: *Laut, Völker laut, zu wunderseltner Feier, Tön' euer Sang, erklinge eure Leier.*«

Einen kurzen Augenblick war es völlig still im Raum, keinerlei Zischlaute ertönten. Nach dieser Schrecksekunde fiel Marie Sidonie Heimel-Purschke neuerlich in Ohnmacht.

IV.

Im 9. Wiener Gemeindebezirk wartete Schöberl nun schon gute drei Stunden vor dem Haus, in dem Leo Goldblatt als Redakteur arbeitete. Mehrmals hatte er bereits versucht, sich einer Gruppe hineingehender Menschen anzuschließen, war aber immer am Portier gescheitert. Der rotgesichtige Zerberus hatte mit scharfem Auge Schöberls abgerissene Kleidung erspäht und ihm den Zutritt zum Gebäude verwehrt. Denn so ein Subjekt hatte seiner Meinung nach hier nichts zu suchen. Schöberl hatte es auch mit höflicher Rede und Argumentation versucht, doch der Portier blieb erbarmungslos. Er beschied ihm: »Wennst zum Herrn Doktor Goldblatt willst, musst draußen warten. Denn der ist nämlich noch nicht in der Redaktion. Wobei ich mir nicht vorstellen kann, dass der Herr Redakteur mit dir etwas zu tun haben will. Also: Scher dich fort. Es hat eh keinen Sinn …«

Da Schöberl wusste, dass es sehr wohl Sinn machte, mit dem Redakteur zu sprechen, wartete er draußen in der Kälte. Um den Kreislauf einigermaßen in Bewegung zu halten und nicht vor Kälte zu erstarren, ging er in einem fort auf und ab. Wie ein Hamster im Rad. Schließlich war er schon so sehr in dieser Routine gefangen, dass er Goldblatts schmächtige Gestalt fast übersehen hätte. »Herr Redakteur! Herr Redakteur Goldblatt! Sie, Herr …«

Goldblatt schreckte aus seinen Gedanken, drehte sich um und schreckte sich gleich noch einmal.

Schöberl, ein großer kräftiger Kerl, machte einen demütigen Buckel und sprudelte los: »Wenn sich der Herr Redakteur vielleicht noch an mich erinnern? Damals bei den Morden am Naschmarkt*? Da war ich einer der schuldlos Verdächtigen … Anastasius Schöberl … Fleischergeselle.«

Ein Erkennen leuchtete in Goldblatts Augen auf und er murmelte: »Herrgott, ja.«

»Gnädiger Herr Redakteur, lang ist's her, dass ich eine bürgerliche Existenz gehabt hab. Jetzt bin ich ein Obdachloser und wohn unten bei der Stefaniebrücke in einem Seitenschacht des Sammelkanals. Und dort, dort hab ich heute Morgen was gefunden. Etwas, das Sie sich unbedingt anschauen müssen. Bitte …«

Er hielt Goldblatt das Fetzenbündel hin. Dieser runzelte zuerst die Augenbrauen, nahm aber dann Schöberl in die Redaktion mit. Gemeinsam gingen sie an dem rotgesichtigen Portier vorbei, der Goldblatt unterwürfig grüßte und dessen Begleiter mit unverhohlener Verachtung musterte. Als Ressortleiter des Chronikteils verfügte Goldblatt über ein eigenes Zimmer. Er schob seinem Gast einen Sessel hin und nahm selbst hinter dem Schreibtisch Platz. Vorsichtig legte Schöberl das Lumpenpaket vor Goldblatt hin und enthüllte – nach einer kurzen theatralischen Pause – zuerst den stei-

---

* Siehe: Die Naschmarkt-Morde, Gmeiner Verlag 2009.

fen, bläulichen Finger und danach den von rostbraunen Blutflecken bedeckten Unterarm. Goldblatt wurde schneeweiß im Gesicht, Schweißperlen traten ihm auf die Stirn. »Schöberl, zum Kuckuck! Was ist das?«

»Das ist eine menschliche Hand, die ich heute Morgen am Ufer des Donaukanals gefunden hab.«

Damit begann er Goldblatt eine unglaubliche Geschichte von Kannibalen zu erzählen. Obdachlose, die zu Tausenden in den Kanälen Wiens hausten und die aus Hunger Leute überfielen, schlachteten und aufaßen. Goldblatt, der mittlerweile seine Contenance wiedergefunden hatte, begann sich Notizen zu machen, stellte Zwischenfragen und sah vor seinem geistigen Auge einen sensationellen Aufhänger in der morgigen Ausgabe des Blattes, für das er schrieb.

Als Schöberl schließlich Goldblatts Büro verließ, hatte er von diesem nicht nur zwei Kronen bekommen, sondern auch den Auftrag, weiterzurecherchieren. In zwei Tagen wollten sie sich in der Suppen- und Teeanstalt am Tiefen Graben treffen.

V.

Infolge eines irrwitzig schnell voranschreitenden Verwesungsprozesses begann der massige Männerkörper in der blauen Deutschmeisteruniform stark aufzuquellen. Die Nähte der immer praller gefüllten Uniform ächzten, die Uniformknöpfe wurden abgesprengt und schossen wie Schrapnelle durch das immer enger werdende Zimmer. Je gewaltiger die Verwesungsgase den Körper des Toten aufblähten, desto mehr zog sich in einer synchronen Bewegung das Zimmer rund um Steffi Moravec zusammen. Als alle Knöpfe abgerissen und alle Nähte geplatzt waren, begann der nur mehr mit einigen Fetzen Unterwäsche bedeckte Leichnam zu schweben. Die Gasentwicklung innerhalb des toten Körpers war so gewaltig, dass dieser donnernde Flatulenzen von sich gab, deren Rückstoß den nun kuhgroß im Zimmer schwebenden Vestenbrugg durch den Raum fliegen ließ. Als schließlich des Oberstleutnants Korpus, von einer monströsen Flatulenz angetrieben, mit dem Schädel voran – seine hervortretenden Augen hatten die Größe von Billardkugeln – auf Steffi Moravec zusteuerte, wachte sie mit einem Schreckensschrei auf und schlug um sich. Dabei traf sie den neben ihr schlafenden Popovic voll ins Gesicht.

»Bist narrisch?«, brummte der verschlafen und drehte sich um.

Steffi Moravec war nun hellwach und verspürte zweierlei: Grauen und Ekel. Ersteres ergriff sie aufgrund des Ablebens von Oberstleutnant Vestenbrugg, der nicht nur ihr Geliebter, sondern auch ihr Gönner gewesen war. Es graute ihr davor, plötzlich finanziell völlig auf sich alleine gestellt zu sein. Der Ekel bezog sich auf ihren Bettgefährten. Wie hatte sie nur diesem Lausbuben in Leutnantsuniform erlauben können, wiederholte Male mit ihr zu schlafen und auch des Öfteren bei ihr zu übernachten? War das die Angst, alleine in der Wohnung zu sein, in der Vestenbrugg zu Tode gekommen war? Oder war es Dankbarkeit, weil der Hansi, nachdem sie ihm das Brieferl zukommen hatte lassen, sofort bei ihr aufgekreuzt und ihr bei der Beseitigung des Malheurs hilfreich zur Seite gestanden war? Dankbarkeit war allerdings kein Kriterium, um mit einem Mann auf längere Zeit hindurch ins Bett zu gehen, räsonierte die Moravec. Und was die Angst betraf, alleine in der Wohnung zu übernachten, damit musste sie fertig werden. Dass Vestenbrugg nicht ewig an ihrer Seite sein würde, war ihr bereits zu Beginn der Beziehung klar gewesen. Dafür war er viel zu alt und sein Körper viel zu verkommen. Als sie den Oberstleutnant das erste Mal ohne Uniform vor sich stehen sah, hatte sie sich gedacht: Was für ein fettes, schlaffes Mannsbild … Und in den drei Jahren, die seither vergangen waren, hatte Vestenbrugg um die Leibesmitte noch einige Speckringe zugelegt.

Sonderlich attraktiv war er aufgrund seines Übergewichts ja nicht gewesen. Gleichwohl bedauerte sie sein Ableben. Denn ohne Vestenbrugg war sie mehr oder weniger mittellos. Wer würde nun für ihren Lebensunterhalt aufkommen? Der neben ihr schnarchende und furzende Hansi Popovic sicher nicht. Er kam so wie sie aus kleinen Verhältnissen. Als Kinder hatten sie an den damals noch nicht regulierten Ufern des Wienflusses Räuber und Gendarm gespielt. Wobei der Hansi, wann immer er sie fangen konnte, seinen Körper an den ihren gedrückt und meistens nach ihren kleinen, unschuldigen Brustwarzen gegriffen hatte. Das war eine schöne Zeit damals. Aber was sollte sie heute mit dem Hansi anfangen? Mit einem kleinen, schlecht bezahlten Leutnant? Friedrich Freiherr von Vestenbrugg war immerhin Stabsoffizier und Kommandant eines Deutschmeister-Bataillons. Außerdem bezog er von seiner sehr vermögenden Familie eine stattliche Apanage, die er früher versoffen und verspielt, in den letzten drei Jahren aber in seine Geliebte investiert hatte. Vestenbrugg hatte ihr teure Geschenke gemacht und außerdem die Miete der Dreizimmerwohnung bezahlt. Ob der Hansi zumindest diese Kosten übernehmen könnte? Steffi Moravec grübelte vor sich hin und gab schließlich dem schnarchenden Popovic mit dem Ellbogen einen Stoß. Dieser wachte grunzend auf und wurde – noch im Halbschlaf – mit folgender Frage konfrontiert: »Sag, Hansi, kannst du mir in Zukunft die Miete zahlen? Sie beträgt hundert Kronen im Monat ...«

»Was? Wie kommst denn auf diese Idee? Wo soll ich bei meinem lächerlichen Sold hundert Kronen im Monat hernehmen?« Verschlafen rieb er sich die Augen, wurde aber plötzlich hellwach, als die Moravec die Bettdecke lüftete und ihm einen harten Faustschlag in den Unterleib versetzte. Die Attacke wurde unbarmherzig fortgeführt, indem sie mit beiden Händen sein Haar ergriff und seinen Schädel so lange gegen das Betthaupt aus massivem Eichenholz schlug, bis er bewusstlos war. Steffi Moravec stand auf, packte seinen Körper und schleppte ihn hinaus ins Vorzimmer. Anschließend kehrte sie ins Schlafzimmer zurück, sammelte die verstreut herumliegenden Uniformteile sowie Popovics Degen ein, öffnete das Fenster und warf alles in den Hof hinunter. Sie sperrte die Wohnungstür auf, zog den nackten Leutnant ins Treppenhaus, holte ihn mit ein paar Ohrfeigen in die Realität zurück, legte ihm den Zeigefinger an den Mund und flüsterte: »Psst! Du bist völlig nackt ... deine Uniform und dein Degen liegen unten im Hof. Also mach keinen Skandal! Geh runter und zieh dich an. Und dann verschwind aus meinem Leben!«

VI.

Graf Nikolaus Collredi war ein gestandener Konservativer – so wie es sich für einen Markgrafen und Großgrundbesitzer geziemte. Trotzdem glaubte er, dass er ein Mann des Volkes sei. Die Ursachen dafür lagen in seiner Jugend, die er auf den Gütern seiner Familie in Böhmen verbracht hatte. Dort war er unter der Obhut seines Großvaters – ein Land- und Forstwirt aus Passion – mitten unter der Landbevölkerung, den unzähligen Dienstboten und deren Kindern aufgewachsen. Im Unterschied zu den anderen hatte der kleine Nikolaus aber einen eigenen Hauslehrer sowie eine Musikerzieherin, die gemeinsam für seine geistige und musische Ausbildung sorgten. Diese unbeschwerte Kindheit endete mit seinem elften Lebensjahr, als er ins Gymnasium und Internat der Schotten in Wien kam, wo dem Buben der notwendige intellektuelle und gesellschaftliche Schliff gegeben wurde. Eine Gewohnheit seiner Kindheit legte er aber sein ganzes Leben nicht ab: Er ging gerne zu Fuß. In der Regel ließ er seine Kutsche nur anspannen, wenn er ins kaiserliche Schloss nach Schönbrunn gerufen wurde. Und so begab er sich auch an diesem Tag, dem 26. Februar 1908, um drei viertel elf Uhr zu Fuß zu seiner Verabredung. Wie jeden Mittwoch wollte er sich pünktlich um halb zwölf Uhr mit seinem langjährigen Freund und ehemaligen Kameraden Friedrich Freiherr von Vestenbrugg im Schwarzen Kameel zum Mittagessen treffen. Während Collredi selbst nach einem Jahr Ausbildung das Militär verlassen hatte, blieb Vestenbrugg und machte im Laufe der Jahre leidlich Karriere. Als begüterter Adeliger hätte er eigentlich in einem Kavallerieregiment dienen sollen, doch die Reiterei war dem schon in jungen Jahren sehr beleibten Vestenbrugg nicht geheuer. Er pflegte zu sagen: ›Das grenzt doch an Tierquälerei, wenn so ein armes Pferderl mich durch die Gegend tragen muss.‹ Und so ging er zur Infanterie, zum Wiener Hausregiment der k.u.k Hoch- und Deutschmeistern. Hier war er im Laufe der Jahre zum Oberstleutnant und Kommandanten des 1. Bataillons aufgestiegen. Daran dachte Collredi, als er über die Kärntner Straße hinunter zum Graben ging. Am Stock-im-Eisen-Platz wurde er von einem Zeitungsverkäufer aus seinen Gedanken gerissen.

»Extra-Ausgabe! Kannibalismus in Wien! Extra-Ausgabe!«

Der Graf glaubte zuerst, sich verhört zu haben. Als er jedoch den Aufmacher der Zeitung – ›Wiens Hunger-Kannibalen‹ – sah, blieb er verblüfft stehen. Das konnte doch nicht wahr sein! Was hatte die Journaille da schon wieder zusammengedichtet? Hunger-Kannibalismus in Wien? So ein Unfug! In Wien konnte doch jeder, der sich ehrlich um Arbeit bemühte, eine bekommen. Collredi ärgerte sich und vor lauter Zorn kaufte er die Zeitung. Wütend stolzierte er den Graben entlang, machte einen kleinen Schwenk und war mit wenigen Schritten beim Schwarzen Kameel in der Bognergasse angelangt. In dem eleganten, im modernen sezessionistischen Stil eingerichteten Lokal ließ er sich an seinem Stammplatz direkt bei einem der Fenster nieder. Er liebte es, von hier aus die Passanten zu beobachten. Dies tat er diesmal jedoch nicht, vielmehr las er den Leitartikel über den Hunger-Kannibalismus.

Scharf treffen in der Großstadt die Kontraste aufeinander, wo sich unmittelbar neben oder unter den Wohnungen der Reichen, der Sorglosen, der Vergnügten die Quartiere des Elends befinden. Unsere von krassem Materialismus beherrschte Zeit produziert nicht nur die edelsten Waren und größten Delikatessen, sondern auch deren implizites Gegenteil: den Mangel, die Armut und den Hunger. Von dieser unheiligen Dreieinigkeit können vor allem die Stiefkinder des Schicksals, die von der Gesellschaft verstoßen wurden oder sich in ohnmächtigem Trotz selbst ausgestoßen haben, ein beklagenswertes Lied singen. Ihrer, die in menschenunwürdigem Elend schmachten und für die unsere Gesellschaft normalerweise nicht einmal ein Achselzucken übrig hat, sei hier gedacht. Sie, die von Hunger gewürgt und von Krankheit verdorben in ihrem eigenen Kot nächtigen. Männer und Weiber in fliegenden Lumpen, gehetzt durch unsere blanken Straßen, deren Reichtum sie besudeln könnten, hinabgedrängt in die Kloaken und auch dort noch verfolgt von unserer Ordentlichkeit. Ihre Liebe ist das Brot. Ihr Ehrgeiz ein Lager für die Nacht, ihr Hass aber die satte Gesellschaft. Eine Gesellschaft der Reichen, der Vergnügten, der Sorglosen, die den nagenden Schmerz des Hungers und die Pein des eisigen Winters nicht kennt oder nicht zu kennen glaubt. Sie, die an übervoll gedeckten Tischen sitzen, werden voll Verachtung auf jene blicken, von denen hier die Rede ist. Obdachlose, die, übermannt vom Hunger, in schierer Verzweiflung über ihresgleichen herfallen …

»Wünschen Herr Graf zu speisen? Oder warten Eure Exzellenz noch auf den Herrn Oberstleutnant?«

Herr Rudolf, der Oberkellner, riss Collredi aus seiner Lektüre. Er faltete die Zeitung zusammen und fragte, was es denn heute zu essen gäbe. Der Kellner empfahl ihm das Epigramm vom Lamm – ein Gericht, das aus gebratenen Lammkoteletts, einem Stück gebackener Lammbrust sowie einer gespickten und glaciert gebratenen Lammschulter bestand. Collredi stellte mit einem Blick auf seine Taschenuhr fest, dass es bereits sieben Minuten nach halb zwölf war. Er hatte einen Riesenhunger – den der Zeitungsartikel in keiner Weise beeinträchtigen konnte – und deshalb bestellte er das Lammgericht sowie eine Kaisernockerlsuppe als Vorspeise. In Gedanken versunken, sah er auf die Bognergasse hinaus und machte sich Sorgen. Vestenbrugg war normalerweise ein Musterbeispiel an Pünktlichkeit. Es musste ihm etwas Schwerwiegendes passiert sein; hoffentlich hatte ihn nicht der Schlag getroffen ... Und als er so hinaussah, registrierte er eine junge, attraktive Frau, die ihm irgendwie bekannt vorkam. Just in diesem Moment wurde die Suppe serviert. In einer kräftigen Bouillon schwammen zwei flaumige Nockerln, die aus in Milch eingeweichten Semmeln, Eiern, Schmalz und Mehl gemacht wurden. Während er die Suppe löffelte, weilten seine Gedanken bei der jungen Frau, der auffallenden Brünetten, die vorher draußen vorbeigegangen war. Wo war sie ihm vorgestellt worden? Ärgerlich, dass es ihm nicht einfiel! Mit zunehmenden Jahren baute sein früher hervorragend arbeitendes Gedächtnis langsam, aber kontinuierlich ab. Als das Epigramm vom Lamm serviert wurde, ärgerte er sich neuerlich. Diesmal über Vestenbrugg, der noch immer nicht erschienen war. Wo zum Teufel mochte er stecken? Und als er sich so richtig giftete, kam ihm plötzlich die Erleuchtung. Die junge Dame war Vestenbruggs ›süßes Mädel‹! Wobei sich der Oberstleutnant immer gegen diese etwas despektierliche Bezeichnung gewehrt hatte. Er bestand darauf, dass Steffi Moravec – jetzt hatte Collredis Gedächtnis auch den Namen gefunden – seine Verlobte sei. Wenn ihm das eine Viertelstunde früher eingefallen wäre, hätte er den Kellner hinausgeschickt und die junge Dame zu sich hereingebeten. Vielleicht hätte sie gewusst, was Vestenbrugg abhielt, zum gemeinsamen Mittagessen zu erscheinen? Missmutig über diese verpasste Gelegenheit, lehnte der Graf jegliches Dessert ab. Er zahlte, verließ das Schwarze Kameel und suchte, da er Lust auf einen Kaffee hatte, das Café Pucher auf. Ein Kaffeehaus, das sich unmittelbar neben der Hofburg befand und sich bei Adeligen und hohen Regierungsbeamten großer Beliebtheit erfreute. Genau in dem Moment, in dem er das Café betreten wollte, sah er im Menschengedränge die üppige Gestalt der Moravec. Einem spontanen Impuls folgend, überquerte er den Kohlmarkt, wobei ihn fast eine der Hofkutschen angefahren hätte.

»Küss die Hand, Fräulein Moravec.«

Die Angesprochene drehte sich um und stammelte nach einer Schrecksekunde, als sie Collredi erkannte: »Grüß Gott, Exzellenz …«

Die Unsicherheit in ihrer Reaktion faszinierte Collredi und gab ihm ein Gefühl der Überlegenheit. Er lud sie in die k.u.k. Hofzuckerbäckerei Demel ein, die ebenfalls nur wenige Schritte entfernt war. Bei Kaffee und Kuchen – der Graf aß eine leichte Kardinalschnitte, während die Moravec eine üppige Malakofftorte verzehrte – fragte er sie nach dem Befinden seines Freundes Vestenbrugg. Als sie ihm antwortete, dass dieser wohlauf sei, konfrontierte er sie mit der Tatsache, dass der Oberstleutnant heute nicht zum gemeinsamen Mittagessen erschienen wäre. Steffi Moravec nahm diese Nachricht sehr kühl auf; irgendwie schien ein Panzer aus Eis die junge Frau zu umhüllen. Und je mehr sich Collredi bemühte, seinen Charme zu versprühen, desto eisiger wurde sie. Ein harter Zug formte sich um ihren Mund, und dem Markgrafen wurde klar, dass ihm da keineswegs ein naives Kind gegenübersaß. Ihre Kälte erregte ihn und er stellte sich vor, wie die Moravec ihn mit einer Rute bestrafen würde. Ein warmes Gefühl überkam ihn und er erinnerte sich an seine Kindheit, als die Musiklehrerin ihn des Öfteren gezüchtigt hatte. Und statt dass der Bub damals die ihm aufgegebenen Klavierstücke einstudiert hätte, lag er auf der faulen Haut und fieberte mit einem prickelnden Gefühl der Erregung der nächsten Klavierstunde samt den unvermeidlichen Schlägen entgegen. Ein leises, aber bestimmtes »Exzellenz!« riss ihn aus seinem Tagtraum. Die Moravec wollte gehen. Er rief die Kellnerin, zahlte und begleitete sie hinaus auf die Straße. Dort konnte er nicht umhin, ihr zum Abschied die Hand zu küssen. Das Erstaunen der Moravec ob dieser galanten Geste nutzte er, um ihre Wohnungsadresse zu erfahren.

»Gnädiges Fräulein haben mich verzaubert. Würde mich freuen, wenn ich Sie bald wieder auf ein Stückerl Torte einladen dürfte. Küss die Hand und à bientôt.« Mit einer Verbeugung verabschiedete er sich und eilte beschwingten Schrittes davon. Wobei er sich sehr beherrschen musste, um nicht zwischen den Schritten kleine Luftsprünge zu vollführen.

VII.

»Ich bin auch ein Mensch! Einer, dem draußen auf der Straße die Kälte die Knochen bricht und dem der Hunger den Magen zerreißt. Ich bin auch ein Mensch! Drum hab ich den feinen Herren beim Ärmel packt und ihn angeschrien. Ich bin auch ein Mensch! Ich hab Hunger! Warum werd ich arretiert und eing'sperrt? Nur weil ich Hunger hab? Ich bin auch ein Mensch …«

Joseph Maria Nechyba sah von seiner Zeitungslektüre auf. Obwohl ihn der Artikel ›Kannibalismus in Wien‹ sehr interessierte, legte er das Blatt zur Seite, stand auf und ging hinaus auf den Gang, um nachzusehen, wer hier im Polizeigebäude so einen Lärm machte. Er sah drei Polizeiagenten, die auf eine zerlumpte Gestalt einprügelten. Auf Nechybas Zuruf ließen sie von dem Unglücklichen ab, der sich augenblicklich beruhigte, in eine Ecke kauerte und mit dem Ärmel Blut vom Gesicht wischte.

Einer der Agenten machte Meldung. »Herr Inspector, das ist einer von den Randalierern, die gerade vor dem Reichsrat demonstrieren. Wir haben ihn arretiert und abgeführt.«

Als Nechyba die Untergebenen ermahnen wollte, die Amtshandlung möglichst ohne Gewalt zu vollziehen, kam eiligen Schrittes Zentralinspector Ferdinand Gorup von Besanez den Gang entlang und rief: »Nechyba! Schnappen Sie sich so viele Leute, wie's nur geht und schaun S', dass Sie schleunigst zum Reichsratsgebäude* kommen. Die Demonstranten dort fangen nämlich an, Pflastersteine zu werfen.« Kaum, dass er das gesagt hatte, war er auch schon am Ende des Ganges in einer anderen Abteilung des Sicherheitsbüros verschwunden.

Nechyba brüllte, dass die Scheiben zitterten: »Alarm! Alle Mann raustreten!«, eilte in sein Büro, schlüpfte in den Mantel, stülpte sich die Melone aufs massige Haupt und war wieder draußen am Gang. Dort hatten sich zehn seiner vierzehn Mann umfassenden Gruppe versammelt. Im Laufschritt eilte er mit ihnen die Treppe hinunter und rief: »Gemma, meine Herren! Vorm Reichsrat gibt's einen Krawall!«

Die nicht unbeträchtliche Strecke vom Polizeigebäude an der Elisabethpromenade** zum Reichsratsgebäude legten Nechyba und seine Männer im Laufschritt keuchend, schnaufend und hustend zurück. Bereits auf der Höhe des Rathausparks war die Ringstraße von einer dichten Menschenmenge blockiert. Nechyba wies seine Leute an, eine keilförmige Formation zu bilden und ihm zu folgen. Einer Dampfwalze gleich schob sich der Inspector durch die Masse der Gaffer. Dabei kamen ihm sowohl seine beachtliche Größe als auch

---

* heute: Parlamentsgebäude
** heute: Roßauer Lände

sein beträchtliches Körpergewicht zugute. Die meisten Schaulustigen wichen dem Stoßtrupp aus, da sie an den einheitlich dunklen Mänteln und schwarzen Melonen k.k. Polizeiagenten erkannten. Als sich die Polizisten zu den Demonstranten, die rote Fahnen und Transparente mit der Aufschrift *HUNGER* schwangen, vorgearbeitet hatten, zogen sie Totschläger und Schlagringe aus den Taschen. Nechyba benutzte keine Waffen, sondern hieb mit bloßen Fäusten auf die Demonstranten ein. Binnen kürzester Zeit wichen die halbverhungerten, ärmlich gekleideten Menschen vor ihm und seinen Mannen zurück. Einige Pflastersteine flogen, ein Polizeiagent wurde am Kopf getroffen. An der Auffahrtsrampe des Reichsratsgebäudes war berittene Polizei in Stellung gegangen; ein Teil der Demonstranten drängte dorthin. Die Berittenen zogen die Säbel blank und hieben auf die unbewaffneten Elendsgestalten ein. Der Kampf dauerte eine halbe Stunde, dann war die öffentliche Ruhe wiederhergestellt. Auf dem Pflaster der Ringstraße – Wiens Prachtboulevard – lagen Verwundete, um die sich Helfer der Wiener Freiwilligen Rettungsgesellschaft kümmerten. Die Menge der Gaffer hatte sich aufgelöst, Nechyba stand dampfend und schwer atmend inmitten seiner Männer. Er rieb sich die blutig geschlagene rechte Faust und stierte ins Leere. Es ekelte ihn und am liebsten hätte er sich mitten auf der Ringstraße übergeben. Stattdessen befahl er seinen Leuten, ins Polizeigebäude zurückzukehren; zwei hatten ärgere Blessuren, die sie vom Polizeiarzt behandeln lassen mussten.

Alleine blieb er auf dem Schlachtfeld stehen, beobachtete die Arrestantenwagen, die, vollgestopft mit Demonstranten, in Richtung Polizeigefangenenhaus losfuhren. Die berittene Polizei zog ab und der Stau der Straßenbahnen löste sich allmählich auf. Der Oberkommissär eines benachbarten Kommissariats ging mit seinen Männern vorbei und grüßte Nechyba. Straßenkehrer räumten die herumliegenden Pflastersteine, zerbrochenen Fahnenstangen, zerfetzten Fahnen und Transparente weg. Uniformierte Polizisten gaben den Verkehr auf der Ringstraße wieder frei, Passanten flanierten links und rechts auf den breiten Gehsteigen, als ob nichts geschehen wäre. Es waren nur mehr einige rostbraune Blutlachen auf der Straßenpflasterung zu sehen. Und auch diese letzten Zeugnisse der Empörung zerrannen im leise einsetzenden Nieselregen.

VIII.

Nechyba fröstelte. Da er in Ruhe nachdenken wollte, lenkte er seine Schritte ins nahe Café Landtmann. Er wurde vom Ober freundlich begrüßt und zu einer der ringseitigen Fensterlogen geleitet. Auf die Frage, was er trinken wolle, antwortete er geistesabwesend: »Einen Goldblatt.« Eine Bestellung, die der Ober an einen der Zuträger weitergab und ihn zu folgender Frage veranlasste: »Sie kennen den Doktor Goldblatt?«

Nechyba schreckte aus seinen Grübeleien und murmelte grantig: »Sicher. Länger als Sie …«

»Da haben Sie wahrscheinlich recht, mein Herr«, erwiderte der Kellner. »Der Herr Redakteur ist seit circa einem Jahr bei uns regelmäßig zu Gast.«

»So, so«, brummte Nechyba, »deshalb hab ich ihn in letzter Zeit nicht mehr im Café Sperl angetroffen.«

»Soviel mir bekannt ist, wohnt der Herr Redakteur ein Stückerl außerhalb des Rings im 8. Bezirk. Apropos Ring. Haben Sie die Asozialen vorhin problemlos vertreiben können, Herr Inspector? Es ist ja wirklich eine Schande, so was! Vor unserem eleganten Kaffeehaus demonstrieren diese Proleten. Das ist ja direkt geschäftsschädigend. Wenn das so weitergeht, traut sich bald kein Mensch mehr ins Landtmann. Einsperren, aburteilen und aufhängen! So sollte man mit diesem sozialdemokratischen Gesindel verfahren. Und vor allem sollte es eines geben: keinen Pardon! Keinen Pardon …«

Nechyba schnaufte erleichtert auf, dass der Redefluss des Obers unterbrochen wurde, als der Zuträger den ›Goldblatt‹ servierte. Um den Oberkellner samt seinen ekelhaften Redensarten loszuwerden, stand er auf, zog sich den Mantel aus, nahm die Melone ab, drückte ihm beides in die Hand und sagte: »Seien S' so gut und bringen S' das für mich zur Garderobe.«

Damit war er den aufdringlichen Kerl los und schlürfte mit Genuss seinen Kaffee – einen Türkischen ohne Sud mit einem Schuss Trebernen. Goldblatt logierte nun im 8. Bezirk. Das war also der Grund dafür, dass er ihn nicht mehr im gemeinsamen Stammcafé antraf. Früher hatte Goldblatt mehr oder weniger im Café Sperl gewohnt. Dorthin hatte er sich sogar die Post zustellen lassen. Seit Nechyba verheiratet war, ging er nicht mehr regelmäßig ins Kaffeehaus, und so hatte er damals erst nach einigen Wochen das Verschwinden Goldblatts registriert. Da niemand wusste, wo sich der Redakteur aufhielt, ließ Nechyba die Sache auf sich beruhen und vergaß allmählich seinen langjährigen Tarockpartner. Umso erfreuter war er nun, dass er per Zufall das neue Stammcafé Goldblatts entdeckt hatte. Er erinnerte sich an die unzähligen Kartenpartien, die er im Laufe von vielen Jahren mit Goldblatt, dem Scharfrichter Lang und Kratochwilla, dem Cafetier des Sperls, gespielt hatte. Mittlerweile war er nur mehr ein fallweiser Gast in diesem Café – meistens verbrachte er die Abende daheim bei seiner Frau. Als er so nachdachte, geriet er ins Sinnieren über die Auswirkungen der Ehe auf das Leben eines Mannes. Sicher gab es genügend Ehemänner, die sich nichts scherten und die ihre Frauen allein daheim ließen, um die Nächte in Kaffeehäusern und Beisln zuzubringen. Doch das war nicht seine Art. Schließlich hatte er erst im reifen Alter von fünfundvierzig Jahren geheiratet. Warum er eigentlich geheiratet hatte …?

»Ja Kruzitürken! Ist man denn vor Ihnen nirgendwo sicher? Verfolgen Sie mich jetzt schon in mein neues Stammcafé?« Mit diesem Vorwurf nahm Goldblatt in Nechybas Fensterloge Platz.

Der Inspector schaute den Redakteur verwundert an; wie ein Ochs das neue Tor. Er fasste sich aber schnell wieder und begann über beide Backen zu grinsen. »Goldblatt. Gerade hab ich an Sie gedacht.«

»Ah, deshalb hab ich seit einer Viertelstunde Schluckauf.«

»Sehen Sie, Ihren skurrilen Humor hab ich auch vermisst.«

»Wollen S' mir schmeicheln? Oder brauchen S' was von mir?«

Der Ober kam und fragte: »Wie immer, Herr Doktor …?« Nechyba schloss sich dem ›Wie immer‹ an, da er zu Recht davon ausging, dass es sich dabei nur um einen ›Goldblatt‹ handeln konnte. Bis die Kaffees serviert wurden, saßen sich die beiden Männer schweigend gegenüber. Wortlos schlürften sie dann das heiße, alkoholhaltige Getränk. Nechyba grinste neuerlich und bemerkte in ironischem Tonfall: »Sagen Sie, Goldblatt, was ist Ihnen da eigentlich eingefallen, als Sie diesen Aufhänger vom Kannibalismus in Wien geschrieben haben? Das ist doch ein aufgelegter Blödsinn. Sind solche Artikel ein erstes Anzeichen von Altersdemenz oder glauben Sie, dass Ihre Leser wirklich so meschugge sind und das für bare Münze halten?«

»Meschugge«, schnaubte Goldblatt verächtlich und seine Augen blitzten kampflustig hinter den runden Brillengläsern. »Nehmen Sie gefälligst keine jiddischen Worte in den Mund, Nechyba. Das passt nicht zu Ihnen. Und was die Altersdemenz betrifft, so scheint die eher im Polizeigebäude um sich zu greifen.«

»Na, na, na … Wer wird denn gleich so angerührt sein? Wer so einen reißerischen Sensationsjournalismus betreibt wie Sie, der sollte schon ein bisserl eine dickere Haut haben. Es ist ja unglaublich, was Sie da zusammengeschmiert haben.«

»Ich schmiere nicht, ich schreibe. Und zwar beinhart recherchierte Tatsachen. Für die Kannibalismusgeschichte habe ich erstens einen Zeugen und zweitens ein Corpus delicti.«

»Vielleicht ein menschliches Ripperl oder gar einen Finger, so wie bei Hänsel und Gretel?«

»Sie sagen es, Nechyba! Es ist ein Finger. Ein Finger, der gut gekühlt am Fensterbrett meines Zimmers in der Redaktion liegt. Zu dem Finger gibt's übrigens auch eine Hand und einen Unterarm, der ziemlich stümperhaft vom restlichen Körper abgetrennt wurde …«

IX.

Sie sass im Wohnzimmer beim flackernden Schein einer Petroleumlampe und flickte ihre Wäsche. Dies war notwendig geworden, da sie aufgrund des akuten Geldmangels die Wäsche nicht mehr zu einer Näherin bringen konnte. Sie versuchte, sich auf die Arbeit zu konzentrieren, doch ihre Gedanken schweiften immer wieder ab. Es quälte sie die Sorge, wovon sie sich Essen kaufen und die Wohnung erhalten sollte. Und weil ihr das alles unablässig durch den Kopf ging, stach sie sich schlussendlich mit der Nähnadel in den Finger. Dabei kam ihr Vestenbrugg in den Sinn, der immer wieder darum gebettelt hatte, ihn zu quälen. Mit Schaudern erinnerte sie sich daran, wie sie seine Brustwarzen mit Nähnadeln malträtieren musste. Gott, war sie froh, dass das zu Ende war. Gleichzeitig erinnerte sie sich aber mit Wehmut an die materielle Sicherheit, die ihr das Verhältnis mit Vestenbrugg geboten hatte.

Als sie so dasaß, ihren gestochenen Finger lutschte und an frühere Zeiten dachte, klopfte es an ihre Wohnungstür. ›Hoffentlich ist das nicht die Hausbesitzerin, die die Miete für den nächsten Monat kassieren will!‹, dachte sie.

Sie zögerte, zur Tür zu gehen, doch es klopfte wieder. Diesmal wesentlich energischer. Steffi Moravec war hin und her gerissen. Einerseits wurde sie immer neugieriger, wer da Einlass begehrte. Andererseits hatte sie Angst vor der Mieteintreiberin. Schließlich siegte ihre Neugierde. Sie lief zur Tür und riss sie mit einem Ruck auf.

Zu ihrer Überraschung sah sie einen elegant gekleideten, älteren Herrn samt Diener im Hausflur stehen. Dann hörte sie Collredis Stimme: »Fräulein Moravec, guten Abend. Ich hoff, dass ich nicht ungelegen komme.«

»Ganz und gar nicht, Exzellenz. Ein bisserl überraschend vielleicht …«

»Überraschungen sind die Würze des Lebens, meine Liebe! Darf ich eintreten?«

»Selbstverständlich, Exzellenz.«

Der Graf betrat das Vorzimmer, sah sich prüfend in der Biedermeierwohnung um und registrierte mit Wohlgefallen die ordentliche, wenn auch nicht prunkvolle Einrichtung. Wie beiläufig ergriff er Steffis Hand, zog sie zu sich und fragte: »Haben Sie Lust auf ein kleines Souper?«

»Ja, schon. Aber ich muss mich erst fein machen. Wenn Exzellenz mich ausführen wollen …«

»Aber ich bitte Sie! Wieso sollen wir ausgehen? Wir können doch hier in Ihrem gemütlichen Heim soupieren, ganz entre nous. Wenn Sie erlauben, holt mein Kammerdiener jetzt den Champagner und die Charcuterie, die wir mitgebracht haben.«

»Exzellenz sind aber ganz ein Schlimmer. Besuchen mit Champagner und Delikatessen im Gepäck das Mädel eines Ihrer besten Freunde …«

»Ach wissen Sie, der Vestenbrugg und ich, wir haben schon so viel miteinander erlebt, dass er mir das sicher nicht übel nimmt. Aber vielleicht kommt er sowieso noch vorbei … das wär doch charmant! Ich hab eh für drei Personen einkaufen lassen.«

Steffi zuckte zusammen und entzog dem Grafen ihre Hand. Inzwischen brachten der Kammerdiener und zwei weitere Bedienstete Körbe mit Champagnerflaschen, Eiskübel mit gestoßenem Eis, Gläser, kalten Aufschnitt mit diversen Würsten, Schinken, Pasteten und Terrinen ins Esszimmer. Steffi Moravec war sehr blass und still, als diese Köstlichkeiten auf einem Damasttischtuch mit dem gräflichen Porzellan und Silberbesteck aufgebaut wurden. Schließlich bemerkte sie beiläufig: »Den Baron Vestenbrugg hab ich schon seit drei Tagen nicht mehr gesehen. Wissen Sie, Exzellenz, vielleicht, wo er sich aufhält?«

»Na so was! Ich hab allen Ernstes gehofft, den guten Vestenbrugg heut Abend bei Ihnen anzutreffen. Zuerst ist er im Schwarzen Kameel nicht zum Mittagessen erschienen, und dann hat er rein gar nichts mehr von sich hören lassen. Das ist doch kurios! Es wird ihm hoffentlich nix passiert sein.«

»Ja, das hoffe ich auch«, flüsterte sie.

Als die Bediensteten das üppige Buffet aufgebaut hatten, zogen sie sich diskret zurück. Graf Collredi öffnete eine Flasche Champagner, schenkte ein und formulierte folgenden Trinkspruch: »Unkraut vergeht nicht. Deshalb wollen wir auf die Gesundheit des Oberstleutnant Vestenbrugg anstoßen und hoffen, dass die unergründlichen Wege des Lebens ihn heute Abend vielleicht doch hierher zu uns führen.«

Mit zitternder Hand prostete die Moravec dem Grafen zu und verschluckte sich beim Trinken des Champagners.

Collredi nutzte diese Gelegenheit, um ihr auf den entzückenden Rücken zu klopfen. Er geleitete sie zum Sofa, wo er sich neben sie setzte und ihr die Hand tätschelte. »Ja, die Champagnerperlen sind ein Hund … Wenn man nicht aufpasst, steigen die einem in die Nase, in die Luftröhre und schlussendlich auch in den Kopf. Kommen S', trinken S' gleich noch einen Schluck zum Runterspülen!«

Steffi tat, wie ihr geheißen. Damit war ihr kleines Malheur überwunden und das nun beginnende Souper kam ihrem vor Hunger knurrenden Magen gerade recht. Dabei entspannte sich eine private, fast intime Plauderei, bei der Collredi ihr aus seiner Welt erzählte und ihr zahlreiche Komplimente machte. Dieser Charmeoffensive konnte und wollte sie sich nicht entziehen. Schließlich ließ der Graf auch durchblicken, dass Geld für ihn eigentlich keine Rolle spielte und dass

Vestenbrugg im Vergleich zu ihm ein armer Schlucker war. Und während sie mit glänzenden Augen zuhörte, genoss sie die Köstlichkeiten genauso wie das herrliche Porzellan, das schwere Silberbesteck und die dicken Damastservietten, in die sie ihre fettigen Finger wischte.

Plötzlich erklang lautes Klopfen. Sofort war ihre gute Laune verflogen und die Gespenster ihrer finanziellen Zwangslage kehrten zurück. Nichts wäre ihr in diesem Moment peinlicher als das Erscheinen der Vermieterin. Wenn sie da jetzt nicht die Miete begleichen könnte, wäre sie vor dem Grafen unsterblich blamiert. Collredi, der die Verfinsterung ihres Gemütszustandes sofort bemerkte, reagierte galant. »Na, schaut so aus, als ob das eine sich selbst erfüllende Prophezeiung ist ... Der Vestenbrugg scheint jetzt tatsächlich zu uns zu stoßen. Wollen Sie ihm nicht öffnen, meine Liebe?«

Mit zitternden Knien stand die Moravec auf, atmete tief durch, schritt zur Wohnungstür und öffnete sie energisch. Als sie im Dunkel des Hausflurs eine Deutschmeister-Uniform sah, atmete sie erleichtert auf. Collredi, der ihr zur Tür gefolgt war, sah ebenfalls die blaue Uniform und rief in jovialem Ton: »Servus, Vestenbrugg, schön, dass du dich wieder einmal anschauen lässt ...«

Die Moravec ließ sich jedoch keine Sekunde täuschen. Der Typ vor der Tür war nicht Vestenbrugg.

Deshalb sprach sie mit kühler Stimme: »Leutnant Popovic. Was verschafft mir die Ehre?«

»Servus, Steffi. Ich war gerade in der Nähe und da hab ich mir gedacht, ich schau kurz vorbei …«

»Herr Leutnant! Ich möchte Sie bitten, mich nicht zu duzen. Außerdem habe ich Besuch, wie Sie sehen.«

Collredi trat neben die Moravec und Popovic erkannte ihn. Er nahm Haltung an und grüßte mit einem schneidigen »Guten Abend, Exzellenz!«

Auf Steffis Stirne formten sich Unmutsfalten, ihr Ton war nun eisig.«Leutnant Popovic! Ich wünsche keinerlei plumpe Vertraulichkeiten. Ihr unangemeldeter Besuch stellt eine solche dar. Also inkommodieren Sie mich nicht weiter! Adieu und guten Abend.«

Damit warf sie die Tür ins Schloss. Und während Popovic wie ein geprügelter Hund die Stiegen hinunterschlich, überkam Collredi eine fantastische Erregung. Dieses Fräulein Moravec hatte eine Strenge, die ihn auf ganz bezaubernde Weise an Wanda von Dunajew erinnerte. Jene Dame, der Leopold Ritter von Sacher-Masoch mit seinem Roman ›Venus im Pelz‹ ein literarisches Denkmal gesetzt hatte.

X.

Einen Montag wie diesen 2. März 1908 hätte Joseph Maria Nechyba am liebsten aus seinem Leben gestrichen. In der Früh holte er den gut gekühlten Finger samt Unterarm aus Goldblatts Redaktion ab. Dass der Leichenteil sehr gut konserviert war, lag an dem unbeständigen, kalten Wetter mit immer wieder einsetzendem Schneetreiben und Temperaturen um die null Grad. Und das Anfang März! Es sah so aus, als ob der Frühling überhaupt nicht kommen wollte.

Doktor Mitterlehner, der diensthabende Pathologe, den Nechyba von früher kannte, kam der Bitte um eine rasche Untersuchung sofort nach. Folgende Anhaltspunkte ergaben sich: Der Unterarm stammte von einem wohlgenährten Mann zwischen dem fünfzigsten und dem sechzigsten Lebensjahr. Da seine Hände keinerlei Spuren von harter Arbeit zeigten, gehörte der Verstorbene wahrscheinlich der Oberschicht an. Als Nechyba gegen Mittag ins Polizeigebäude kam, konnte er – was für ein Tag! – sein schmerzlich vermisstes Gabelfrühstück nicht nachholen. Denn sein Adjutant Pospischil teilte ihm mit, dass der Herr Zentralinspector ihn umgehend sprechen wolle. Mit knurrendem Magen und säuerlichem Gesichtsausdruck betrat er wenig später das Büro von Ferdinand Gorup von Besanez.

»Nechyba! Wo haben S' denn den ganzen Vormittag gesteckt? Haben S' in einem Beisl ein besonders ausführliches Gabelfrühstück zu sich genommen?«

»Ja, im Wirtshaus Zum gefrorenen Finger«, knurrte der Inspector.

»Was? Zum gefrorenen Finger? Das klingt ja grauslich.«

»Ist es auch. Ich war in der Pathologie und hab dort einen gefrorenen Unterarm samt ausgestrecktem Zeigefinger vom Doktor Mitterlehner untersuchen lassen. Es handelt sich dabei um einen Leichenfund beziehungsweise um den Fund eines Teils einer Leiche.«

»Ein Leichenstück? Und wo ist der Rest?«

»Das wissen wir noch nicht. Wenn Sie sich daran erinnern, hat's vor einigen Tagen in der Zeitung eine Riesengeschichte über angeblichen Kannibalismus in Wien gegeben. Heut Morgen hab ich in der betreffenden Redaktion diesen Unterarm sichergestellt. Die haben ihn dort auf dem Fensterbrett kühl gelagert.«

»Und ich hab geglaubt, das mit dem Kannibalismus ist eine Zeitungsente. Eine Erfindung der Journaille …«

»Schön wär's. Tatsache ist aber, dass Unterarm und Hand einem fünfzig- bis sechzigjährigen Mann, der augenscheinlich keiner harten körperlichen Arbeit nachgegangen ist, gehört hat. Er ist übrigens völlig dilettantisch vom restlichen Arm abgetrennt worden.«

»So, so. Sie verfolgen diese unappetitliche Geschichte

hoffentlich mit Nachdruck weiter, Nechyba? Außerdem möchte ich Sie bitten, sich folgender Sache anzunehmen: Vor über einer Woche ist ein Stabsoffizier vom Infanterieregiment N° 4 spurlos verschwunden. Heut hab ich vom Militärkommando die Bitte erhalten, dass wir bei der Suche helfen sollen. Bei dem Vermissten handelt es sich um einen gewissen Oberstleutnant Friedrich von Vestenbrugg, Kommandant des 1. Bataillons des Hoch- und Deutschmeisterregiments. Auf gut Wienerisch: Ein Stabsoffizier der Edelknaben* ist verschütt gegangen.«

»Wie alt war denn der Vestenbrugg?«

Gorup von Besanez reichte Nechyba einen dünnen Akt. »Da müssten alle Informationen drinnen stehen. Schaun Sie sich das in Ruhe an, Nechyba. Und setzen Sie einen Ihrer Leute darauf an. Der Vestenbrugg muss ja eine Familie, Freunde, Verhältnisse et cetera gehabt haben. Das sind alles Ansatzpunkte, um ihn zu finden. So, das wär's! Ich muss jetzt zu einem Mittagessen mit dem Polizeipräsidenten.« Im Davoneilen drehte sich der Zentralinspector noch einmal um und rief: »Und vergessen S' mir die Kannibalen nicht! Ich möchte nicht, dass das in Wien modern wird. Sonst bekommen wir demnächst noch im Gasthaus panierte Finger serviert …«

---

* Umgangssprachliche Bezeichnung für Angehörige des k.u.k. Infanterieregiments N° 4.

Nechyba nahm ein spätes Mittagessen in der Gastwirtschaft ›Zum Alten Heller‹ in der Fasangasse zu sich. Hungrig wie ein Wolf verzehrte er eine Frittatensuppe, einen Vanillerostbraten mit Braterdäpfeln sowie böhmische Palatschinken*. Trotz des nachfolgenden Verdauungsschnapserls lag ihm das üppige Mahl wie ein Stein im Magen. Vielleicht auch deshalb, weil er beim Essen die Akte Vestenbrugg studiert hatte. Und weil er dauernd an den abgetrennten, gefrorenen Unterarm mit dem ausgestreckten Finger denken musste.

War das Vestenbruggs Unterarm? Und wenn ja, wo war der Rest? Lebte der Oberstleutnant noch oder war er tot? War er wirklich hungrigen Unterstandslosen in die Hände gefallen, die ihn zerfleischt hatten? Oder war er schon vorher tot gewesen und sie hatten sich nur die sterblichen Reste einverleibt?

»Das ist ja kein Wunder, dass ich bei diesem Thema Magenweh bekomme«, brummte Nechyba in seinen Bart.

Zur Anregung seiner Verdauung nahm er nicht die Tramway, sondern ging zu Fuß. Sein Ziel war die Kaserne am Rennweg, in der das Hoch- und Deutschmeisterregiment untergebracht war. Dort angekommen, führte er

* Frittatensuppe: In dünne Streifen geschnittene Pfannkuchen, die in klarer Rindsuppe serviert werden. Vanillerostbraten: gebratenes Entrecôte mit viel Knoblauch. Böhmische Palatschinken: mit Powidl (extrem lang gekochte und dadurch eingedickte, sehr intensiv schmeckende Zwetschkenmarmelade) gefüllte und mit Mohn und Staubzucker bestreute Pfannkuchen.

ein ausführliches, inhaltlich aber unergiebiges Gespräch mit dem Adjutanten des Regimentskommandanten. Das einzig Erquickliche an diesem Gespräch war, dass es im Offizierskasino stattfand, wo ihm ein ganz ausgezeichneter doppelter Mokka* serviert wurde.

Am späten Nachmittag kehrte der Inspector ins Polizeigebäude zurück. Er begab sich in die Asservatenkammer und borgte sich dort grobe sowie zerschlissene Kleidungsstücke aus (was bei Nechybas gewaltigen Körpermaßen gar nicht so einfach war). Er kleidete sich in seinem Büro um und verließ – unter den verwunderten Blicken der diensthabenden Kollegen – wie ein Griasler** aussehend das Polizeigebäude. Mit noch immer anhaltendem Magendrücken begab er sich zur Suppen- und Teeanstalt am Tiefen Graben – einem Treffpunkt der Unterstandslosen.

* schwarzer Kaffee
** Unterstandsloser

XI.

Durch eine verhängte Glastür betrat er einen großen, schummrig beleuchteten Raum, der an der rückwärtigen Seite durch ein lang gestrecktes Pult abgeschlossen wurde. Die Einrichtung bestand aus primitiven Holztischen und Sesseln. Alles war sehr armselig, aber reinlich. Nechyba genierte sich fast für seine abgerissene Erscheinung, denn ein Teil des Publikums war durchaus anständig gekleidet. Wenn man allerdings beobachtete, wie sich die hier Anwesenden an der langen Theke eine Portion der dünnen Suppe holten und diese mit beiden Händen wie ein Kleinod zu einem der freien Plätze trugen, sah man, dass sie arme Teufel waren. Nechyba setzte sich auf einen der wenigen freien Plätze nahe der Tür. Dabei stieß er mit der Schulter an den ältlichen Mann, der neben ihm saß und voll Andacht ein Linsengericht löffelte. Der Mann warf ihm einen misstrauischen Blick zu, bog den Oberkörper weg, um nicht nochmals mit ihm in Berührung zu kommen, und giftete: »Können S' net nach hinten gehen? Da ist genug Platz ... Müssen S' mich mit ihrem dreckigen G'wand abschmieren?«

»Entschuldigen Sie, ich bin fremd da«, stammelte Nechyba.

»Fremd, fremd«, fuhr der Mann ihn an. »Am besten wären S' daheim blieben ... alle kommen nach Wien und fressen uns Wienern alles weg. Von überall kommens! Die Behm, die Krowotn und die Katzelmacher* ... die werden bei ihnen daham ausseg'schmissen und dann kommens zu uns. Und wir in Wien müssen uns mit den Gfrastern** herumschlagen!«

Nechyba, dessen Vater ebenfalls aus Böhmen zugewandert war, entgegnete: »Aber das sind doch meist arme Hunde ...«

»Was heißt arm? Arm sind wir selber! Die sollen schaun, wo sie bleiben ...« Resigniert beugte sich der Mann über seine Schüssel, um weiter Linsen zu löffeln. Nechyba aber stand auf und überlegte kurz, ob er sich auch etwas zum Essen kaufen sollte. Obwohl die angebotenen Speisen gut rochen und aussahen, reagierte sein noch immer verstimmter Magen mit leisem Sodbrennen auf diese Idee. Und so ging er an der Theke und an den dampfenden, riesigen Töpfen vorbei in den hinteren Raum der Suppen- und Teeanstalt. Dort gab es noch einige freie Plätze. Nechyba setzte sich so, dass er den Durchgang gut im Auge hatte. Schließlich war er ja mit Goldblatt verabredet. Als er da saß und wartete, bemerkte er rechter Hand einen Griasler, der ihm irgendwie bekannt vorkam. Nach einigem Grübeln fiel es ihm wie Schuppen von den Augen. Die Elendsgestalt war sein früherer Lieblingsfleischhauer Anastasius Schöberl. Nechyba stand auf, packte seinen

* Italiener
** Schimpfwort (hinterhältiger, gemeiner Mensch)

Sessel und ging hinüber zu Schöberl. Der duckte sich ängstlich über seinen Suppentopf, als er die hünenhafte Gestalt auf sich zukommen sah. Nechyba legte ihm seine Pranke auf die Schulter. »Rutsch ume*.«

Schöberl tat, wie ihm geheißen. Nechyba zwängte seinen Sessel zwischen den von Schöberl und den seines Tischnachbarn. Mit einem Seufzer nahm er Platz.

Ihm fiel auf, dass alle Anwesenden peinlich bemüht waren, wegzuschauen. Auch Schöberl traute sich nicht, dem Kerl, der sich da so unverschämt neben ihn an den Tisch gedrängt hatte, ins Gesicht zu blicken. Der Inspector ließ einige Zeit verstreichen, bevor er sich zu Schöberl beugte (der Kerl stank fürchterlich!) und ihm zuflüsterte: »Bleib ganz ruhig sitzen, Schöberl. Ich bin's, dein Inspector von den Polizeiagenten. Mach keinen Bahöö** und sag ja nicht Inspector, Oberpolizeirat oder sonst so einen Schwachsinn zu mir.«

Schöberl schaute zuerst ganz verdattert, dann aber leuchtete ein Erkennen in seinen Augen auf. Er grinste. »Na, das wird ja heute ein richtiges Familientreffen.«

»Wie meinst denn das?«

»Na, weil der Doktor Goldblatt ja auch noch kommt.«

»Also bist du sein Informant! Wo hast denn die Hand her?«

Schöberl zögerte zuerst, erinnerte sich aber dann,

---

* Rück zur Seite
** Lärm

dass ihm Nechyba vor fünf Jahren gehörig aus der Patsche geholfen hatte und dass er ihm so einiges verdankte. Im Flüsterton berichtete er wahrheitsgetreu über seinen Fund.

»Und was ist mit dem Kannibalismus? Was ist das für ein G'schichterl?«

Schöberl druckste herum und plötzlich erschien Leo Goldblatt – zu spät, wie immer. Nechyba schob seinen linken Nachbarn samt Sessel zur Seite. Der sprang auf, murmelte – ohne Nechyba direkt anzuschauen – ein paar halblaute Flüche und ging. Auf dem frei gewordenen Stuhl nahm Goldblatt Platz. Die drei Männer steckten die Köpfe zusammen, und nachdem Goldblatt dem Schöberl zwei Kronen zugesteckt hatte, erzählte der Folgendes: »Unterm Karlsplatz, dort, wo der Wienfluss überdacht ist, gibt es ein Gewölbe, das schwer zugänglich ist. Dort soll angeblich, seit ein paar Tagen, eine Reliquie verehrt werden. Ein Schädel, der aus dem Kanal gefischt worden ist. Scharen von Griaslern und auch ›anständige‹ Menschen sind schon dort hingepilgert. Es soll der Kopf von Johannes dem Täufer sein …«

XII.

Gulasch! Sein Frnak* witterte Gulasch. Und je näher er seiner Wohnungstür kam, desto intensiver wurde der Geruch. Mit einem erwartungsfrohen Lächeln schloss er auf und trat ein. In der geräumigen Wohnküche, die auch als Vorzimmer diente, stand seine Frau Aurelia am Herd und rührte in einem dampfenden Gulaschtopf.

»Servus, Nechyba, na, wie war der Nachtdienst?«

Statt eine Antwort zu geben, trat er hinter sie und zwickte sie in die Hüften, sodass sie kurz aufschrie. Dann gab er ihr einen Kuss ins Genick und drückte das geliebte Wesen kräftig an sich. Sie entwand sich seiner Umarmung und schimpfte: »Du bist ein Grobian, Nechyba.«

Er gab ihr ein zartes Busserl** auf den Mund und schnurrte: »Geh! Das g'fallt dir doch …«

Sie erwiderte nichts, sondern schob ihn zum Küchentisch, wo er sich mit einem Seufzer der Erleichterung niederließ. Sie servierte ihm eine ordentliche Portion Gulasch, die er – das Sodbrennen war zum Glück abgeklungen – mit großem Appetit verschlang. Wieder einmal dankte er dem lieben Gott, dass ihm vor fünf Jahren die Herrschaftsköchin Aurelia Litzelsberger über den Weg gelaufen war. Hartnäckig hatte er ihr damals

---

* Nase
** Kuss

den Hof gemacht, sich nach einem Jahr mit ihr verlobt und sie nach einem weiteren Jahr geheiratet.

»Wann hast denn das Gulasch g'macht?«

»Gestern Abend. Ich bin früher heimgegangen, weil die Herrschaft gestern in der Oper war. Da hab ich kein Abendessen kochen müssen. Und weil ich weiß, dass du nach dem Nachtdienst immer hungrig wie ein Wolf bist, hab ich ein Gulasch gekocht.«

»Ich hab's schon draußen im Gang gerochen.«

»Stinkt's sehr?«

»Ganz im Gegenteil. Es duftet! Heut Nacht hab ich geruchsmäßig sowieso was mitgemacht ... Ich war in einem Griaslerlokal am Tiefen Graben. Was glaubst, wie die Leut da gerochen haben? Es war kaum zum Aushalten. Übrigens hab ich dort auch einen alten Bekannten getroffen.«

Er stand auf und holte mit einem Krug frisches Wasser von der vor seiner Wohnungstür befindlichen Bassena. Nachdem er sich und seiner Frau jeweils ein Glas eingeschenkt hatte, schilderte er ihr seine Begegnung mit Schöberl.

Aurelia Nechyba, die früher selbst oft bei Schöberl Fleisch eingekauft hatte, war entsetzt. »Wie kann ein Mensch, der noch dazu einen ordentlichen Beruf erlernt hat, so verkommen?«

»Das geht leider manchmal sehr schnell. Und schuld sind oft die Frauen ...«

»Geh! Was redest denn für einen Blödsinn?«

Nechyba lachte und sagte: »In dem Fall stimmt's wirklich. Der Schöberl hat ein Gspusi* mit der Frau seines Fleischhauermeisters gehabt. Der ist ihm draufgekommen und hat ihn rausgehaut. Aus dem Geschäft und aus der Wohnung. Denn der Schöberl hat im Haus von seinem Meister gewohnt. Papiere hat er auch keine bekommen, deshalb hat er auch keine neue Arbeit gekriegt, und so ist er ein Griasler geworden, der jetzt im Kanal wohnt.«

»In was für einem Kanal, um Gottes willen?«

»Der Schöberl haust unten in einem Schacht beim Donaukanal. Andere wohnen unterm Karlsplatz in Schächten und Mauervorsprüngen oder sonst wo. Es gibt ein Elend in der Stadt, das kannst du dir gar nicht vorstellen.«

* Verhältnis

XIII.

Nein, Nechyba hatte überhaupt keine Lust, sich wiederum als Griasler zu verkleiden. Deshalb sprach er bei Zentralinspector Gorup von Besanez vor und berichtete ihm über den Stand der Ermittlungen. Auf die Frage, was er nun zu tun gedenke, antwortete er: »Heute Nacht eine Großrazzia im Kanalsystem des Wienflusses machen.«

Ferdinand Gorup von Besanez schaute ihn verblüfft an. »Und warum ermitteln Sie nicht einfach verdeckt weiter?«

»Weil ich unbedingt diese Kannibalismusgeschichte aufklären will. Dafür brauch ich aber, wenn es hart auf hart geht, mehrere Beamte. Falls es da unten zu einem Aufstand kommt … Außerdem haben wir bei einer Großrazzia die Chance, weitere Leichenteile zu finden. Und wenn wir bei dieser Aktion auch noch die Presse mit einbinden, kann niemand von den Herrschaften schreiben, dass sich die Wiener Polizei nicht ernsthaft um diese Menschenfressergerüchte kümmert. Dann müssen s' schreiben, dass wir alles in unserer Macht Stehende tun …«

Das letzte Argument überzeugte den Zentralinspector. »In Ordnung. Machen wir die Razzia. Erstellen Sie jetzt am Vormittag einen genauen Einsatzplan und legen Sie fest, wie viele Männer Sie brauchen. Ab

Mittag können wir die Kommissariate des 3., 4. und 6. Bezirks benachrichtigen, damit sie ihre Leute, die sich im Bereitschaftsdienst befinden, mobilisieren. Zusammen mit den Agenten Ihrer Gruppe müssten wir auf circa sechzig Mann kommen. Das sollte ausreichen.«

Nechyba nickte zustimmend und empfahl sich mit einem: »Jawohl! Und danke schön, Herr Baron!«

Eine Mischung aus Straßenstaub, Dreck und Taubenkot rieselte auf Nechyba nieder. Er zog den Kopf ein, hielt den Atem an und stieg eilig die enge Wendeltreppe weiter hinunter. Er streifte die Mauer mit seiner Schulter und sah, dass er nun einen dunklen, schmierigen Fleck auf seinem gepflegten Mantel hatte. Im Stillen verfluchte er nun die Idee, in den verdammten Kanälen eine Razzia zu machen.

»Wenn S' hier unterwegs sind, müssen S' damit rechnen, ein bisserl Dreck zu schlucken. Das ist da herunten ganz normal«, erklärte ihm sein Führer. Und fügte hinzu: »Staub und Ruß sind übrigens der einzige Niederschlag, den's hier gibt.«

Der Kerl war ein für das Kanalwesen in Wien zuständiger Magistratsbeamter namens Pichler. Er kannte sich in dem verwirrenden Labyrinth wie in seiner Westentasche aus.

Nach über hundert Stufen gelangte die kleine Gruppe, die aus dem Oberbaurat Pichler, Joseph

Maria Nechyba, Leo Goldblatt und fünf Polizeiagenten bestand, in einen leicht abfallenden Gang. Schweigend gingen sie weiter und kamen zum Hauptkanal des überdachten Wienflusses. In Folge der heftigen Schnee- und Regenfälle der letzten Wochen war der sonst eher einem Bach gleichende Wienfluss mächtig angeschwollen. Im flackernden Licht der Laternen betrachtete Nechyba die monumentale Anlage*: Eine unterirdische Welt mit unzähligen Seitenschächten, Verbindungs- und Zuflusskanälen, Röhren, Kammern und Schläuchen tat sich vor ihm auf. Die Gruppe wanderte flussabwärts zur großen Schleusenhalle, die unterhalb des Getreidemarktes lag. Ein Ort, an dem der ›Stadtkoller‹ und der Wienfluss sich vereinigten. Vor dem ›Schwarzenbergturm‹, einem Stiegenaufgang**, der oberirdisch in einem achteckigen Metallkiosk endete, hielt die Gruppe vor einer anderthalb Meter breiten Röhre. Sie führte zur sogenannten ›Küche‹. Nechyba kroch hinter Pichler und vor Goldblatt in die Röhre hinein. Direkt in eine geräumige Steinkammer, wo sie auf ein gutes Dutzend schlafender Griasler trafen. Der Inspector, der rundum schmutzig und nass war, fackelte nicht lange. Er schnappte sich die nächstbeste Elendsgestalt, gab ihr eine fürchterliche Ohrfeige und

* Die Überdachung des Wienflusses rund um den Naschmarkt und den Karlsplatz erstreckt sich an der Grenze des 6. und 1. Bezirks einerseits und des 4. und 3. Bezirks andererseits über eine Länge von circa zwei Kilometer.

** Durch einen ähnlichen Kiosk, dem ›Pestalozziturm‹, war die Gruppe hinuntergestiegen.

knurrte: »Wo sind die Leichenteile? Wer von euch hat was gesehen? Und wer von euch hat Menschenfleisch gefressen?«

Der Griasler jammerte. »Exzellenz, net schlagen! Bitte net schlagen. I weiß nix. Gar nix …«

Eine ähnliche Ahnungslosigkeit herrschte bei den restlichen Anwesenden. Nechyba hatte das Gefühl, Zeit zu vergeuden. Er wollte so schnell wie möglich aus dieser Unterwelt hinaus. Raus an die frische Nachtluft. Deshalb gab er seiner Gruppe das Kommando, umzukehren. Beim Wienfluss trafen sie auf uniformierte Sicherheitswachebeamte, die einige Griasler arretiert hatten. Die nun größer gewordene Kolonne zog flussaufwärts. Sie stieß auf weitere hier schlafende Menschen, die ebenfalls nach den Leichenteilen und dem Kopf befragt wurden. All das brachte jedoch keinerlei nützliche Hinweise.

Plötzlich war eine Unzahl von Stimmen und Schritten zu hören. Gespenstisch tanzten Lichter auf den dunklen, schnell dahinfließenden Wassermassen. Von flussaufwärts, wo auf Höhe der Engelgasse* die Überdachung des Wienflusses begann, kam eine Gruppe von uniformierten Sicherheitswachebeamten, die eine ziemlich große Schar von Obdachlosen vor sich hertrieb. Der leitende Polizei-Oberkommissär machte Nechyba Meldung. »Herr Inspector, wir haben leider nix gefunden. Keine Leichen, keine Gliedmaßen, keinen Schä-

* heute: Girardigasse

del. Gar nix. Und die Griasler da haben auch alle nix gesehen oder gehört. Es ist ein Jammer …«

»Kruzitürken!«, brüllte Nechyba, der fürchtete, dass die Razzia ein Schlag ins Wasser würde, die Griasler an. »Am liebsten täte ich euch G'fraster allesamt im Kanal ertränken. Ihr verlauste Bagasch*, was glaubt ihr denn? Glaubt ihr, ihr könnt uns Polizisten papierln**? Ich sag euch was, ihr kommts jetzt alle mit ins Polizeigebäude. Dort werden wir euch so lange einsperren, bis irgendeiner von euch redet. Gemma!«

Während der Inspector brüllte, rückte die Schar der Obdachlosen immer enger zusammen. Sie zogen die Schultern ein und duckten die Köpfe. Ein spindeldürrer Bub aber brach aus der Gruppe aus und rannte über die Eisengalerie oberhalb des Schleusenraums, die auch ›Fliegende Brücke‹ genannt wurde, davon. Nechyba brüllte: »Pospischil, schnapp ihn dir!«

Sein spindeldürrer Assistent rannte wie ein Wiesel hinter dem Buben her. Dieser drehte sich um, sah den Polizeiagenten und rutschte aus. Damit hatte Pospischil ihn. An den Haaren schleifte er das Kind über die Eisenbrücke zurück zu den anderen. Am Rande des Wienflusses zwang er den Buben auf die Knie und steckte dessen Kopf in das schäumende Wasser. Immer und immer wieder. Er ließ ihn gerade nur so viel Luft schnappen, dass er nicht erstickte. Dazu schrie er in

---

* Gesindel
** verarschen

einem fort: »Du dreckige Rotznase! Du Schießbudenfigur! Du Hosenscheißer! Du glaubst doch nicht, dass du uns auskommst? Wir finden dich überall! Im letzten Kanalloch! Du dreckige Rotznase! Du Schießbudenfigur! Du Hosenscheißer …«

Ungerührt – wie in Trance – sahen der Inspector und die anderen Polizisten dem Wüten Pospischils zu. Plötzlich trat ein alter Mann aus der Gruppe der Obdachlosen hervor. Katzbuckelnd näherte er sich Nechyba. Leise sagte er: »Herr Oberpolizeirat, ich bitt' Sie! Hören Sie auf mit dem Wahnsinn! Keiner von uns hat auch nur ein Stückerl von einer Leich' gegessen. Und das, obwohl wir alle einen Mordshunger haben … Die einzige Leich, von der ich g'hört hab, ist ein Schädel, den's in der Zwingburg vor einigen Tagen g'funden haben. Den hat der narrische Toni dort aufgebahrt. Und den tut er jetzt täglich anbeten. Weil er glaubt, dass das der Kopf von Johannes dem Täufer ist.«

Nechyba atmete auf. Und Pospischil hielt inne. Er ließ den Buben los, ging zu seinem Chef und fragte: »Schau ma in die Zwingburg?«

Nechyba nickte nur. Darauf nahm Pospischil den Alten am Arm und sagte: »Gemma! Gemma! Jetzt statten wir der g'schissenen Zwingburg einen Besuch ab.«

XIV.

Leo Goldblatts Begeisterung über die Teilnahme an einer Großrazzia im Wiener Kanalsystem war von Anfang an nicht sonderlich groß. Warum sollte er da unten herumkriechen und sein schönes Gewand dreckig machen? Andererseits fühlte er sich geschmeichelt, dass der dicke Nechyba ihn eigens in der Redaktion angerufen hatte, um ihn zu diesem seltsamen Ausflug einzuladen. Rein beruflich betrachtet, konnte er sich sowieso nicht davor drücken. Schließlich war er ja derjenige gewesen, der mit dem gefrorenen Finger und dem Kontakt zu Schöberl die ganze Geschichte ins Rollen gebracht hatte. Und der Artikel über den Kannibalismus hatte auch mächtig Wellen geschlagen. Jetzt erwarteten sich sein leitender Redakteur, der Leopold Lipschütz, sowie der Zeitungsherausgeber, dass er an der Geschichte dranblieb. Trotzdem grauste ihm vor dem Gedanken, hinunter in die übel riechenden Kanäle steigen zu müssen …

Und es kam schlimmer als erwartet. Zuerst der schwarze Regen aus Dreck und Ruß. Dann das Kriechen durch die Röhre in die ›Küche‹ samt Rückweg. Und jetzt das Herumstehen mit nassen Schuhen in der großen Schleusenhalle. Er hatte im wahrsten Sinn des Wortes die Nase voll. Als er zudem die brutale Behandlung des ausgezehrten, obdachlosen Buben mitverfolgte, wurde ihm speiübel. Am liebsten wäre er zum Pospischil hinübergegangen und hätte ihm in den Kragen gebrochen. Zum Glück machte der alte Griasler dem unwürdigen Schauspiel ein Ende. Goldblatt trat der Schweiß auf die Stirne, als er sich in die Kolonne der zur Zwingburg strebenden Menschen einreihte und dabei mit seinem Magen kämpfte. Es gelang ihm, den Brechreiz zu besiegen, mit kaltem Schweiß auf der Stirne und gespannter Neugier stapfte er durch knöchelhohes Wasser.

Plötzlich blieb der vorangehende alte Mann stehen und wandte sich an den Inspector. »Herr Oberpolizeirat, dürft ich bittschön einen Vorschlag machen?«

»Sag er schon, was er will ...«

»Da wär ein Ausstieg ums Eck, bei dem Sie unsere Leute nach oben bringen könnten. Weil zur Zwingburg hin wird's ziemlich eng. Da können wir net alle durch. Außerdem bräuchten wir einen breiten Laden*, damit wir über den Graben zur Zwingburg umekommen**.«

Nechyba dachte kurz nach. Dann erteilte er dem Oberkommissär den Befehl, alle Verhafteten an die Oberfläche zu bringen und gleichzeitig ein dickes Brett – am besten von einer Baustelle – zu beschaffen.

»Wir bringen's nachher natürlich wieder zurück ...

* Brett
** hinüberkommen

damit es nicht heißt, die Sicherheitswache plündert Baumaterial«, knurrte der Inspector.

Die lange Schlange von Verhafteten zog ab. Goldblatt erinnerte sich, dass er irgendwo in einer Innentasche seines Mantels – oder seines Sakkos – eine angebrochene Packung Zigaretten hatte. Er fingerte nervös durch alle Taschen, fand die Packung schließlich und bot den Umstehenden Zigaretten an. Als Erstem übrigens dem alten Griasler, der mit einem »Vergelt's Gott, Herr Inspector« die Zigarette annahm.

Nechyba lachte dröhnend und widersprach: »Das ist kein Inspector. Das ist ein Redakteur. Und zwar der, der die Kannibalismusgeschichte erfunden hat.«

Die Augen der Anwesenden musterten Goldblatt kritisch. Fast hätte er sich für diese Geschichte geniert. Da aber Angriff die beste Verteidigung ist, antwortete er: »Erstens erfinde ich keine Geschichten. Ich schreibe über die Ergebnisse meiner Recherchen. Und zweitens: Wenn es mich nicht geben täte, hätte die Polizei nie etwas von der zerstückelten Leiche erfahren. Da sieht man, dass ohne uns Journalisten so manches unter den Tisch gekehrt würde …«

»Ist das jetzt der Dank dafür, dass ich Sie als einzigen Journalisten Wiens zu dieser Razzia mitgenommen hab, Goldblatt?«

»Was heißt Dank. Sie, mein lieber Nechyba, sind mir Dank schuldig. Dass ich das alles aufgedeckt hab!«

»Meine Herren, streiten S' doch nicht«, beschwichtigte der Oberbaurat Pichler. »Ich glaub außerdem Schritte zu hören. Wahrscheinlich kommen s' jetzt mit dem Brett'l daher ...«

Und er hatte recht, der Oberbaurat. Zwei Sicherheitswachebeamte schleppten keuchend ein dickes Brett, über das selbst ein Koloss wie Nechyba ohne Probleme gehen konnte. Die Gruppe setzte sich nun in Richtung Schwarzenbergplatz in Bewegung. Um dorthin zu gelangen, mussten sie den reißenden, aber zum Glück nicht allzu tiefen Wienfluss überqueren. Auf Anraten des Oberbaurats Pichler zogen sie sich die Schuhe und Socken aus. Goldblatt hasste es!

»Denn bloßfüßig hat man mehr Halt auf dem rutschigen Flussbett ...«

Die Männer bildeten eine Schlange und hielten sich aneinander fest, was sich als sehr zweckdienlich herausstellte. Nicht nur Goldblatt, sondern auch Nechyba und die anderen rutschten in dem reißenden Flussbett immer wieder aus, wurden aber von ihren Nachbarn aufgefangen. Als sie das andere Ufer erreicht, die Hosenbeine wieder hinuntergekrempelt und Socken sowie Schuhe angezogen hatten, mussten sie ungefähr hundert Meter durch eine schlauchartige Röhre kriechen. Ein klaustrophobischer Albtraum! Goldblatt glaubte mehrmals – obwohl er so dünn war – steckenzubleiben. Schließlich erreichten sie einen anderthalb Meter hohen Gang, der vor dem steilen Ufer des tief unter ihnen dahinrauschenden Sammelkanals endete.

Gegenüber war eine Böschung, über der der Eingang zur Zwingburg lag. Die dort herumlungernden Griasler hatten, als sie hörten, dass sich mehrere Menschen näherten, das lange Brett, mit dem man den Hauptkanal überqueren konnte, eingezogen. Stur weigerten sie sich, das Brett auszufahren. Sie schauten allerdings blöde, als zwei Sicherheitswachebeamte mit einem anderen Brett aus der Röhre stiegen und es über den Hauptkanal legten. Die Griasler wollten das verhindern, doch Nechyba zog eine Pistole und gab einen Warnschuss ab.

Goldblatt schaute den Inspector verblüfft an. »Nechyba! Seit wann tragen Sie eine Schusswaffe?«

»Seitdem ich mit Ihnen unterwegs bin.« Schallendes Gelächter war die Folge. Und Nechyba fügte versöhnlich hinzu: »Sie haben schon recht. Ich mag keine Schusswaffen. Aber heut Abend hab ich mir gedacht, könnt ich's vielleicht brauchen ...«

Und damit ging er mit energischen Schritten über die Planke. Die anderen folgten ihm, und Goldblatt beobachtete mit Unbehagen das schwankende Stück Holz. Als Letzter überquerte er es schließlich selbst. Dabei nahm er sich vor, die nächste Einladung zu einer Razzia – ganz gleich, wo sie stattfinden würde – auszuschlagen.

Diese Meinung änderte er allerdings, als er schließlich in der Zwingburg drinnen war. In dem großen, gemauerten Raum, in dem sich circa zwanzig Obdachlose aufhielten, stank es gewaltig. Allerdings nicht nur nach menschlichen Ausdünstungen, sondern auch nach Rauch und verbrannten Kerzen. In der letzten Ecke des Raums lag auf einem mit Fetzen drapierten Steinhaufen ein halb verwester menschlicher Schädel. Im flackernden Kerzenlicht sah es aus, als ob sich dessen Gesichtszüge bewegten. Die Männer standen im Halbkreis um diese ›Reliquie‹ herum und betrachteten sie gebannt. Goldblatt, dem mystische Gefühle seit jeher fremd waren, trat vor und besah sich den Kopf aus der Nähe. Er griff in die Innentasche seines Sakkos und zog eine Fotografie heraus, die er von der Regimentskanzlei der k.u.k. Hoch- und Deutschmeister zur Veröffentlichung bekommen hatte. Er hielt sie neben den Schädel, nahm die Brille ab, kniff die Augen zusammen, blinzelte, sah noch einmal genau hin und drehte sich anschließend zu den anderen um. »Meine Herren, ein Rätsel haben wir heute Nacht zumindest gelöst. Dieser Schädel hier trägt unverkennbar die feisten Züge des Oberstleutnant Vestenbrugg.«

April/Mai

»Dort, wo Franz Josef weise herrschet sechzig Jahr,
der Völker Vater, Friedensfürst, im Silberhaar,
Dort, wo viel Freud und Glück er fand in frohen Tag'n,
Doch auch manch Leid und Schmerz so standhaft hat ertrag'n.
Wo sich um Volk und Kaiser schlingt ein festes Band,
das is mei Oesterreich, das is mei Vaterland.«

Postkarte zum sechzigjährigen Regierungsjubiläum von Kaiser Franz Josef I., Wien 1908.

I/2.

Satt und zufrieden schlenderte Leo Goldblatt nach dem Mittagessen in sein Stammcafé, das Landtmann. Er genoss die vereinzelten Sonnenstrahlen, die an diesem kühlen Frühlingstag doppelt wohltaten, und freute sich auf einen türkischen Kaffee mit einem Schuss Trebernen. Das würde Körper und Seele wärmen. Und falls der Kaffee ihn so aufmuntern sollte, dass ihn die Lust auf körperliche Ertüchtigung packte, könnte er im Landtmann ja auch eine Runde Billard spielen. Das war aber nicht sehr wahrscheinlich, denn meist hatte der nachmittägliche Kaffeegenuss andere Folgen: Verschanzt hinter einer Zeitung, machte er ein Nachmittagsnickerchen. Und so kam es auch heute. Er war in der Wiener Zeitung bei der ›Kleinen Chronik‹ angelangt, wo er Folgendes las:

Die Wiener Wärmestuben, die für den Tagesbesuch mit 15. März geschlossen wurden, hielten für Obdachlose des Nachts noch bis zum 1. April offen. In der Zeit vom 15. bis 31. März betrug die Anzahl der Besucher 6213 Männer, 470 Frauen und 35 Kinder, die sämtlich unentgeltlich mit Suppe und Brot beteilt wurden. Vom 15. November 1907 bis 15. März dieses Jahres betrug die Anzahl der Besucher bei Nacht 84.054, die Gesamtsumme bei Tag und Nacht 1,564.001 Personen.

Und dann schlief er ein. Er träumte, obdachlos zu

sein, von einer verschlossenen Wärmestube zur nächsten zu laufen und nirgends Einlass zu finden.

»Goldblatt, aufwachen! Jetzt schlafen S' schon untertags im Kaffeehaus … Das wär Ihnen vor ein paar Jahren noch net passiert. Früher sind Sie mit dem Billard-Queue in der Hand durch die Gegend gehüpft.«

Der Redakteur blinzelte hinter seiner randlosen Brille, nahm die mächtigen Umrisse der Nechybaschen Figur wahr, gähnte herzhaft und streckte sich.

»Soll ich Ihnen auch einen ›Goldblatt‹ bestellen, auf dass Sie munter werden?«

»Nein, lieber einen Türkischen.«

»Haben S' letzte Nacht wieder gelumpt?«

»Ach wo! Um Mitternacht war ich schon im Bett. Aber heut Vormittag haben wir eine Redaktionssitzung gehabt. Die war ganz schön anstrengend. Außerdem hält mich der Mordfall Vestenbrugg auf Trab.«

»Wieso? Was gibt es Neues?«

»Das sollte ich Sie fragen, Nechyba. Sie sind der ermittelnde Polizist.«

Nechyba rührte in seinem ›Goldblatt‹ und brummte etwas Unfreundliches. Leo Goldblatt konnte aber die Gelegenheit nicht vorbeigehen lassen, ohne weiter zu sticheln. »Und außerdem: Was es Neues gibt, lesen Sie in meinen Artikeln.«

»Sie sind mir ein sauberer Freund. Da nimmt man Sie als einzigen Journalisten zu einer Großrazzia mit und als Dank bekommt man solche blöden Antworten. Wer Sie zum Freund hat, braucht bei Gott keine Feinde.«

»Werden S' nicht sakral, Nechyba. Lassen S' den lieben Gott aus dem Spiel. Ich hab ja nur ein bisserl einen Spaß gemacht. Die einzige wirklich interessante Neuigkeit im Mordfall Vestenbrugg ist, dass er ein ›süßes Mädel‹ gehabt hat, der er eine recht geräumige Wohnung in der Salesianergasse gezahlt hat. Dort ist er nach dem Dienst von der Rennwegkaserne immer hinspaziert. Ein perfektes Liebesnest, das sich der Herr Oberstleutnant da eingerichtet hat. Und das Beste daran war: Kein Mensch hat davon gewusst.«

»Und wie sind Sie ihm auf die Schliche gekommen?«

»Wie ich nach einer ganzen Serie von Artikeln angestanden bin und nicht mehr gewusst hab, was ich noch schreiben soll, hab ich einen Aufruf verfasst. Dass sich doch bitte alle Personen, die nur irgendwie Kontakt zum Oberstleutnant hatten, bei mir in der Redaktion melden sollen. Für zielführende Hinweise hab ich natürlich auch eine Belohnung in Aussicht gestellt.«

»Und wer hat sich gemeldet?«

»Lauter Schwindler und Schwindliche*. Letztendlich aber auch die Vermieterin der besagten Wohnung. Eine herausgeputzte Alte, die am Vestenbrugg einen Nar-

* Spinner

ren gefressen hat. So wie die von ihm geschwärmt hat, hätt s' ihn wahrscheinlich am liebsten selbst vernascht. Die Miete hat der Vestenbrugg am Anfang immer sehr pünktlich und irgendwann mit immer größerer Verspätung bezahlt. Jetzt nach seinem Tod ist er ihr noch drei Monatsmieten schuldig. Als sie in der Zeitung gelesen hat, dass der Herr Oberstleutnant verstorben ist, hat sie das Mädel stante pede aus der Wohnung hinausgeschmissen. Ich glaub, das hat der Alten richtig Spaß gemacht. So ein bisserl als Revanche dafür, dass sie selbst beim Vestenbrugg nicht zum Zug gekommen ist.«

»Ja, ja, die Weiber … Manche sind auf Uniformen ganz narrisch.«

»Sie sagen es, Nechyba. Deshalb mein Rat: Wenn S' einer Frau imponieren wollen, borgen Sie sich am besten eine Uniform von einem Sicherheitswachebeamten aus.«

»Reden S' keinen Unsinn. Wem soll ich denn imponieren wollen? Und warum auch? Ich bin doch seit mittlerweile drei Jahren glücklich verheiratet.«

»Na, da schau her! Da darf ich ja gratulieren. Wer ist denn die Glückliche?«

»Sie kennen s' eh … die Köchin. Die Frau Aurelia. Aber die hab ich doch schon geheiratet, bevor Sie aus unserem Gretzl* und aus dem Café Sperl verschwunden sind.«

* Viertel

»Jetzt, wo Sie's sagen, kann ich mich dunkel erinnern.«

»Apropos: Ihr Verschwinden ist mir bis heute rätselhaft. Warum sind S' denn so plötzlich aus der Gegend am Naschmarkt weggezogen?«

»Das würden S' wohl gerne wissen ...«

»Steckt ein Weibsstück dahinter? Am Ende gar Ihre Nachbarin, die dicke Endlweber?«

Statt eine Antwort zu geben, bestellte Leo Goldblatt beim Ober einen doppelten Trebernen. Nechyba schloss sich der Bestellung an und beide Männer schwiegen, bis der Schnaps serviert wurde. Goldblatt stürzte seinen in einem Zug hinunter, holte dann tief Luft und legte los. »Ich sag Ihnen, Nechyba: Das Weib wollte mich zerquetschen. Buchstäblich! Die ist nicht nur von Monat zu Monat fetter geworden, sodass ich mir am Ende jedes Mal fast einen Bruch gehoben hab, wenn wir ... na ja, Sie wissen schon. Sie hat mich auch sonst zu erdrücken versucht. Keinen Schritt konnte ich mehr machen, ohne dass sie nicht darüber Rechenschaft haben wollte. Und schließlich hat sie sich auch noch erdreistet, mir Ratschläge zu geben, wie ich meine Artikel schreiben soll ...«

Nechyba musste grinsen, als er sich die fette, nackte Endlweber auf dem kleinen, dürren Goldblatt vorstellte. »Also sind Sie geflohen. Recht haben S' g'habt. Hätte ich an Ihrer Stelle auch gemacht. Ja, ja, die Weiber ... Ich hab mit meiner Aurelia wirklich ein Glück.

Die arbeitet den ganzen Tag hart. Und am Abend beziehungsweise an ihrem freien Tag ist sie froh, wenn s' ihre Ruhe hat. So halt ich's mit ihr recht gut aus.«

»Es ist alles ein Glück, was kein Unglück ist, Nechyba. Ich für meinen Teil hab die Endlweber noch vor unserer geplanten Hochzeit verlassen. Ich bin eines Abends nach der Arbeit einfach nicht mehr nach Hause gegangen. In der Redaktion hab' ich mich verleugnen lassen und privat bin ich eine Zeit lang in einer kleinen Pension in der Josefstadt untergetaucht. Die Gegend im 8. Bezirk hat mir gefallen, und so hab ich mir dort eine neue Wohnung gesucht. Da leb ich jetzt wieder nach meinem alten Grundsatz: Ich bin Freibeuter. Meine Beute ist meine persönliche Freiheit.«

II/2.

LEICHT BESCHWIPST verließ Nechyba das Landtmann. Vor dem Kaffeehaus holte er tief Luft und genoss die imposante Kulisse, die das benachbarte Burgtheater vor dem dämmrigen Abendhimmel abgab. Er hatte Lust auf etwas Bewegung und beschloss, zu Fuß in die Salesianergasse zu gehen und Vestenbruggs Wohnungsvermieterin einen Besuch abzustatten.

Eine ältere Frau mit glattem, nach hinten zu einem Knoten gebundenem Haar, spitzer Nase und Knopfaugen öffnete die Tür. Sie sah den riesigen Mann ängstlich an und keifte: »Was wollen S' denn? Ich kenn Sie nicht. Gehen S' weg, sonst ruf ich die Polizei!«

»Die ist schon da. Also reden S' keinen Blödsinn, sonst werd' ich ungemütlich.«

«Was? Sie sind Polizist? Haben S' einen Ausweis bei sich?«

Nechyba schnaufte grantig, kramte in seinem Sakko und zog seine Polizeiagenten-Kokarde heraus. Er hielt sie ihr kurz vor ihre Knopfaugen und brummte: »Wollen S' eine Vorladung ins Polizeigebäude? Oder reden wir jetzt vernünftig miteinander?«

Die Spitzmaus zeterte: »Man kann ja nie wissen!

Die Zeiten sind unsicher. Es treibt sich so viel Gesindel in der Stadt herum. Lauter Fremde ...«

»So ein Blödsinn! Aber von mir aus ... Reden S', was wollen. Mich interessiert nur eines: Was wissen Sie über den Oberstleutnant Vestenbrugg?«

Ihr Gesicht verklärte sich und ihre Stimme wurde weich. »Das war ein feiner Herr ... Nur sein Umgang hat nicht zu ihm gepasst.«

»Meinen S' das Mädel, das da gewohnt hat und das er ausgehalten hat?«

»So eine ordinäre Person! Mir gegenüber hat sie ja versucht, die feine Dame zu spielen. Aber ich hab das gleich durchschaut. Das Mensch kommt vom Grund*. Mir kann man nichts vormachen. Ich bin bei den heiligen Schwestern im Sacré Coeur erzogen worden.«

Das merkt man leider, dachte sich Nechyba.

»Dieses Geschöpf, Steffi Moravec hat sie geheißen, hab ich vor etwas über einer Woche aus der Wohnung hinausgeschmissen. Stellen Sie sich vor: Keinen Heller hat die mehr gehabt. Die hat nur vom Geld des Barons Vestenbrugg gelebt. So eine ist das. Übrigens: Wer zahlt mir eigentlich die drei offenen Monatsmieten?«

»Sie können ja auf's nächste Kommissariat gehen und eine Betrugsanzeige aufgeben. Was mich interessiert, ist: Wie hat denn diese Steffi Moravec ausgeschaut?«

---

* Das Mädchen kommt aus ärmlichsten Verhältnissen.

»Eine ordinäre Person! Dunkle lange Haare, dralle Figur, ein Gesicht wie eine Porzellanpuppe und eine Oberweite … na, da würden Sie schaun, Herr Inspector.«

Nechyba musste an die ebenfalls nicht allzu geringe Oberweite seiner Aurelia denken und schmunzelte. Irgendwas klingelte in seinem Gehirn. Der Name Steffi sowie die Personenbeschreibung gaben ihm das Gefühl, dass ihm das Mädel schon einmal über den Weg gelaufen war.

»Ist die Wohnung schon wieder vermietet?«

»Wie stellen Sie sich das vor? In wirtschaftlich so schlechten Zeiten kann man eine Dreizimmerwohnung nicht ohne Weiteres vermieten. Ja, wenn's ein Loch wäre, gäb's viele Interessenten. Aber das ist eine schöne, große Wohnung und wir sind hier ein anständiges Haus. Irgendein Gesindel lassen wir hier nicht einziehen.«

Nechyba war erleichtert. Er ließ sich von der Spitzmaus die im nächsten Stockwerk gelegene Wohnung aufsperren und begann sie systematisch zu durchsuchen. Dies gestaltete sich infolge der einbrechenden Dunkelheit und der mäßigen Beleuchtung, die in der Wohnung herrschte, als schwierig. Trotzdem hatte er Erfolg. Im Badezimmer entdeckte er hinter einer Armatur eingetrocknete Blutspritzer. Er befahl der Vermieterin, die Wohnung gut abzusperren und informierte sie, dass er am nächsten Morgen Beamte seiner

Gruppe vorbeischicken würde. Die würden sich die Wohnung ganz genau anschauen. Schließlich deutete alles darauf hin, dass der Oberstleutnant Vestenbrugg hier ermordet und zerstückelt worden war. Die Spitzmaus schnappte nach Luft. Nechyba grinste und ließ sie vor der versperrten Tür stehen. Nicht, ohne vorher noch »einen guten Abend« gewünscht zu haben.

Bevor er heimging, schaute er noch auf einen Sprung im Café Sperl vorbei. Bei einem kleinen Mokka und einem kleinen Trebernen ließ er den Tag vor seinem geistigen Auge Revue passieren. Und als er so dasaß und in die Luft starrte, kam die Erleuchtung. Steffi hieß die frühere Sitzkassierin des Sperls. Sie hatte lange dunkle Haare und einen gewaltigen Busen gehabt. Das war's! Da im Sperl neben Künstlern und Anrainern auch jede Menge Offiziere der nahen k.u.k. Kriegsschule verkehrten, schloss sich der Kreis. Vestenbrugg war wahrscheinlich des Öfteren gemeinsam mit Offizierskollegen Gast im Sperl gewesen. Hier hatte er die Moravec kennengelernt. Erleichtert und zufrieden zahlte Nechyba und ging beschwingten Schrittes nach Hause.

Daheim umarmte er seine Frau lange und leidenschaftlich. Besonders genoss er es, die weichen Formen ihres recht beachtlichen Busens zu spüren. Und als ihm die Geschichte mit Goldblatt und der dicken Endlweber durch den Kopf ging, flüsterte er ihr ins Ohr: »Ich bin so froh, dass ich dich gefunden hab.«

Worauf sie spöttisch erwiderte: »Geh! Du hast mich ja gar nicht gefunden. Du bist mir zugelaufen …«

III/2.

Wo zum Kuckuck ist die Steffi? Diese Frage quälte den Leutnant Popovic seit über einer Woche. Seine Jugendfreundin war wie vom Erdboden verschluckt. Sie ging ihm einfach nicht aus dem Kopf. Obwohl sie sich ihm gegenüber so grausam und kalt verhalten hatte, fühlte er sich noch immer heftig zu ihr hingezogen. Wenn er bei einem Glas Bier und einem Schnaps saß und über sie nachdachte, überkam ihn immer ein unglaublich warmes Gefühl. Und als ihn einmal der Oberleutnant Dunzenberger bei seinen Träumereien beobachtete, stellte er zynisch fest: »Der Popovic ist ja bis über beide Ohren verliebt …«

Hansi Popovic widersprach nicht. Diese unbeschreibliche Sehnsucht und Zärtlichkeit, die er für die Steffi empfand, war vielleicht wirklich Liebe. Wer weiß? Er wusste nur eines: Sie ging ihm unglaublich ab. Und gegen dieses Mangelgefühl kannte er nur ein Mittel – Alkohol!

Er saß – wie so oft in letzter Zeit – in der Gastwirtschaft ›Zum Alten Heller‹ und betrank sich. Da es Abendessenszeit war, bestellte er mehr aus Gewohnheit als aufgrund von Appetit ein saures Rindfleisch. Als diese erfrischende und pikante Speise vor ihm auf dem Tisch stand, stocherte er lustlos darin herum, ohne davon zu essen. Stattdessen bestellte er noch ein großes Bier. Als der Kellner ihm das Bier brachte, fragte er den Leutnant, ob er noch einen Herren an seinen Tisch setzen dürfe. Popovic blickte sich kurz in der Gaststube um und sah, dass alle Tische belegt waren. Also gestattete er dem neuen Gast, sich an seinem Tisch niederzulassen. Der Fremde hatte augenscheinlich großen Hunger, denn ungeachtet der Tatsache, dass Popovic nichts aß, ließ er es sich schmecken. Nach einer Leberknödelsuppe verspeiste er einen Zwiebelrostbraten und danach einen Mohr im Hemd. Popovic beachtete ihn nicht, sondern sah still in sein Bierglas, das er immer wieder nachfüllen ließ.

Als der andere sich satt und zufrieden in den Sessel zurücklehnte und beim Ober einen Barack* bestellte, sprach er den Leutnant an. »Entschuldigen Sie, wenn ich Sie störe. Aber ich würde Sie sehr gerne auf ein Schnapserl einladen.«

Popovic, der dadurch aus seinen Grüblereien gerissen wurde, akzeptierte erfreut. Als Begleitung zum Schnaps lud ihn sein Gegenüber außerdem auf eine Zigarre ein. Als beide Männer nun rauchend dasaßen und Barack tranken, fing der Mann zu plaudern an. Er erzählte Popovic mit leicht böhmischem Akzent, dass er heute allen Grund habe, ein bisschen zu feiern.

»Nach langer Suche habe ich endlich eine herrliche Lokalität für mein Unternehmen gefunden. Sie eignet

* ungarischer Aprikosenschnaps

sich ideal für die von mir geplante Geschäftserweiterung.«

»Darf man fragen, in welcher Branche Sie tätig sind?«

Der Mann zückte eine Visitenkarte und stellte sich in aller Form vor. »Gestatten, Johann Schwarzer, Fotograf und Film-Fabrikant.«

»Popovic. Leutnant Hans Popovic. Vom k.u.k. Infanterieregiment N° 4.«

»Sie sind ein Edelknabe … Gratulation. Was für ein traditionsreiches Regiment! Herr Leutnant, darf ich Sie auf einen weiteren Barack einladen?«

»Ja, wenn Sie heute was zu feiern haben … sehr gern.«

Und während Schwarzer eine weitere Runde Schnaps bestellte, musterte Popovic sein Gegenüber. Der Fotograf und Film-Fabrikant hatte ein einnehmendes Äußeres sowie eine offene und freundliche Art. Popovic schätzte, dass er altersmäßig um ein paar Jahre älter als er selbst war. Über dreißig war er jedoch sicher nicht. Und trotzdem hatte er in seinem Leben schon einiges zustande gebracht. Film-Fabrikant! Alle Achtung. Wobei Popovic sich nichts Genaues unter dieser Berufsbezeichnung vorstellen konnte. Gleichzeitig überkam den Leutnant eine große Traurigkeit. Voll Selbstmitleid ließ er sein eigenes Leben und seine eher mäßigen Erfolge Revue passieren. Leutnant bei den Deutschmeistern, kein Geld, aber einiges an Schulden, keine Familie, keine Frau, nur eine obskure Liebesbeziehung mit einer ehemaligen Jugendfreundin. Schwarzer bemerkte natürlich die plötzliche Melancholie bei seinem Gesprächspartner. Da ihm nichts Besseres einfiel, orderte er noch eine Runde Schnaps. Gleichzeitig erzählte er voll Enthusiasmus: »Sie können sich gar nicht vorstellen, wie imponierend meine neuen Ateliers sind. Sie liegen gleich hier ums Eck am Arenbergring Numero 15. Wunderbar helle Dachateliers, die sich ideal für die Herstellung von Films* eignen. Sie werden es nicht für möglich halten, wie mich diese neue Lokalität inspiriert ...«

Und weil er gerade so in Fahrt war, bestellte er eine nächste Runde Barack. Der immer weiter steigende Alkoholpegel im Blut milderte Hansi Popovics Melancholie. Und da er nicht nur schweigsam dasitzen wollte – das könnte Schwarzer ihm auch als Desinteresse beziehungsweise Unhöflichkeit auslegen – stellte er folgende Frage: »Welche Art von Fotos und Films produzieren Sie denn?«

Plötzlich war Schwarzer still. Statt sofort eine Antwort zu geben, strich sich der Film-Fabrikant einige Male über sein elegantes, kurz gestutztes Oberlippenbärtchen. Erst dann antwortete er: »Es sind Films für Kenner und Genießer. Films, die sich gerade auch in Ihren Kreisen, Herr Leutnant, größter Beliebt-

* 1908 sagte man nicht Filme, sondern Films.

heit erfreuen. Es sind so genannte pikante Herrenabend-Films.«

»O là là«, antwortete Popovic, da ihm nichts Gescheiteres einfiel. Gleichzeitig erinnerte er sich voll Vergnügen an die Film-Vorführungen bei einem ›Herrenabend‹ im Kinematografentheater* am Währinger Gürtel. Die pikanten Filmszenen mit gänzlich unbekleideten Damen und Mädeln hatten bei ihm einen bleibenden Eindruck hinterlassen. Das war doch wirklich ein unglaublicher Zufall, dass er den Hersteller solcher Filme kennenlernte ... Er konnte es fast nicht glauben, dass dieser gepflegte und eloquente Herr an seinem Tisch sein Geld mit – pardon! – Sauereien verdiente. Eine äußerst interessante Bekanntschaft! Die trüben Gedanken bezüglich Steffi Moravec waren wie weggeblasen. Stattdessen beflügelten nackte weibliche Schenkel und Popos sowie Busen und Schamhügel die Fantasie des Deutschmeister-Leutnants. Ob er vielleicht sogar einmal bei der Entstehung eines solchen Films dabei sein könnte? Eine Vorstellung, die seinen Gemütszustand ganz besonders aufhellte und ihn zum Bestellen einer Runde Barack veranlasste.

Gegen elf Uhr abends verließen die beiden Tischnachbarn schließlich schwankenden Schrittes die Gaststätte ›Zum Alten Heller‹. Aus der Zufallsbekanntschaft war eine Sauffreundschaft geworden, die darin gipfelte, dass

* So hießen damals die Kinos.

beim Abschied Johann Schwarzer dem Popovic folgendes Angebot machte: »Mein lieber ... mein lieber Herr Leutnant ... Schaun S' doch bei mir in der Firma vorbei, wann immer Sie Lust haben ... Fasangasse 49 ... Nicht vergessen ... weil auf den Arenbergring werd ich erst umziehen ...«

Popovic bedankte sich lallend für die Einladung. Volltrunken wankte er heim Richtung Rennwegkaserne – ein Weg, für den er normalerweise zwanzig Minuten gebraucht hätte. In seinem Zustand jedoch langte er erst knapp vor Mitternacht beim Kasernentor an. Das machte aber nichts. Gar nichts. Denn während des ganzen langen Heimwegs hatte er nichts anderes im Kopf als: nackte Weiber.

IV/2.

»Ausgezeichnete Arbeit, Nechyba!«, lobte Zentralinspector Gorup von Besanez den in sein Büro Eintretenden. »Dass Sie herausgefunden haben, dass der Vestenbrugg nicht verschollen ist, sondern ermordet wurde. Und dass Sie auch sein Liebesnest, das zugleich der Ort der Mordtat war, gefunden haben, dafür zolle ich Ihnen Respekt.«

»Nicht der Rede wert, Herr Baron. Schließlich ist das ja meine Aufgabe«, murmelte Nechyba verlegen. Und bei sich dachte er: ›Wenn ich den Goldblatt nicht kennen würde, wäre ich ganz schön aufgeschmissen.‹

»Was ich Ihnen auch noch sagen wollte: Ihre Razzia im Kanalsystem war nicht nur wegen dem gefundenen Kopf ein Erfolg. Von oberster Stelle – von Seiner Exzellenz dem Herrn Innenminister – haben wir eine Belobigung bekommen, dass wir auf einen Schlag über hundert arbeitsscheue beziehungsweise unterstandslose Subjekte aufgegriffen haben. Der Großteil dieses Gesindels ist bereits wegen Vagabundage verurteilt und ins Arbeitshaus abgeschoben worden.«

Nechyba zog vor, nicht zu antworten. Er sah die armseligen und zerlumpten Gestalten vor sich. Plötzlich kam er sich schuldig vor, dass er halbverhungerte Obdachlose, die nichts verbrochen hatten, den

Fängen der Justiz ausgeliefert hatte. Er bekam einen Schweißausbruch, sein Magen krampfte sich zusammen. Er fühlte sich plötzlich eingesperrt im Zimmer seines Vorgesetzten. Mühsam schnappte er nach Luft. Am liebsten wäre er aufgesprungen und hinausgelaufen.

»Jetzt müssen S' nur noch die Mörderin finden. Wie heißt sie gleich?«

»Steffi Moravec.«

»Genau. Die müssen S' noch finden, dann können wir den Fall zu den Akten legen. Übrigens: Ich hab mir so meine Gedanken gemacht. Glauben Sie wirklich, dass so ein Mädel alleine einen Mann wie den Vestenbrugg umbringt, zerstückelt und die Leichenteile in den Wienfluss beziehungsweise in den Donaukanal wirft? Ich könnte mir vorstellen, dass die einen Helfer gehabt hat. Überprüfen S' das, Nechyba.«

Als der Inspector endlich draußen an der frischen Luft war, hörte das Gefühl der Beklemmung auf. Nach der Besprechung war er in sein Büro gegangen, hatte Melone und Mantel geholt und Pospischil beauftragt, die Stellung zu halten. Ohne ein genaues Ziel zu haben, spazierte er durch die Innenstadt. Beim Tiefen Graben angelangt, fasste er einen Entschluss. Er ging direkt in die Suppen- und Teeanstalt, in der er Schöberl getroffen hatte. Sie war jetzt am Nachmittag nur mäßig besucht. Die Anwesenden zogen alle die Köpfe ein, als sie ihn sahen. Sein Erscheinungsbild – Melone und schwarzer Mantel – signalisierte: Polizeiagent. Andere korrekt gekleidete Herren würden hier niemals hereinschauen! Nechyba sah sich in allen Räumen um, fand aber den Schöberl nicht. Und von den Anwesenden konnte oder wollte ihm niemand sagen, wo er zu finden sei. Nechyba dachte kurz nach und verließ laut und höflich grüßend die Anstalt. Er wechselte die Straßenseite und betrat ein Kaffeehaus, das sich schräg gegenüber befand. Dort setzte er sich auf einen Fensterplatz und wartete. Zum Zeitvertreib blätterte er in den Zeitungen, die alle vom Attentat auf den Grafen Potocki berichteten. Im Nachmittagsblatt der ›Neuen Freien Presse‹ las er:

»Der Statthalter von Galizien, Graf Andreas Potocki, wurde gestern von einem ruthenischen Studenten ermordet. Die politische Verblendung, die wahnwitzige Leidenschaft und der kochende nationale Haß, welche die Beweggründe des Verbrechens waren, können den Abscheu vor einer Tat nicht mildern, die in der österreichischen Geschichte ohne Beispiel ist. Die nationalen Kämpfe haben die stärkste Zwietracht und die größte Verbitterung zwischen den rivalisierenden Völkern in dieser Monarchie hervorgerufen …«

Versonnen schaute Nechyba beim Fenster hinaus und dachte über seinen Standpunkt nach. Der Herkunft nach war er Tscheche. Sein Vater war Mitte des letzten Jahrhunderts nach Wien gekommen, von ihm hatte er Tschechisch gelernt. Er selbst empfand sich als Österreicher. Trotzdem hatte er für die Tschechen und ihre nationalen Ambitionen große Sympathien. Er verstand aber, dass auch alle anderen Völker der Donaumonarchie auf mehr Selbstbestimmung drängten. Trotzdem hatte er als Staatsbeamter und Polizist keinerlei Verständnis für Aufruhr und Demonstration. Das Attentat selbst war für Nechyba unfassbar. Was würde noch kommen? Attentate auf Mitglieder der Regierung oder gar des Kaiserhauses? Und als er diesen düsteren Gedanken nachhing, sah er plötzlich den Schöberl auf die Suppen- und Teeanstalt zugehen. Er sprang auf, ging zur Kaffeehaustür, öffnete sie, steckte zwei Finger in den Mund und pfiff. Schöberl drehte sich um, Nechyba winkte ihm. Zögernd wechselte der Griasler die Straßenseite. Nechyba rief ihm freundlich zu: »Komm rein! Ich muss mit dir reden.«

Abends daheim im Bett sagte er plötzlich zu seiner Frau Aurelia: »Ich hab dem Schöberl heute fünf Kronen gegeben.«

»Fünf Kronen? Das ist ein Batzen Geld.«

»Ich hab ihm g'sagt, er soll sich und den anderen in der Suppen- und Teeanstalt eine Runde Eintopf kaufen.«

»Und warum hast das g'macht?«

»Erstens weil ich den Schöberl bei Laune halten

muss. Damit er mich benachrichtigt, wenn die Steffi Moravec in seinen Kreisen auftaucht. Und zweitens – Herrgott noch einmal! – weil mir die Griasler einfach leidtun …«

V/2.

Frau Schmoll war eine strenge Frau. Diese Strenge hatte sich in den letzten zwei Jahrzehnten ihres Witwendaseins als notwendiges Rüstzeug erwiesen. Und obwohl ihre Tochter Wilhelmine nun schon vierundzwanzig Jahre alt war, fürchtete sie die mütterliche Strenge noch immer. Unerbittlich wachte Amalie Schmoll darüber, dass ihr einziges Kind einen anständigen Lebenswandel führte. Mutter Schmolls Wachsamkeit war auch deshalb sehr angebracht, da ihre Tochter einen moralisch nicht ganz unbedenklichen Beruf ausübte. Sie war Sitzkassierin im Café Sperl. Ein Kaffeehaus, in dem nicht nur die Offiziere der nahe gelegenen k.u.k. Kriegsschule, sondern auch die Künstler des Hagenbundes verkehrten. Diesen Künstlern misstraute Mama Schmoll ganz besonders, handelte es sich bei diesen Kerlen doch um Bohemiens und Freidenker extremer Ausprägung. Nicht nur, dass sie die altehrwürdige akademische Malkunst infrage stellten, nein, auch die Moralvorstellungen eines anständigen Christenmenschen wurden von diesen Gesellen missachtet. So musste Mama Schmoll schon einige Male rettend eingreifen, als einer dieser Kerle ›Portraitstudien‹ ihrer Tochter anfertigen wollte. Und auch die Feste, die der Hagenbund immer wieder veranstaltete, durfte Wilhelmine Schmoll nicht besuchen. Ihre Mutter wusste doch, wohin diese Feierlichkeiten führten: in zahllose Ausschweifungen und in die ewige Verdammnis. Aber auch die Herren Offiziere waren nicht viel besser, und deshalb musste Amalie Schmoll mit ihrem Töchterchen streng sein.

Für Adolf Kratochwilla, den Cafetier des Sperls, war gerade diese moralisch bedenkliche Klientel der Garant dafür, dass er seinen Angestellten und vor allem der bildhübschen Wilhelmine Schmoll anständige Löhne zahlen konnte. Denn diese Klientel trank und konsumierte nach Herzenslust, sodass der Umsatz stimmte. Und da Mama Schmoll auch nur ein Mensch war, fand sie sich schweren Herzens mit der Tatsache ab, dass ihre Tochter als Sitzkassierin arbeitete.

Seit etwas über einer Woche nahm sie außerdem auch in Kauf, dass Steffi Moravec sich in ihrer Wohnung einquartiert hatte. Die Jugendfreundin ihrer Tochter war eines Abends als heulendes Häufchen Elend vor der Tür der Schmoll'schen Zimmer-Küche-Kabinett-Wohnung gestanden. Die Bitte, ihr Unterschlupf zu gewähren, konnte Mama Schmoll nicht ablehnen. Hätte sie das arme Mädel abweisen sollen? Noch dazu, wo Steffi ihrer Tochter vor zwei Jahren die lukrative Arbeit als Sitzkassierin im Café Sperl verschafft hatte? Damals, als Steffi Moravec gehofft hatte, infolge ihrer Bekanntschaft mit dem Oberstleutnant Vestenbrugg nur mehr privatisieren zu können. Und da Frau Schmoll eine strenge, aber nicht hartherzige Frau war, ließ sie Steffi Moravec in ihre Wohnung einziehen. Ihr Schlafplatz war das Sofa im Wohnzimmer, Mama Schmoll und ihre Tochter Wilhelmine teilten sich das Ehebett, das nebenan im Kabinett stand.

VI/2.

Solange sie sich zurückerinnern konnte, fürchtete Steffi Moravec die Strenge von Mama Schmoll. Ihre eigenen Eltern ließen sie immer tun und machen, was sie wollte. Wilhelmine hingegen musste stets die Regeln und Anweisungen ihrer Mutter befolgen, weil es sonst Schläge mit dem Rohrstaberl* setzte. Trotzdem war Steffi Moravec, als sie von der spitzmäusigen Vermieterin auf die Straße gesetzt worden war, nur Mama Schmoll als letzte Rettung eingefallen. In dieser bitteren Situation wurde ihr wieder einmal bewusst, wie mutterseelenallein sie im wahrsten Sinne des Wortes war. Ihre Eltern waren bereits vor Jahren verstorben und ihr einziger Bruder diente als Soldat im fernen Galizien.

Die Schmoll'sche Mietwohnung lag im dritten Stock eines Hinterhoftraktes in der Kettenbrückengasse. In Mama Schmolls Reich herrschte peinliche Ordnung und Sauberkeit. Dazu gehörte unter anderem auch, dass die Wohnung nach dem Frühstück zusammengeräumt und danach den ganzen Tag über nicht benutzt wurde. Diese Regel ergab sich aus den Tagesabläufen der beiden Schmoll'schen Frauen – die Mut-

*Handfeger auf einer langen Rohrstange, die auch als Züchtigungsinstrument verwendet werden kann.

ter verdiente ihr Geld als Wäscherin. Und da Mama Schmoll es hasste, fixe Abläufe zu verändern, musste auch Steffi Moravec in der Früh die Wohnung verlassen. Gleich nach dem kargen Frühstück, das aus Zichorienkaffee und einem trockenen Stück Erdäpfelbrot* bestand. Davor musste sie den beiden Frauen aber noch beim Aufräumen helfen. Abends durfte sie ab sechs Uhr wieder in die Wohnung kommen. Da war Mama Schmoll bereits zu Hause und bereitete das Nachtmahl zu. Wilhelmine kam meistens um sieben Uhr heim. Das hing immer davon ab, wie lange es dauerte, die Tageseinnahmen abzurechnen und die Kassa an Frau Kratochwilla zu übergeben. Diese war dann bis zur Sperrstunde die Sitzkassierin des Café Sperl.

Für Steffi Moravec bedeutete diese Regel, dass sie sich den ganzen Tag über auf der Straße herumtreiben musste. Ein trostloses Unterfangen, das ihr zusehends auf die Nerven ging. Vor allem auch deshalb, weil sie das bisschen Geld, das sie noch besaß, nicht ausgeben wollte. Es war für sie finanziell undenkbar, in ein gemütliches Gasthaus oder in eine Café-Konditorei zu gehen, etwas zu essen, in die Luft zu schauen, andere Gäste zu beobachten und solchermaßen die Zeit totzuschlagen. Und so schlenderte die Moravec von früh bis spät über den Naschmarkt, tratschte mit den Fratschlerinnen, Köchinnen und Hausfrauen. Im Übrigen

* billiger Ersatzkaffee und süßes Kartoffelbrot

war sie auch immer auf der Suche nach einem Kavalier, der sie zum Essen einladen würde. Zweimal hatte sie im Laufe der eineinhalb Wochen dieses Glück bereits genossen. Beide Male wollten die Herren aber nach der gemeinsamen Mahlzeit mit ihr in ein nahe gelegenes Stundenhotel in der Wiedner Hauptstraße gehen. Steffi, der vor diesen Kerlen grauste, verabschiedete sich beide Male sehr plötzlich und verschwand. Sie empfand fahrende Händler und Hausierer – auch wenn sie etwas Geld hatten – als einen Umgang, der nicht ihrem Niveau entsprach. Dass sie beide Männer schamlos ausgenutzt und ihnen falsche Hoffnungen gemacht hatte, war ihr herzlich wurscht. Diese Kerle würden ihr Geld ohnehin verpulvern – beim Karten spielen, Saufen oder sonst wo.

Als sie wieder einmal endlos über den Naschmarkt gestreift war und sich kein Kavalier fand, der sie einlud, bekam sie eine Höllenangst. Inmitten des ganzen Markttrubels fühlte sie sich plötzlich einsam und verlassen. So verlassen, wie kein anderer Mensch auf der Erde. Dazu kam eine würgende Existenzangst. Wie lange würde Mama Schmoll ihr noch ein Quartier geben? Wie lange würde sie bei den Schmolls kostenlos essen, schlafen und logieren können? Wenn sie auch dort hinausgeworfen würde, müsste sie im Freien übernachten und betteln. Oder aber auf den Strich gehen. Bei all den ungepflegten Kerlen, die sie hier am Markt sah und kennenlernte, war das fürwahr ein abschreckender Gedanke. Voll Sehnsucht erinnerte sie sich an den gepflegten und sorgsam parfümierten rundlichen Leib ihres geliebten Vestenbruggs. Jetzt, wo er nicht mehr war, liebte sie ihn fast noch mehr als früher. Warum musste er sterben und sie allein hier zurücklassen? Vor Trauer und auch vor Wut über ihre Hilflosigkeit kamen ihr die Tränen. Und weil ihr plötzlich alles vollkommen wurscht war und sie gerade neben dem dampfenden Kessel einer Knödelfrau stand, kaufte sie sich einen Semmelknödel. Sie verschlang ihn mit genussvollen kleinen Bissen und es kam ihr vor, als ob sie noch nie so einen guten Knödel gegessen hatte. Und das, obwohl Vestenbrugg sie regelmäßig in Gasthäuser und auch in feine Speisehäuser ausgeführt hatte. Es war ihr, als ob sie jedes einzelne Zwiebelstückchen und Petersilienblättchen aus der Knödelmasse herausschmecken würde.

Als sie den Knödel verzehrt hatte, beruhigte sie sich wieder. Das nagende Hungergefühl war weg und sie schlenderte nun entspannter über den Markt. Der Genuss des Semmelknödels erinnerte sie an den wundervollen Abend in der Salesianergasse, als der Graf Collredi sie überraschend besucht und mit Leckerbissen verwöhnt hatte. Es war schon ein vermaledeites Unglück, dass sie zwei Tage später aus der Wohnung hinausgeworfen worden war. Ob Collredi sie wohl vermisste oder gar suchte? Wo sollte er sie suchen? Wenn, dann dort, wo er sie zufällig schon einmal getroffen hatte: in der Innenstadt rund um den Graben.

›Ich bin doch wirklich ein blöder Trampel!‹, dachte sie sich. ›Statt dass ich dort auf und ab flaniere, treibe ich mich hier am Naschmarkt herum. Hier findet mich der Graf nie! Und falls er mich doch nicht sucht, muss ich ihn suchen. So charmant, wie er sich mir gegenüber verhalten hat, mag er mich sicher. Ich muss ihn finden, den Grafen! Alles andere wird sich dann ergeben.‹

VII/2.

»Au! Können s' nicht aufpassen?«, schrie die Moravec, als sie in Gedanken versunken vor sich hin ging und in einen Mann hineinrannte.

Der drehte sich um, erkannte sie und sprach mit sanfter Stimme: »Servus, Steffi. Dich hab ich ja schon lang nicht mehr gesehen!«

»Servus, Stani, na, das ist eine Überraschung.«

Stanislaus Gotthelf, Planetenverkäufer und Naschmarkt-Casanova, verwickelte die Moravec in eine ausgedehnte Plauderei. Er erzählte ihr, dass er nun einen Filialbetrieb habe: den kleinen Pepi. Der stand am anderen Ende des Naschmarktes, bei der Wiedner Hauptstraße, und verkaufte dort Horoskopzetterln. Ihm habe er seinen erfahrenen Papagei Toni gegeben. Er selbst habe jetzt die Hermi. Steffi konnte nicht umhin, die bunt gefiederte Papageiendame zu bewundern. Ein ausgesprochen schönes, exotisches Viech ... Gotthelf ließ seinen ganzen Charme spielen, denn Steffi gehörte zu den weiblichen Wesen in der Gegend, mit denen er noch kein amouröses Abenteuer gehabt hatte. Und das hätte er natürlich gerne nachgeholt. Steffi spürte das und überlegte auch einen Augenblick lang, ob sie sich darauf einlassen sollte. Schließlich war der Stani immer tadellos angezogen, gekämmt und gewaschen. Ein sauberes Mannsbild. Wenn sie jetzt zu ihm in seine

Wohnung gehen würden, könnte sie sicher bis zum Abend dort bleiben. Und müsste nicht weiter durch die Gegend irren ... Der Stani, der wie ein Bluthund seine Chance witterte, machte ihr ein verlockendes Angebot: »Komm, Steffi, lass dir von der Hermi kostenlos ein Horoskop ziehen. Vielleicht gibt dir das einen Hinweis darauf, dass wir schon lange füreinander bestimmt sind.«

Steffi ging auf das Angebot ein. Nach einigem Zögern und mit der nötigen Ermunterung von Gotthelf pickte der Papagei mit dem Schnabel einen Horoskopzettel aus dem Kasten, den Gotthelf um den Bauch trug. Sie nahm dem Vogel den Zettel aus dem Schnabel und Hermi krächzte: »Dein Glück, dein Glück! Brrrrrring ich zurrrrrrück!«

Steffi riss den zusammengeklebten Zettel auf und las:

Frau Venus steht dir bald ins Haus – ein Liebesglück wird schnell daraus.

Sie wurde rot und musste laut lachen. Gotthelf fasste das als positives Signal auf, legte ihr die Hand um die Hüfte und zog sie sanft zu sich. Mit treuherzigem Augenaufschlag fragte er sie: »Willst mit mir nach Hause kommen?«

Steffi zögerte ganz kurz, hauchte dann dem Stani ein Busserl auf die Wange und entwand sich seinem Griff. »Heute nicht, Stani. Vielleicht ein anderes Mal. Danke für das Horoskop! Baba!«

Und damit war sie im Menschengewühl des Marktes verschwunden. Steffi Moravec hatte jetzt nur einen Gedanken im Kopf: Sie musste Collredi finden! Davon durfte sie sich von nichts und niemandem abhalten lassen.

Gotthelf blieb völlig verdattert zurück. Er stand mit offenem Mund da und staunte. Dass ihn mitten in einer Charmeoffensive eine Frau einfach stehen ließ, war ihm noch nie passiert. Und während er gerade versuchte, seine Contenance wiederzuerlangen, krächzte die Papageiendame: »Heute nicht! Heute nicht!« Und fügte noch ein kräftiges »Geh scheißen!« hinzu. Eine Phrase, die die Hermi von Toni – Gotthelfs anderem Papagei – gelernt hatte.

VIII/2.

Beschwingt betrat Leo Goldblatt das Landtmann. Am frühen Nachmittag hatte er ein Gespräch mit dem Herausgeber gehabt. Neben diversen organisatorischen Punkten kam die Sprache auch auf Goldblatts Berichterstattung im Fall Vestenbrugg. Der Herausgeber lobte die journalistische Arbeit seines Chronikredakteurs und hob besonders den Artikel über die Razzia im Wiener Kanalsystem hervor.

»Dafür haben Sie sich ganz schön die Füße nass machen müssen.«

»Was heißt nass machen? Ich bin barfuß durch den reißenden Wienfluss gewatet. Das Wasser ist mir bis zu den Kniekehlen gegangen.«

»Und genau das spürt man in Ihrem Artikel. Die unmittelbare Erfahrung der Gefahr. So was wollen die Leute lesen. Das haben Sie gut gemacht, Goldblatt.«

Die gute Laune verflog aber sofort, als er Nechyba grantig wie eine hungrige Bulldogge auf seinem Stammplatz sitzen sah.

»Was ist Ihnen denn für eine Laus über die Leber gelaufen?«

»Wie wenn Sie das nicht wüssten, Goldblatt.«

»Was denn? Bin ich Hellseher oder der liebe Gott?«

»Ist schon gut. Setzen Sie sich zu mir und trinken S' einen Schnaps mit mir. Ich lad Sie ein.«

»Das ist jetzt schon das zweite Mal im Laufe unserer zwanzigjährigen Bekanntschaft, dass Sie mich einladen. Sie werden sich finanziell noch übernehmen …«

Nechyba grinste kurz. Er bestellte zwei doppelte Treberne und starrte so lange vor sich hin, bis die Schnäpse serviert wurden. Dann seufzte er tief und erhob sein Glas: »Sehr zum Wohl, Goldblatt.«

»Also, jetzt erzählen S' schon. Was bedrückt Sie?«

»Mir ist nicht nur eine, mir sind zwei Läuse über die Leber gelaufen. Die eine kennen S' eh: Die Steffi Moravec. Ich kann das Mensch* nicht finden. Die zweite Laus ist eigentlich eine Ehre. Trotzdem hab ich ein flaues Gefühl dabei.« Nechyba nahm einen Schluck Schnaps und fuhr fort. »Am 21. Mai, also übernächste Woche, veranstaltet die Stadt Wien anlässlich des sechzigjährigen Regierungsjubiläums Seiner Majestät eine sogenannte Kinderhuldigung im Schloss Schönbrunn. Dazu werden tausende Wiener Schulkinder sowie alle möglichen dem Hofe nahestehenden Personen eingeladen. Und Sie werden es nicht für möglich halten – ich – ausgerechnet ich wurde für diese Veranstaltung als persönlicher Leibwächter Seiner Allerhöchsten Majestät auserkoren!«

»Na wenn das keine Ehre ist …«

»Goldblatt! Sie verstehen mich nicht. Was ist, wenn

---

* abschätzige Bezeichnung für: das Mädchen

ein Attentat passiert? Ich bin für das Leben Seiner Allerhöchsten Majestät verantwortlich!«

Goldblatt bestellte noch zwei Treberne. Und fuhr nach einer Denkpause fort: »Regen Sie sich nicht auf, Nechyba. Ein Attentat hier bei uns in Wien, das glaub ich nicht. Noch dazu, wo bei diesem Festakt ja fast nur Kinder anwesend sind. Dass da was passiert, ist unwahrscheinlich. Höchst unwahrscheinlich.«

»Ah so? Lesen Sie keine Zeitung? Haben Sie das Attentat auf den galizischen Statthalter, den Grafen Potocki, verschlafen?«

»Beruhigen Sie sich, Nechyba. Wie ich schon sagte: Im Publikum werden nur Kinder sein.«

»Kinder, Kinder … Das Argument beruhigt mich überhaupt nicht. Schließlich war der Attentäter in Galizien ein Student. Und damit auch noch fast ein Kind.«

IX/2.

Er trank Unmengen. Wurscht was. Hauptsache Alkohol. Denn wer viel Kummer hat, muss auch viel trinken. Das war die Theorie, die sich Hansi Popovic zurechtgelegt hatte.

Er saß in einem kleinen Gasthaus am Beginn des Wurstelpraters. Hier war er oft, weil dieses Etablissement nicht so überlaufen war. Es kamen eher wenige Leute her und das war dem Popovic gerade recht. Der halb leere Gastgarten, die lustlos spielenden Musikanten und die grantigen Kellner waren genau das, was er suchte. Das entsprach seiner trüben Stimmung. Auch, dass hier viele andere Gäste deprimiert dreinschauten, konvenierte ihm. Hier fühlte sich Hansi Popovic zu Hause. Und während es allmählich dunkel wurde und die Lichter der Laternen zu leuchten begannen, versank er in einen endlos düsteren Seelenzustand. Immer und immer wieder erinnerte er sich an jenen Februartag, an dem er Steffis Brieferl bekommen hatte. Mit diesem Brief hatte das Unglück seinen Lauf genommen. Und ausgerechnet er, der Hans Popovic, musste in so eine grausliche Geschichte hineingeraten. Die ganze Geschichte – er weigerte sich, das Wort ›Verbrechen‹ zuzulassen – wäre ja noch irgendwie mit Alkohol zu betäuben gewesen. Wenn da nicht noch seine starken Gefühle für die Steffi wären … Die Steffi hatte ihm mit ihren zarten Händen das Herz aus dem Leib gerissen. Sie hatte es so lange zusammengequetscht, bis kein Tropfen Herzblut mehr drinnen war. Sie hatte ihn zuerst ins Bett gelockt, ihn dann missbraucht und schließlich gedemütigt. Sie machte ihn zum Komplizen eines Geschehens, das so unglaublich war, dass er bis heute nicht verstehen konnte, wie er dabei mitmachen konnte. Die einzige Erklärung, die ihm einfiel, war ihre starke Ausstrahlung, die ihn all seiner Sinne beraubt hatte. Es war ihr gelungen, ihn völlig in ihren Bann zu ziehen. Und ihn zu dem zu verleiten, was er getan hatte. Merkwürdig war nur, dass sich niemand wirklich dafür zu interessieren schien. Da verschwand mitten in Wien ein Mensch, ein Offizier. Aber weder die zuständigen militärischen Stellen noch die Polizei kümmerten sich intensiv darum. Im Gegenteil. Man fand einen Unterarm sowie den Kopf der Leiche, beerdigte beides feierlich und ließ Gras über die Sache wachsen. Wenn man ihn doch nur verhaftet und verhört hätte! Dann hätte er sein Gewissen erleichtern können. So aber schleppte er die Last seiner Tat mit sich herum.

Er trank. Wurscht was. Der Kellner brachte ihm in regelmäßigen Abständen ein Bier und einen doppelten Barack. Auf den Geschmack von Barack war er übrigens bei der Sauferei mit Schwarzer gekommen. Und während aus den anderen, umliegenden Lokalen das Klirren der Gläser und die fröhlichen Stimmen der Gäste ertönten, hörte man hier in diesem Gastgarten nur die melancholischen Wiener Lieder der nicht sehr motivierten Kapelle. Wie auf der Leinwand eines Kinematografen, so flimmerten die Geschehnisse der letzten Wochen durch Popovics alkoholisiertes Gehirn. Immer wieder erlebte er den absoluten Tiefpunkt seines bisherigen Lebens. Es war vor circa zehn Tagen, als er mit Kameraden ebenfalls im Prater ausgegangen war. Man tanzte und soff. Letzteres tat er in besonders exzessivem Ausmaß. Er konnte sich kaum mehr an irgendetwas erinnern. Seine Kameraden erzählten ihm später, dass er steif wie ein Brett umgefallen sei. In bewusstlosem Zustand hätten sie ihn in die Kaserne getragen. Am nächsten Morgen musste ihn sein Bursche anziehen und zur Standeskontrolle in den Kasernenhof schleppen. Auch während der Standeskontrolle musste ihn sein Bursche stützen. Korenyi, der für alkoholische Exzesse einiges Verständnis hatte, duldete dies schweigend. Danach beim morgendlichen Kaffeetrinken in der Kompaniekanzlei, schickte Korenyi alle anwesenden Chargen und Unteroffiziere hinaus. Erst als die Offiziere unter sich waren, brüllte er Popovic an. Dann befahl er dem Oblak und dem Biasutti, Popovic in den Waschraum zu bringen und dort seinen Schädel so lange unter kaltes Wasser zu halten, bis dieser wieder nüchtern sei. In einer Viertelstunde erwarte er, dass die Kompanie gefechtsmäßig adjustiert im Kasernenhof angetreten sei. Es werde heute nämlich einen verschärften Gefechtsdienst auf den Wiesen des Laaer Bergs geben.

»Dort wird der Leutnant Popovic die Gelegenheit haben, die unmäßig genossenen Mengen Alkohol herauszuschwitzen!«

Halbwegs ausgenüchtert marschierte Popovic im Verband der 2. Kompanie des k.u.k. Infanterieregiments N° 4 über den Rennweg, durch die Simmeringer Hauptstraße und die Grasberggasse zu den grünen, sanften Höhen des Laaer Bergs. Dort mussten sie mehrere Anhöhen im Sturmlauf nehmen. Er keuchte mehr schlecht als recht hinter seinen Kameraden her. In seinem linken Augenlid, in den Armen und Beinen tobte ein Heer von krabbelnden Ameisen. Diese Kreislaufstörungen ließen sowohl das Augenlid als auch die Extremitäten seltsam stumpf und bleiern wirken. Immer wieder musste er kurz stehen bleiben, wenn sich die endlose Leere hinter seinen Augenhöhlen in ein schwarzes Nichts zu verwandeln drohte. Stinkender Schweiß klebte an seinem Körper, sein Schädel dröhnte. In seinem Mund befand sich statt der Zunge ein rauer, aufgequollener Fetzen, der sich nach ein paar Tropfen Wasser sehnte. Wasser forderte auch der Dauerbrand in seinem Schlund. Endlich, endlich hatten sie die letzte Höhe genommen. Korenyi befahl eine kurze Pause.

Er taumelte zu Oblak und Biasutti. Sie stützten ihn und gaben ihm aus ihren Feldflaschen Wasser zu trinken. Dies bewirkte eine vorübergehende Besserung. Kurz darauf rebellierte aber sein Magen und er musste das mit Alkohol angereicherte Wasser sowie jede Menge Magenschleim erbrechen. Ein Vorkommnis, das ihm sehr peinlich war.

Später, als sie in der glühenden Mittagshitze die endlos lange Grasberggasse zurückmarschierten, versagten ihm einige Male die Beine und er stolperte. Jedes Mal konnte er sich jedoch wieder fangen und weitermarschieren. Als sie in der Simmeringer Hauptstraße angelangt waren, befahl Korenyi: »Im Gleichschritt! Marsch!«

Nach einigen hundert Metern wurden seine Knie plötzlich weich wie Pudding. Er knickte ein, und das schwarze Nichts, das den ganzen Vormittag in seinem Kopf gelauert hatte, übernahm die Kontrolle über seinen Körper. Seine Kameraden erzählten ihm später, dass er mitten auf der belebten Simmeringer Hauptstraße umgefallen sei. Dadurch kam die im tadellosen Gleichschritt marschierende Kompanie völlig durcheinander. Passanten begannen zu gaffen. Korenyi befahl anzuhalten. Zwei Soldaten aus Popovics Zug mussten ihn heim in die Kaserne schleifen. Alles in allem: Ein äußerst blamabler Auftritt in der Öffentlichkeit.

In der Kaserne tobte Korenyi vor Wut. Er befahl Oblak und Biasutti, Popovic so lange unters kalte Wasser zu halten, bis er wieder bei sich sei. Außerdem sollten sie ihm ruhig ein paar kräftige Watschen geben. Was sie allerdings nicht taten. Als er mit patschnassem Schädel, begleitet und gestützt von seinen beiden Offizierskollegen, vor Korenyi stand, konnte er immer noch nicht alleine gerade stehen. Das erboste Korenyi noch mehr, er verzichtete allerdings aufs Herumschreien und zischte nur einige Beleidigungen auf Ungarisch. Plötzlich stand sein Bursche in der Kompaniekanzlei. Auf Befehl Korenyis packte er den Leutnant unter den Achseln und brachte ihn auf sein Zimmer. Dort fiel Popovic in sein Bett und schlief.

Seine Kameraden erzählten ihm später, dass beim Mittagessen im Offizierskasino die Offiziere der 2. Kompanie mit Häme und Spott empfangen wurden. Man nannte sie ›weiche Brüder‹, die nicht einmal einen Vormittag Gefechtsdienst am Laaer Berg durchstehen könnten. Nach dem Essen setzte sich Oberst Daler, der Regimentskommandant, zu den Offizieren der 2. Kompanie. Bei Kaffee und Zigarre philosophierte er über das Ansehen der Deutschmeister bei der Bevölkerung und stellte fest, dass das Umkippen eines Leutnants auf offener Straße eine Schande für das gesamte Regiment darstelle. In weiterer Folge ordnete er eine Reihe von Maßnahmen an, mit denen der Schuldige zu bestrafen sei. Sie waren von exemplarischer Härte, damit so etwas nicht wieder vorkomme.

Als Popovic am nächsten Morgen zum befohlenen Rapport bei Hauptmann Korenyi antrat, belegte dieser ihn mit einer Woche Einzelhaft, sechs Monaten Ausgangssperre sowie einem Alkoholverbot im Offizierskasino während dieser Zeit. Da er nun vollkommen ausgenüchtert war, kombinierte sein Hirn blitzschnell, dass er damit ein halbes Jahr lang auf dem Trockenen sitzen würde. Eine Ungeheuerlichkeit! Nein, das wollte er sich nicht bieten lassen. Er bat den Hauptmann, sprechen zu dürfen, was dieser erlaubte. Kurz und bündig teilte Popovic dem Korenyi mit, dass er den Dienst quittiere. Der Hauptmann sah ihn verblüfft aus seinen roten Augen an – er hatte letzte Nacht selbst ziemlich arg gesoffen – und erwiderte in leisem, väterlichem Ton: »Geh Popovic, sei nicht deppert. Wegen der Strafe musst doch nicht gleich den Dienst quittieren. Schau, ich kann dir Folgendes versprechen: Nach einem Monat geh ich zum Oberst Daler, der dir diese Strafe eingebrockt hat. Ich werd auf ihn einwirken, dass er die Ausgangssperre und das Alkoholverbot im Kasino früher aufhebt. Ich bin sicher, der Alte lässt mit sich reden.«

Popovic blieb jedoch stur und bat nochmals in aller Form, Abschied nehmen zu dürfen. Korenyi zuckte mit den Schultern und riet ihm, auf der Stelle den

Abschiedsbrief zu schreiben: »Wennst mir jetzt schriftlich deinen Abschied mitteilst, brauchst die Einzelhaft gar nicht antreten. Das nehm ich auf meine Kappe. Wenn du wirklich gehen willst, beurlaube ich dich mit sofortiger Wirkung.«

Erleichtert antwortete Popovic mit einem »Danke, Herr Hauptmann!«, begab sich auf sein Zimmer und setzte dort sein Quittierungsansuchen auf. Das brachte er umgehend in die Kompaniekanzlei hinunter.

Korenyi überflog es und nickte seufzend. »Na gut, Popovic. Gib mir deinen Säbel und deine Pistole. Zieh die Uniform aus und lass sie von deinem Burschen in die Bekleidungskammer bringen. Dich möchte ich spätestens in zehn Minuten in Zivil das Kasernengelände verlassen sehen. Hier hast du einen von mir unterschriebenen Passierschein. Ich werde jetzt Meldung beim Oberst Daler machen. Falls der irgendwie böse reagieren sollte, darfst schon nicht mehr in der Kaserne sein. Weil sonst musst die Einzelhaft trotzdem absitzen. Also schleich dich, Popovic! Und pass auf dich auf, draußen im Zivilleben. Du Schweinkerl …«

Als er sich an diese Szene erinnerte, schoss ihm das Wasser in die Augen. Voll Sehnsucht und Selbstmitleid dachte er an die Zeit beim Deutschmeisterregiment und an die dort herrschende Kameradschaft. Er begann vor sich hinzuheulen. Und als er über sein Bierglas gebeugt dasaß und weinte, legte sich plötzlich eine Hand auf seine Schulter. Eine ihm bekannte Stimme lallte: »Ah, der Herr Leutnant … Hat er Kummer? Dann muss er trinken! Herr Ober, zwei Barack!«

Popovic sah auf und erkannte Schwarzer. Er genierte sich für seine Tränen, wischte sie umständlich mit dem Ärmel seines Sakkos ab, schnäuzte sich einmal kräftig in Richtung Boden, schluckte und antwortete: »Wie geht's dem Filmgeschäft?«

»Dem Filmgeschäft geht's gut. Sie sollten auch ins Filmgeschäft einsteigen. Dann geht's Ihnen auch gut. Dann wird alles gut.«

»Ja, aber ich hab ja keine Ahnung davon …«

»Na, das ist ja das Gute. Das Filmgeschäft ist jung. Neu. Und keiner hat eine Ahnung. Ich auch nicht. Prost, Herr Leutnant! Übrigens hat mein fotografisch geschultes Auge Sie auch in Zivil sofort erkannt.«

»Prost. Aber bitte sagen S' einfach Herr Popovic oder Hansi zu mir. Ich hab nämlich den Dienst quittiert.«

»Ah, deswegen keine Uniform. Macht nix. So g'fallen S' mir eh besser. Also wollen S' ins Filmgeschäft einsteigen?«

»Na, wenn S' meinen, dass das gut ist …«

»Das ist sehr gut. Ab sofort sind Sie mein Mitarbeiter. Sie werden mir die Damen rekrutieren. Darauf trinken wir jetzt.«

Und so wurde für den Hansi Popovic aus einem tieftraurigen Abend eine feuchtfröhliche Nacht. Eine Nacht, die in Begleitung zweier böhmischer Wäschermädeln in Schwarzers Atelier einen erotischen Ausklang fand.

X/2.

Die noble Blässe ihrer zarten, nackten Füße zog ihn magisch an. Mit großer Hingabe und Inbrunst küsste und leckte Nikolaus Collredi den rechten Moravec'schen Fuß; vom Rist abwärts bis zur großen Zehe. Die nahm er mit delikater Vorsicht und hingebungsvoller Zärtlichkeit in den Mund. Mit geschlossenen Augen nuckelte er nun, glücklich wie ein Säugling. Dabei fiel ihm plötzlich die in weniger als einer Woche stattfindende Kinderhuldigung für Seine Kaiserliche Majestät ein. Und während er immer heftiger an der großen Zehe lutschte, sah er vor seinem geistigen Auge den aus eintausendfünfzig Kindern gebildeten Chor. Er sah und hörte auch das Orchester der Wiener Philharmoniker und die Kapelle des k.u.k. Infanterieregiments N° 4, die gemeinsam mit dem Chor ein gewaltiges Klangerlebnis schaffen würden. Überwältigt von dieser Vision, biss er in die Moravec'sche Zehe, wofür er umgehend einen Tritt an den Kopf bekam.

»Bist narrisch g'worden?«, fauchte ihn die Moravec an. »Komm sofort von da unten herauf und unterstehdich, eines meiner Zecherln* noch einmal in den Mund zu nehmen.«

Ein wohliger Schauer rieselte Collredi über den

* Zehen

Rücken. Wie ein gut abgerichteter Hund gehorchte er seiner Herrin. Er kroch an ihre Seite zurück und kuschelte sich an ihren Busen. Wohlig geborgen und überglücklich erinnerte er sich an den Augenblick, als er nach tagelanger verzweifelter Suche die Steffi im Limonadenpavillon am Graben erspäht hatte.

Zuerst hatte er gedacht, dass er halluziniere. Doch als er sich eiligen Schrittes näherte, sah er das weibliche Wesen, das er so sehr begehrte, tatsächlich vor einem Glas Limonade sitzen und gelangweilt in die andere Richtung schauen. Um Contenance ringend, war er an ihren Tisch getreten, hatte sich geräuspert, einen guten Tag gewünscht und gefragt, ob er Platz nehmen dürfe. Mit kühler Miene gestattete sie es ihm. Nachdem er über eine halbe Stunde eifrig Konversation betrieben hatte, taute Steffi Moravec auf. Schließlich willigte sie sogar ein, ihn in sein Palais zu begleiten, um dort den Fünf-Uhr-Tee mit ihm zu nehmen. Beim Tee erkundigte er sich vorsichtig und taktvoll nach den Gründen ihres plötzlichen Verschwindens. Er erhielt keine direkte Antwort. Sie gab ihm vielmehr zu verstehen, dass sie aufgrund von finanziellen Problemen derzeit bei einer Bekannten wohne. Collredi erfasste ihre Lage sofort. Steffi war von seinem verstorbenen Freund Vestenbrugg ausgehalten worden. Nach dessen Ableben konnte sie sich die recht ansehnliche Wohnung in der Salesianergasse nicht mehr leisten und war deshalb bei einer Freundin untergeschlüpft. Das ließ auf massive Geldprobleme schließen. Und während er artig weiterplauderte, ihr höchstpersönlich Tee, erlesenes Gebäck und kandierte Früchte reichte, reifte ein Plan in seinem Kopf. Er wollte dieses prachtvolle junge Weib besitzen und sich gleichzeitig von ihr besitzen lassen. Ihre offensichtliche Mittellosigkeit bildete dafür die ideale Voraussetzung. Wie eine Hochwohlgeborne würde er sie verwöhnen und sie gleichzeitig in die Rolle der strengen Gebieterin einführen. So könnten sich endlich seine lang gehegten Fantasien erfüllen, der lustvoll leidende Sklave einer grausamen Herrin zu sein. Er schenkte ihr neuerlich Tee nach – seinen Kammerdiener hatte er fortgeschickt, da ihn dieser nur in seinen erotischen Träumen störte. Und während sie am Tee nippte, machte er ihr einen Vorschlag, den sie nicht ablehnen konnte. Es war ein kluger, taktisch brillanter Plan, den er da entwickelt hatte. Sie würde ab sofort in seinem Haushalt die Stelle der Gesellschaftsdame seiner sechzehnjährigen Tochter einnehmen. In dieser Position konnten sie ungestört miteinander verkehren, ohne dass sich die Dienerschaft sofort das Mundwerk zerreißen würde. Außerdem konnte er sie in dieser Position auch zu gesellschaftlichen Veranstaltungen als Begleitung mitnehmen. Natürlich würde sie in seinem Palais, in einem Zimmer, das in unmittelbarer Nähe seiner eigenen Gemächer lag, wohnen. Und als er sie ganz nebenher fragte, welcher beruflichen Tätigkeit sie gerade nachging, antwortete sie errötend: »Exzellenz, leider habe ich derzeit keine berufliche Betätigung. Wiewohl ich dringend eine suchen würde.«

Damit war für ihn alles klar. In liebenswürdigem Tonfall bot er ihr an, sich für sie zu verwenden und auch über eine mögliche Stellung in seinem eigenen Haus nachzudenken. Mit allerlei galanten Floskeln beendete er den gemeinsamen Fünf-Uhr-Tee und begleitete sie höchstpersönlich zur Ausgangstür seiner Gemächer. Zum Abschied lud er sie für den nächsten Abend zu einem Souper in seinem Palais ein. Bis dahin wolle er sich umhören, seine Beziehungen spielen lassen, beziehungsweise in seinem eigenen Haus nach einer geeigneten Stelle suchen. Steffi war von so viel Entgegenkommen überrascht. Es fiel ihr in ihrer Verwirrung überhaupt nicht auf, dass Collredi sie gar nicht nach ihrer beruflichen Qualifikation gefragt hatte. Und so nahm das patscherte* Leben der Steffi Moravec eine neue Wendung.

* ungeschickte

XI/2.

Es war ein angenehm warmer Spätnachmittag. Steffi Moravec hatte das Palais Collredi verlassen und schlenderte über die Kärntner Straße in Richtung Graben. Wie viele andere Wiener und Wienerinnen genoss sie es, um diese Zeit zu promenieren, Leute anzuschauen, sich ein bisschen die Füße zu vertreten und hinauszukommen aus den Mauern, in denen man wohnte. Dass die Welt gar nicht so groß war, wie man meinen sollte, merkte die Moravec, als sie plötzlich auf einen alten Bekannten traf. Zuerst erkannte sie ihn nicht, da er in Zivil ganz anders als in Uniform aussah. Irgendwie sensibler und verletzlicher. Ein fesches Mannsbild mit dunklen Locken und schwarzen, traurigen Augen. Als sie dieser traurige Blick zufällig traf und an ihr hängen blieb, durchrieselte es sie. Und halblaut rief sie: »Ja, das ist ja der Hansi …«

Jener zögerte und wollte schon den Blick abwenden und weitergehen, aber die Moravec drängte sich an seine Seite und hängte sich bei ihm ein. Aus den Augenwinkeln musterte sie ihn und raunte dann mit einem neckenden Unterton in der Stimme: »Also, als Zivilist g'fallst mir viel besser. Hast endlich den Dienst quittiert und die dumme Uniform ausgezogen. Ich weiß nicht, was die meisten Weiber an den Uniformen so begeistert. Ich persönlich find euch Mannsbilder in Zivil viel fescher.«

Hansi Popovic wusste nicht, was er sagen sollte. Und da er nichts sagte, plauderte die Moravec munter weiter. »Der Anzug steht dir sehr gut. Hast jetzt einen Zivilberuf gefunden, der dich ordentlich ernährt? Schaust gut aus. Bist ein hübscher Bub.«

Sie schmiegte beim Dahinflanieren ihre Hüften ganz eng an seine und genoss die schlanke, drahtige Statur seines jungen Körpers. Das war doch etwas ganz anderes als die aufgedunsenen, fettleibigen Körper der alten Herren, mit denen sie normalerweise verkehrte. Sie dachte auch an die Potenzstörungen, unter denen Collredi litt und die nur durch intensive Demütigungen und neuerdings auch durch Züchtigungen mit der Rute überwunden werden konnten. Als sie sich daran erinnerte, was für ein feuriger und ausdauernder Liebhaber der Hansi Popovic war, fühlte sie ein Kribbeln und Flattern in der Gegend ihres Bauches. Und da sie kein Kind von Traurigkeit war, raunte sie ihm so lange unanständige Sachen ins Ohr, bis er schließlich mit ihr in Richtung Tiefer Graben spazierte. Dort befand sich das Hotel Orient. Ein Stundenhotel, in das sie sich kurzerhand einquartierten und wo sich die Moravec richtig austobte.

Als sie nach fast drei Stunden das Zimmer verließen, wurde sie vom Popovic gepackt und an die Wand gedrückt. Er presste seine Nase auf ihre und keuchte ihr ins Gesicht: »Wenn du mich jetzt wieder nur als

Spielzeug benutzt, dreh ich durch. Das lass ich nimmer mit mir machen. Steffi, ich lieb dich! Und wennst willst, heirate ich dich auf der Stelle.«

Das ging der Moravec nun doch wieder zu weit. Wegen ein bisschen Spaß musste man doch nicht gleich heiraten … Und überhaupt! Auch wenn der Hansi jetzt anscheinend recht erfolgreich in dem neumodischen Geschäft mit Films tätig war, ein barockes Palais mit Bediensteten und vielerlei sonstiger Annehmlichkeiten konnte er ihr nicht bieten. Aber so hin und wieder zur Zerstreuung war der Hansi schon gut. Nur das teilte sie ihm nicht mit. Stattdessen schob sie ihn sanft von sich weg, gab ihm ein Busserl auf die Stirn und flüsterte: »Komm, lass uns jetzt wieder vernünftig sein.«

XII/2.

Klirrbummpeng! Eine wahre Kaskade von Zertrümmerungsgeräuschen erschütterte die würdevolle Stille des Collredischen Stadtpalais. Begleitet wurden diese Geräusche von einer hysterischen weiblichen Stimme, die derbe Schimpfwörter in französischer und deutscher Sprache kreischte. Nikolaus Graf Collredi schreckte aus seiner Arbeit auf und läutete nach dem Kammerdiener. Als dieser den Raum betrat, fragte ihn der Graf: »Sagen Sie, was ist denn da los? Wer benimmt sich in meinem Haus so daneben?«

Der Kammerdiener räusperte sich, verdrehte die Augen und antwortete in pikiertem Tonfall. »Exzellenz, ich fürchte, dass es sich um Ihr Fräulein Tochter handelt.«

Collredi warf seine Füllfeder aufs Papier, schnellte empor und ging eiligen Schrittes zu den Räumen seiner Tochter. Je näher er kam, desto lauter wurde der Lärm. Vor ihrer Tür standen zwei Diener und ihre Zofe. Letztere war ganz bleich im Gesicht, Tränen rannen ihr über die Wangen. Collredi herrschte die Bediensteten an. »Was steht ihr tatenlos herum? Geht S' doch hinein und beendet S' den Krach!«

Der Älteste der Diener machte eine Verbeugung vor dem Grafen, lüftete sein Hauskäppi und entblößte eine ziemlich große Platzwunde. »Der gnädige Herr möge mir verzeihen. Aber das ist lebensgefährlich da drinnen.«

Collredi atmete durch und befahl mit lauter Stimme: »Steht nicht herum wie die Ölgötzen! Holt sofort den Bohumil Jezek und die Stallknechte.«

Dann öffnete er die Tür und trat in den kleinen Salon ein, der sich vor dem Schlafzimmer seiner Tochter befand. Nur seiner blitzschnellen Reaktion war es zu verdanken, dass die Biedermeiervase, die in diesem Augenblick angeflogen kam, nicht auf seinem Kopf, sondern auf dem Türblatt hinter ihm zerschellte.

»Kind, was soll das?«, herrschte er seine Tochter an. Doch statt einer Antwort holte sie tief Luft und gab ein schrilles und lang anhaltendes »Iiiiiiiii …« von sich. Ihr Gesicht glich einer verzerrten Fratze, ihre Hände waren zu Fäusten verkrampft. Collredi ging vorsichtig auf seine Tochter zu und redete beruhigend auf sie ein. Als er fast bei ihr war, drehte sie sich abrupt um, rannte in das benachbarte Ankleidezimmer und riss dort den Garderobenkasten auf. Hier flogen im wahrsten Sinne des Wortes die Fetzen. Sophie Collredi bombardierte ihren Vater mit Kleidern, Kleiderhaken, Schuhen und Hutschachteln. Zum Glück betraten nun Bohumil Jezek, der greise Verwalter, sowie zwei Stallknechte das Zimmer. Collredi befahl den Stallknechten, seine Tochter zu packen und ruhigzustellen. Die beiden kräftigen Kerle hatten ihre liebe Mühe, diese Anweisungen auszuführen. Schließlich gelang es ihnen, die Tobende zu überwältigen. Als Sophie mit dem Gesicht nach unten auf dem Boden lag und von beiden gleichzeitig niedergehalten wurde, sah man, dass der eine ein blaues Auge und der andere ein blutig zerkratztes Gesicht hatte. Mit beherrschter Stimme gab Collredi seinem Haushofmeister folgende Anweisungen: »Schaffen S' meine Tochter hinunter in die Waschküche und spritzen Sie sie dort, so wie sie ist, mit dem Gewand und allem, fünf Minuten lang eiskalt ab. Dann binden S' ihr die Hände und Beine zusammen, und lassen sie da herauf zurückbringen. Die Zofe soll ihr das nasse Gewand ausziehen, aber keinesfalls die Fesseln lösen. Falls es nicht anders geht, soll sie die nassen Kleider herunterreißen oder wegschneiden. Anschließend wird meine Tochter in eine warme Decke gehüllt und zu Bett gebracht. Dort soll sie der Doktor Wasserkandl untersuchen und ihr Beruhigungsmittel geben. Den Doktor können S' jetzt gleich rufen.«

Voll Erregung ging Collredi, nachdem er diese unangenehme Situation gemeistert hatte, in seiner Bibliothek auf und ab. Mit Spannung wartete er auf Steffi Moravec. Von den Bediensteten erfuhr er den Grund der ganzen Aufregung: Seine Tochter hatte eine Riesenauseinandersetzung mit der Moravec gehabt. Und als Steffi seine Tochter geohrfeigt hatte, drehte diese vollkommen durch. Das hatte die Moravec aber kalt gelassen, seelenruhig war sie zu einem Bummel durch die

Stadt aufgebrochen. Im Übrigen erfuhr er von seinem Kammerdiener, dass sich seine Tochter wie ein ausgesprochenes Gfraßt* zu ihrer neuen Gesellschaftsdame verhielt. Sie stellte sie bei jeder Gelegenheit bloß und wusste auch immer alles besser. Kurzum, sie zeigte der Moravec, dass sie ein hochwohlgebornes Fräulein aus einem uralten Geschlecht war – die Collredis wurden im 14. Jahrhundert geadelt – und dass sie ihre Gesellschaftsdame als einen Trampel** aus der Vorstadt ansah. Da ihm seine Tochter schon immer fremd war, berührte ihn dieser Konflikt nicht. Im Gegenteil, er fand das alles recht amüsant.

Und das rasende Weib, zu dem sich seine Tochter heute entwickelt hatte, fand er sogar recht attraktiv. Ja, die ganze Szene hatte seine Sinne erregt. Und darum wartete er nun sehnsüchtig auf die Moravec. Er war sich übrigens sicher, dass sie sich nach und nach gegen seine Tochter sowie gegen die zum Teil ebenfalls aufsässigen Dienstboten durchsetzen würde. Und was die Etikette und die Umgangsformen betraf, hatte er der Steffi Unterricht bei einer entfernten Verwandten, die dringend Geld benötigte, verordnet. Das ärgerte Steffi sehr. Ein Ärger, den Collredi wiederum absolut genoss. Und als sie endlich daherkam, zog er sich mit ihr in seine Privatgemächer zurück. Nach einem heftigen Orgasmus machte er es sich zu ihren Füßen

* Mensch mit miesem Charakter
** dummes, ungebildetes Mädchen

bequem. Er ließ den Tag voll Vergnügen vor seinem geistigen Auge Revue passieren, eine Welle heftigen Glücks überkam ihn, sodass er ihr kräftig in den großen Zeh biss.

XIII/2.

»Wo steckt nur dieses vermaledeite Weibsbild?«, fragte sich Joseph Maria Nechyba immer wieder. Seit über zwei Wochen suchte er nun schon die Steffi Moravec. Er konnte ihren Aufenthaltsort aber weder mittels des Centralmelderegisters der Polizei* noch durch seine zahlreichen Spitzel, die in allen Ecken und Winkeln der Stadt die Augen und Ohren offen hielten, finden.

Sie war wie vom Erdboden verschluckt. Solch unersprießliche Gedanken gingen ihm durch den Kopf, als er seine Körperfülle kurz nach sieben Uhr früh in einen geliehenen Frack zwängte. Dies geschah in einem engen Kammerl, das sich im Kavalierstrakt des Schlosses Schönbrunn befand. Dabei kam er gehörig ins Schwitzen, weil die Hose um den Bund etwas zu eng war. Allerdings musste er damit leben, da dieser Frack der größte im Angebot des Verleihers war. Nechyba, der aufgrund seiner Größe und seines Leibesumfanges so etwas befürchtet hatte, fluchte halblaut vor sich hin. Warum nur, warum, musste gerade er mit seiner Polizeiagentengruppe für die Sicherheit Seiner Majestät und der geladenen Festgäste sorgen? Dieses verdammte Fest, die Kinderhuldigung, war seit über einem Jahr von der Stadt Wien und vom Obersthofmeisteramt vorbereitet worden. Von Anfang an war

* In Wien bestand Meldepflicht.

auch Zentralinspector Ferdinand Gorup von Besanez als Verantwortlicher für die Sicherheit mit eingebunden gewesen. Und deshalb war er, Nechyba, heute hier. Ihm wurde ganz schwindlig im Kopf, als er an seinen Auftrag dachte. Gorup von Besanez hatte ihn als Leibwächter Seiner Majestät vorgesehen. Der Befehl lautete, dass er sich während des Festaktes immer in unmittelbarer Nähe des Kaisers aufzuhalten hatte. Nicht nur die große Verantwortung, sondern auch die Erinnerung an das Attentat auf den Grafen Potocki verursachten bei ihm mulmige Gefühle. Außerdem hatte er für diese vermaledeite Kinderhuldigung auch einen detaillierten Plan ausarbeiten müssen, der genau vorsah, welcher seiner Männer sich zu welcher Gruppe von Festgästen als Schutz zu gesellen hatte. Pospischil, ein schmächtiges Manderl, so ein richtiges Zniachtl*, hatte er für den Bürgermeister Dr. Karl Lueger vorgesehen. Diese Karikatur eines k.k. Polizeiagenten kam im Fall des Falles kaum als effizienter Leibwächter in Betracht. Lueger war ein eitler und gewissenloser Politiker, der die Menschen seit vielen Jahren mit antisemitischen und fremdenfeindlichen Tiraden aufhetzte. Als Bürgermeister regierte er mittlerweile seit zehn Jahren die Stadt. Nein, den ›schönen Karl‹, wie ihn die Wienerinnen und Wiener nannten, konnte Nechyba partout nicht ausstehen. Immer wenn er an Lueger dachte, schwollen ihm die Zornes-

* kleiner, schmalbrüstiger Mensch

adern am Hals. Das machte das Zuknöpfen des ohnehin schon etwas engen Hemdkragens zu einer äußerst schwierigen und schweißtreibenden Angelegenheit. Als ihm dies endlich gelungen war und er sich das Mascherl* gebunden hatte, klopfte es an der Tür und Gorup von Besanez trat ein. Der drahtige, um einen Kopf kleinere Zentralinspector sah in seinem Frack wie aus dem Ei gepellt aus. Seine grau melierte Igelfrisur und der ebenfalls graue, stachelige Bart standen wie unter Strom gesetzt vom Kopf ab. Wohlwollend musterte er seinen Untergebenen, klopfte ihm auf die Schulter und sagte schmunzelnd: »Ich hab gewusst, dass Sie im Frack eine famose Figur machen werden! Sie sind ohne Zweifel die stattlichste Erscheinung im Polizeiagentenkorps. Ausgezeichnet, Nechyba! Ich wusste schon, warum ich gerade Sie das Leben unseres Kaisers, unserer geliebten Majestät, schützen lasse. Übrigens: Es wird ein heißer Tag. Die Sonne brennt jetzt schon herunter. Da werden wir alle ganz schön ins Schwitzen kommen. Wie spät haben wir es denn?«

Nechyba zog seine Taschenuhr heraus, klappte sie auf und erwiderte: »Drei viertel acht, Herr Zentralinspector.«

»Na, dann haben wir ja noch ein bisserl Zeit. Kommen Sie, Nechyba! Gemma in die Schlossküche und schauma, ob es dort ein Gabelfrühstück für uns gibt.«

* Fliege

Verblüfft folgte Nechyba seinem Vorgesetzten durch mehrere Gänge und Innenhöfe in den Haupttrakt des Schlosses. Bedienstete, die ihnen begegneten, traten respektvoll zur Seite, ältere Bedienstete grüßten den Zentralinspector mit einem »Grüß Gott, Herr Baron.« In der Hofküche angelangt, steuerte Gorup von Besanez auf einen dicken, älteren Koch zu und begrüßte ihn mit den Worten »Leopold, le maître de la cuisine!«

Der Koch schaute verblüfft von seiner Arbeit auf. Auf einem riesigen Tisch zerteilte er gerade mit geübten Schnitten eine Rinderhälfte. Er legte das blutige Messer zur Seite, wischte die rechte Hand an seiner Kochschürze ab und begrüßte den Zentralinspector mit einem herzhaften Händedruck. »Ah, der Herr Baron …«

Gorup von Besanez begann mit dem Koch über frühere Zeiten zu plaudern. Nechyba, der mit Respektabstand neben den beiden stand, beobachtete voll Interesse das Werken in der Großküche. Dabei lief ihm das Wasser im Mund zusammen. Die Plauderei zwischen den beiden Männern bezog sich auf die ›alten Zeiten‹, als der nunmehrige Zentralinspector Leiter der Polizeiabteilung des Schlosses gewesen war. Jetzt war Nechyba klar, warum Gorup von Besanez sich im Schloss so gut auskannte und warum ihn so viele Menschen grüßten. Der Chefkoch wies einen seiner Helfer an, die Rinderhälfte weiter zu zerteilen. Er selbst machte in einer kleinen Kasserolle aus Butter, Mehl und fein gehackter Petersilie eine gelbe Einbrenn*, die er mit kalter Rindsuppe aufgoss. Einen Küchenjungen wies er an, Kapern zu waschen – sodass das Salz weggespült wurde – und fein zu hacken. Sie kamen in die Sauce, die über großer Hitze so lange reduziert wurde, bis sie schön sämig war. Der Chefkoch fischte nun aus einem riesigen Topf, in dem verschiedene Sorten Rindfleisch in siedend heißer Suppe schwammen, eine Rindszunge heraus. Er legte sie kurz in kaltes Wasser und häutete sie im Anschluss ab. Das nun genussfertige Züngerl wurde in appetitliche Scheiben geschnitten, die er auf drei Tellern kreisförmig anrichtete. In die Tellermitten kamen jeweils eine Handvoll Salzerdäpfel**. Den Abschluss bildete die Kapernsauce, die Leopold mit einem großen Löffel schwungvoll über Erdäpfel und Zungenstücke goss.

»Voilà! Das Gabelfrühstück! Wünsche guten Appetit, die Herren.« Mit diesen Worten stellte er die Teller auf einen Tisch in der Ecke der Großküche und ließ sich mit einem zufriedenen Schnaufer auf einen der Stühle fallen. Er kostete mit kritischer Miene, Gorup von Besanez und Nechyba probierten ebenfalls. Nach dem ersten Bissen brach Nechyba sein Schweigen. »Kompliment, Herr Leopold. Das schmeckt ganz vorzüglich.«

---

* Mehlschwitze
** Salzkartoffel

»Ich weiß net«, raunzte der Koch, »das Züngerl ist noch ein bisserl fest. Beiläufig hätte es noch ein Viertelstünderl kochen können.«

Als aber auch der Zentralinspector die Speise lobte, strahlte der alte Mann und bemerkte lakonisch: »Na ja, essen kann man's ...«

Kurz vor neun Uhr führte Gorup von Besanez den Nechyba sowie sieben Polizeiagenten zu den Räumlichkeiten des polizeilichen Sicherheitsdienstes im Schloss Schönbrunn. Dort wurden sie vom Leiter, Polizeirat Edmund Gayer, bereits erwartet. Mit ihm wurde die Aufstellung und Verteilung der Polizeiagenten besprochen. Der Großteil von Gayers Leuten hatte bereits seine Position bezogen. Sie halfen unter anderem den dreitausend Festgästen, ihre Plätze zu finden. Nechyba ließ seine Leute vor sich antreten und kontrollierte deren Aussehen und Adjustierung. Als sie in den geliehenen Fräcken in Reih und Glied vor ihm standen, kamen sie ihm wie Pinguine vor. Er unterdrückte ein Grinsen und schickte den Polizeiagenten Müllner in den Waschraum, um sich dort nochmals zu rasieren. Zwei weiteren befahl er, mit Spucke und Taschentüchern ihre Schuhe auf Hochglanz zu polieren. Und den Pospischil sekkierte* er ein bisschen: Ihn ließ er drei Mal hintereinander das Mascherl neu binden. Um halb zehn Uhr, als seine Leute draußen bei den Festgästen ihre Posten bezo-

---

* triezen

gen hatten, begaben sich Nechyba, Gayer und Gorup von Besanez über zahlreiche Stiegen zu den Gemächern Seiner Allerhöchsten Majestät. Vor Aufregung hatte Nechyba schweißnasse Hände. Eugen Ketterl, der kaiserliche Kammerdiener, empfing sie im Vorraum des kaiserlichen Arbeitszimmers. Als sie warteten, wurde Nechyba vor Aufregung fast schlecht. Plötzlich ging die Tür auf und der Kaiser stand vor ihnen.

»Grüß Gott, die Herren!« Dann wandte sich der nicht allzu groß gewachsene Monarch an Nechyba, zu dem er wie zu einem Turm aufsah. »Sie sind also der Inspector Nechyba. Ich habe Ihre Personalakte studiert … tüchtig, tüchtig … machen S' weiter so. Ich hab g'hört, dass Sie mich heut beschützen sollen. Na, da werden S' nicht viel zu tun haben …«

Und zum Zentralinspector meinte der Monarch schmunzelnd: »Einen noch größeren und kräftigeren Leibwächter hätten S' bei Gott nicht finden können …«

Nechyba rauschte das Blut in den Ohren. Der Kaiser höchstpersönlich hatte sich seine Personalakte angesehen und ihn belobigt. Wenn das sein Vater erlebt hätte! Der ehemalige Zugführer der k.k. Militärpolizeiwache, der anno 1851 nach Wien versetzt worden war, wäre auf seinen Sprössling mächtig stolz gewesen. Eine Türe wurde geöffnet und Obersthofmeister Fürst Montenuovo trat ein. Mit flinken, kalten Augen musterte er die Polizisten und drehte sich dann zum Kaiser. »Majestät, wenn ich bitten darf, es ist so weit. Die allerhöchste Familie hat bereits Aufstellung genommen.«

Der Kaiser nickte und ging – dicht gefolgt von Nechyba – durch Türen, die wie automatisch von Kammerdienern geöffnet wurden. Nach der Durchquerung einer Reihe von Zimmern gelangten sie in den Vorraum der großen Schlossterrasse. Hier wartete die versammelte kaiserliche Familie. Schlag zehn Uhr wurden die Türen der Veranda von livrierten Lakaien geöffnet und der Wiener Bürgermeister sowie der für den Festakt verantwortliche Stadtrat Leopold Tomola traten vor den Kaiser und bedankten sich für die allerhöchste Bewilligung zur Darbringung der Huldigung. Lueger bat den Monarchen, das Zeichen zum Beginn zu geben. Der Kaiser entsprach dieser Bitte. Darauf kehrten Lueger und Tomola zu ihren Plätzen auf der Festtribüne zurück. Nechyba erschrak über Luegers erbärmlichen Gesundheitszustand – obwohl allgemein bekannt war, dass der Bürgermeister gesundheitliche Probleme hatte. Mühsam, auf einen Stock gestützt, schleppte er sich durch die Gegend. Lueger sah neben der drahtigen Erscheinung des um vierzehn Jahre älteren Kaisers – der nun bereits achtundsiebzig Jahre alt war – wie ein Tattergreis aus. Vom einstmals ›schönen Karl‹ war nicht viel übrig geblieben.

Als der Kaiser samt Familie und Nechyba auf die mächtige, barocke Terrasse des Schlosses hinaustrat, brandeten aus zehntausenden Kehlen Hochrufe empor. Tausende Taschentücher wurden von den über zweiundachtzigtausend anwesenden Kindern geschwenkt. Sichtlich gerührt trat Franz Josef I. an die steinerne Brüstung vor, von wo er die Aufführung verfolgte. Diese paar Schritte brachten Nechyba in einen ernsten Konflikt. Sollte – beziehungsweise musste – er nun auch vortreten und sich schützend neben den Kaiser stellen? Oder sollte er wie die versammelten Mitglieder der kaiserlichen Familie in einem Respektabstand hinter dem Monarchen stehen bleiben? Nach kurzem Zögern entschied er sich für Zweiteres. Das hatte aber zur Folge, dass er während der gesamten halbstündigen Darbietung enorm beansprucht war. Einer gespannten Feder gleich war er bereit, jederzeit einen mächtigen Sprung nach vorne zu tun, um den Kaiser mit der gesamten Fülle seines Leibes zu schützen. Aufgeregt, wie er war, hatte er weder Augen für die unter Fanfarenklängen auf einem Triumphwagen vorfahrende Austria, noch für die ihr folgende Vindobona. Auch für die Deklamationen der Kinder sowie der beiden allegorischen Figuren, die von bekannten Schauspielerinnen dargestellt wurden, hatte er kein Ohr. Genauso wenig wie für den aus eintausendfünfzig Kindern bestehenden Chor und die Musik des philharmonischen Orchesters. Denn er lauerte ständig, ob nicht irgendwo etwas Verdächtiges geschah. Es war daher nicht verwunderlich, dass Nechyba beim abschließenden Trommelwirbel, der von zwanzig Militärtrommeln des k.u.k. Infanterieregiments N° 4 entfacht wurde, Seine Majestät beinahe von hinten angesprungen und umgerissen hätte – um ihn vor der vermeintlichen Gewehrsalve zu schützen. Gott sei Dank beherrschte er sich nach dem ersten wilden Ausfallschritt, erstarrte und trat anschließend wieder in die hinter dem Kaiser stehende Personengruppe zurück. Als das von Marie Sidonie Heimel-Purschke verfasste Festspiel ›Gott erhalte‹ schließlich geendet hatte, war Nechyba schweißgebadet. Kaiser Franz Josef ging nun links die Freitreppe hinunter, Nechyba folgte ihm in einem Respektabstand von drei Schritten. Jubel brandete unter den Kindern und Festgästen auf. Der Kaiser trat auf den Wiener Bürgermeister zu und bedankte sich für das dargebotene Schauspiel. Tief gerührt sprach er: »Die Kinder sind für mich das Schönste und Liebste. Je älter ich werde, desto mehr liebe ich die Kinder.«

Danach trat der Monarch auf die Gruppe zu, die an dem Festspiel mitgewirkt hatte. Er lobte die Leistungen der Schauspielerinnen Römpler-Bleibtreu und Ritzinger sowie der Kinder. Danach ging es weiter zum rechten unteren Teil der Freitreppe. Hier befanden sich die Persönlichkeiten, die sich um die Veranstaltung verdient gemacht hatten. Sie wurden dem

Kaiser einzeln vorgestellt. Danach grüßte Seine Majestät das versammelte Komitee und schritt unter dem Jubel des Publikums über die rechte Freitreppe zurück auf die Terrasse. Nechyba, der dem Monarchen ständig folgte, entspannte sich allmählich. Als der Kaiser einen Augenblick innehielt, um nochmals alle Anwesenden zu grüßen, ließ der Inspector seinen Blick über die vor ihm liegende Tribüne der Ehrengäste streifen. Sogleich war es mit seiner Entspannung vorbei. Denn mittendrin unter all den höchsten und allerhöchsten Persönlichkeiten saß die von ihm gesuchte Steffi Moravec. Am liebsten hätte er sie vom Fleck weg verhaftet. Er beherrschte sich aber und folgte dem Kaiser ins Innere des Schlosses. Dort bedankte sich der Monarch mit einem kräftigen Händedruck bei ihm. Vor Verwirrung und Stolz blieb Nechyba starr wie eine Salzsäule stehen. Erst als Gorup von Besanez ihn beim Arm nahm und behutsam hinausführte, kehrten seine Lebensgeister zurück. Der Zentralinspector klopfte ihm ermunternd auf die Schulter. »Alle Achtung, Nechyba. Wie Sie beim Trommelwirbel blitzschnell reagierten, dann mitten im Sprung innehielten und sich zusammengerissen haben, das war superb. Das muss Ihnen erst einer nachmachen.«

XIV/2.

Ab Mittag des 21. Mai setzte Joseph Maria Nechyba Himmel und Hölle in Bewegung, um der Moravec habhaft zu werden. Noch bevor er Schloss Schönbrunn verlassen hatte, bat er den Polizeirat Gayer, beim Obersthofmeisteramt herauszufinden, in wessen Begleitung Steffi Moravec bei der Kinderhuldigung erschienen war. Im Polizeigebäude ging er noch einmal hinüber ins Centralmeldeamt, um nachzusehen, ob sie mittlerweile an einem neuen Wohnsitz gemeldet war. Dies war leider nicht der Fall. Ziemlich enttäuscht begab er sich in sein Arbeitszimmer zurück und überlegte hin und her, wie er ihr auf die Spur kommen könnte. Der einzige zarte Hoffnungsschimmer, der ihm blieb, war das Café Sperl und dessen Cafetier Kratochwilla. Der Ordnung halber sei erwähnt, dass der Inspector und seine Polizeiagenten in den letzten Wochen nicht untätig gewesen waren. Sie hatten alle in Wien gemeldeten Moravec abgeklappert – das waren gar nicht so wenige! – und hatten nach der ehemaligen Sitzkassierin des Café Sperl gefragt. Dabei stellte sich heraus, dass Steffi Moravec offensichtlich keine Familienangehörigen in Wien hatte. Also brach Nechyba ins Sperl auf, um mit Kratochwilla zu reden. Das Schöne an meinem Beruf ist, dachte er, dass ich oft das Nützliche mit dem Angenehmen verbinden kann.

Als er kurz nach vier Uhr das Café Sperl betrat, war er sich ziemlich sicher, dass er Kratochwilla antreffen würde. Denn der Kaffeehausbesitzer hatte die Angewohnheit, pünktlich um halb ein Uhr Mittag zu essen und sich danach auf ein Verdauungsschläfchen zurückzuziehen. Um vier Uhr herum erschien er ausgeruht und frisch wie der junge Tag in seinem Kaffeehaus, in dem er bis zur mitternächtlichen Sperrstunde blieb. Nechyba erblickte den Cafetier in der Kaffeeküche. Als langjähriger Stammgast zögerte er nicht, dort einzutreten. Gemeinsam mit dem Kaffeekoch war Kratochwilla gerade damit beschäftigt, mehrere Melange* exakt nach den Wünschen der Gäste zu komponieren. Es waren dies eine Melange mehr dunkel, aber dafür mit Schlag**, eine Melange mehr hell mit Haut ohne Schlag und eine weitere helle mit ohne (ohne Haut und ohne Schlag). Kratochwilla sah von seiner Arbeit auf und grüßte mit einem freundlichen »Habedieehre, Herr Inspector! Wie geht's so immer? Haben S' Lust, nachher eine Runde Tarock zu spielen?«

Nechyba hatte zwar anderes im Sinn, konnte aber der Verlockung einer gemütlichen Tarockrunde nicht widerstehen. Außerdem konnte er bei dem Spiel viel besser mit dem Cafetier plaudern. Er setzte sich an einen Kartentisch, zündete sich eine Virginier an und genoss den doppelten Mokka mit einem Schuss Tre-

* Milchkaffee mit Milchschaumhaube

** Schlagsahne

bernen, den ihm der Kellner automatisch serviert hatte. Nach einem Viertelstündchen gesellte sich Kratochwilla, der den Scharfrichter Lang sowie den Hauptmann Korenyi im Schlepptau hatte, zu ihm. Lang und Nechyba begrüßten einander herzlich, Korenyi wurde dem Inspector als Hauptmann des k.u.k. Infanterieregiments N° 4 vorgestellt. Ein Edelknabe, dachte sich Nechyba und fand dies hochinteressant. Vielleicht war er hier zufällig auf eine Informationsquelle gestoßen, von der er etwas Neues über den verstorbenen Vestenbrugg erfahren konnte. Kratochwilla befahl dem Piccolo, Tarockkarten zu bringen, es wurden die Einsätze vereinbart und das Spiel begann. Beiläufig erwähnte Nechyba, dass er im Fall Vestenbrugg die Ermittlungen führte. Daraufhin erzählten ihm Korenyi und auch Kratochwilla eine ganze Reihe von Anekdoten und G'schichterln über den Verblichenen. Als Nechyba fragte, wie denn der Vestenbrugg zu der Moravec gekommen sei, lachte Kratochwilla. »Na hören Sie, Nechyba! Nur weil Sie glücklich verheiratet sind und außerdem nie sonderlich hinter den Weiberröcken her waren, glauben Sie, dass alle Männer so sind. Ich kann Ihnen aber versichern, dem ist nicht so. Sie wissen doch, dass es in jedem Kaffeehaus zum guten Ton gehört, wenn man mit der Sitzkassierin Schmäh führt* und turtelt. Und der Oberstleutnant Vestenbrugg war jahrelang der

* flirten

Oberturtler hier in meinem Kaffeehaus. Da war er noch Major, als er angefangen hat, der Steffi mehrmals in der Woche kleine Geschenke zu machen. Das ging dann circa ein Jahr so weiter und als Vestenbrugg befördert wurde, wurden auch die Geschenke größer ...«

Korenyi unterbrach. »Und, lieber Inspector: Steter Tropfen höhlt den Stein. Wenn man so lange um ein Mädel wirbt und ihr alles Mögliche verspricht, na dann wird's halt irgendwann reif. Reif zum Pflücken. Gott sei Dank, möchte ich sagen. Weil sonst, meine Herren, könnten wir uns ja nur im Puff ausleben. Gott sei Dank sind die Mädeln so. Und darauf trink ma jetzt. Auf all die Damen, die bei uns schwach werden! Prost, meine Herren!«

»Und wie war das, als die Moravec den Oberstleutnant erhört hatte?«

»Na wie soll's g'wesen sein? Er hat sie ausgehalten, hat ihr eine Wohnung gemietet und eine Apanage gezahlt.«

»Und da hat sie bei mir gekündigt«, ergänzte Kratochwilla. »Nicht dass ich mit meiner jetzigen Sitzkassierin unzufrieden wär. Aber die Minerl Schmoll ist halt ein braves Mädel. Die frivole Ausstrahlung und den gewaltigen Busen der Moravec hat s' halt nicht.«

Die Männer lachten und Nechyba fragte, nachdem er einen Tarockdreier angesagt hatte, ob denn die Moravec Familie habe. Kratochwilla verneinte dies. Und während der Inspector seinen Tarockdreier souverän heimspielte*, erzählte der Cafetier, dass die Moravec aus sehr ärmlichen Verhältnissen hier in Gumpendorf stamme. Sie war im hiesigen Elendsviertel, im Ratzenstadl, aufgewachsen und hatte schon in jungen Jahren ihre Eltern verloren. Ihr einziger lebender Verwandter war ihr Bruder. Ein Soldat, der angeblich in Galizien stationiert sei. Diese Auskunft machte Nechyba ganz unglücklich, obwohl er gerade einen Batzen Geld gewonnen hatte. Lustlos tarockierte er weiter, bis der Scharfrichter Lang plötzlich eine Frage an Kratochwilla stellte. »Sagen S', Meister, wie sind Sie eigentlich nach dem Abgang der Moravec zu der Neuen, der Schmoll, gekommen? Weil ein fesches Mädel ist das sehr wohl auch!«

Der Cafetier schmunzelte. »Deshalb hab ich sie ja auch sofort eingestellt, als die Steffi sie mir als mögliche Nachfolgerin vorgestellt hatte. Die beiden sind nämlich Jugendfreundinnen. Oder so was in der Art.«

Nechyba ließ mitten im Spiel die Karten sinken und grantelte Kratochwilla an. »Und das erzählen S' jetzt erst? Ja Kruzitürken! Wenn das eine Jugendfreundin der Moravec ist, werd ich sie mir sofort vorknöpfen.« Nur widerwillig spielte Nechyba die laufende Partie zu Ende, zahlte seine Konsumation und ging daraufhin schnurstracks in Richtung Sitzkassa. Dort übergab Wilhelmine Schmoll gerade die Tageskassa an Frau Kra-

* gewinnen

tochwilla. Nechyba grüßte die beiden Frauen und kam sofort zur Sache. Ziemlich grob machte er das Fräulein Schmoll darauf aufmerksam, dass sie sich schon längst als Zeugin im Mordfall Vestenbrugg bei der Polizei hätte melden müssen. Das Mädel wurde leichenblass und stotterte, dass sie sich keiner Schuld bewusst sei. Als Nechyba sie darauf aufmerksam machte, dass die Moravec seit Wochen polizeilich gesucht wurde, fing Wilhelmine Schmoll zu weinen an. Mit tränenerstickter Stimme erzählte sie nun, dass sie das überhaupt nicht gewusst habe und dass ihr das schrecklich leidtäte.

»Übrigens hat die Steffi erst unlängst eine Zeit lang bei mir und meiner Mutter daheim gewohnt. Weil s' aus ihrer Wohnung rausgeflogen ist und kein Dach überm Kopf gehabt hat. Eines Morgens ist sie dann Knall auf Fall mit ihrem Gepäck verschwunden. Zum Abschied hat mir die Steffi nur g'sagt, dass sie einen sehr begüterten Herren kennengelernt hat, der ihr Arbeit und Unterkunft biete. Sie hat auch noch g'sagt, dass sie sich bei mir melden werde, sobald sie eingearbeitet ist. Ich hab seitdem allerdings nix mehr von ihr gehört.«

Mit einer Riesenwut im Bauch stapfte der Inspector die kurze Strecke vom Sperl zu sich nach Hause. In seiner Wohnung angekommen, ließ er sich mit einem Seufzer der Erschöpfung auf einen Küchensessel fallen und starrte minutenlang auf den Linoleumfußboden. Schließlich ging ein Ruck durch den mächtigen Mann.

Er stand auf und verließ mit entschlossenem Gesichtsausdruck die Wohnung. Nein! Heute Abend würden er und seine Frau nicht daheim essen.

Nach diesem unglaublichen Tag hatte er sich etwas Entspannung und Abwechslung verdient. Seine Majestät, der Kaiser, hatte ihn belobigt und ihm am Ende sogar die Hand geschüttelt. Und dann die ganze Geschichte mit der Moravec ... Das Luder schien doch glatt irgendeinen Mäzen aus altem Adel gefunden zu haben. Ein echter gesellschaftlicher Aufstieg war das. Schließlich stammte Vestenbrugg nur aus dem böhmischen Landadel und war ein nebbicher Freiherr. So wie sein Vorgesetzter, der Baron Gorup von Besanez. Aber mithilfe des Polizeirats Gayer würde er ihr vielleicht auf die Schliche kommen. Und als er die Stiegen zur Wohnung der Hofratsfamilie Schmerda hinaufkeuchte, malte er sich aus, wie er die Moravec in einem prächtigen Barockpalais verhaften würde. Pünktlich um acht Uhr holte er dort seine Frau, die bei den Schmerdas als Köchin arbeitete, ab. Obwohl Aurelia Nechyba zuerst protestierte – sie hatte nur ihr einfaches Alltagsgewand an – überredete Joseph Maria sie, mit ihm Abendessen zu gehen. Und so ließen sie diesen schönen warmen Maitag im Gastgarten des Gasthauses Zur Goldenen Glocke ausklingen. Als seiner Frau ein tadelloser Tafelspitz und ihm selbst ein herrliches Beinfleisch serviert wurde, war für ihn die Welt wieder in Ordnung. Sein Fleischstück, das von der

Rinderrippe stammte, war von einer ordentlichen Portion Cremespinat umgeben und von zwei Gupf gerösteten Erdäpfeln begleitet. Als er Messer und Gabel in die Hand nahm und sich dem Fleisch näherte, fing die weiche Fettschicht zu zittern an. Ganz so, als ob sie sich vor dem Verzehr fürchtete.

Juni/Juli

»Unsere Kultur ist ganz allgemein auf der Unterdrückung der Triebe aufgebaut.
Jeder Einzelne hat ein Stück seines Besitzes, seiner Machtvollkommenheit, der aggressiven und vindikativen Neigungen seiner Persönlichkeit abgetreten; aus diesen Beiträgen ist der gemeinsame Kulturbesitz an materiellen und ideellen Gütern entstanden.«

Sigmund Freud in ›Die »kulturelle« Sexualmoral und die moderne Nervosität‹, Wien 1908.

I/3.

Am Abend des 1. Juni gab es vor dem Theater an der Wien eine große Auffahrt von Kutschen, unter die sich auch das eine oder andere Automobil mischte. Zu allem Überdruss steckte mitten in diesem Chaos auch eine wild bimmelnde Tramway. Alles zusammen brachte den Verkehr zum Erliegen. Nach einiger Zeit tauchte in dem Gewühl die blitzende Pickelhaube eines Sicherheitswachmannes auf. Der gute Mann versuchte vergebens, den Stau in einen geregelten Verkehrsfluss zurückzuverwandeln. Verursacht wurde das Chaos durch die Wiener Premiere von Leo Falls Operette ›Der fidele Bauer‹, die im Vorjahr in Mannheim mit großem Erfolg uraufgeführt worden war. Und so drängte sich ›toute Vienne‹ in das Theater an der Wien. Für Steffi Moravec war heute ein ganz besonderer Abend. Zum ersten Mal in ihrem Leben ging sie ins Theater. Und dies nicht auf einem Stehplatz weit hinten oder unterm Dach oben, sondern in einer Loge! Außerdem musste sie nicht zu Fuß ins Theater gehen. Sie fuhr an der Seite Collredis in einer seiner prächtigen Kutschen vor. Als sie endlich den Theatereingang erreicht hatten, öffnete ein livrierter Bediensteter den Schlag und half ihr, so wie einer hochwohlgeborenen Dame, beim Aussteigen. Die Krönung des Abends war aber die Tatsache, dass sie am Arm von Collredi – einer Gräfin gleich – durch die Menschenmenge im Foyer schritt. Sie bemerkte mit Genugtuung, dass sie als stattliches Paar viele Blick auf sich zogen und wie sich Köpfe tuschelnd zueinander neigten. Das war Balsam für ihre Seele. Heute Abend konnte ganz Wien sehen, dass sie das erreicht hatte, wovon fast jedes Mädel aus dem Volk träumte: Sich einen sehr reichen, sehr angesehenen und noch dazu attraktiven Mann zu angeln und an seiner Seite das Leben zu genießen. Sie spürte außerdem, dass Collredi sich keineswegs für sie genierte, sondern ebenfalls die Situation genoss. Amüsiert registrierte er die wegen der offensichtlichen Mesalliance erstaunt erhobenen Augenbrauen, die leicht gerümpften Nasen sowie das Geflüster hinter seinem Rücken. All das bestätigte ihn in der rasenden Leidenschaft für das prächtige junge Weib an seiner Seite.

Noch nie hatte die Moravec einen Liebhaber gehabt, der so sehr Wachs in ihren Händen war. Mit dem verliebten Gockel Collredi konnte sie machen, was ihr beliebte. Dagegen war das biedere, eheähnliche Zusammensein mit Vestenbrugg bestenfalls ein Amuse-Gueule gewesen. Ein kleiner Vorgeschmack auf das festliche Menü von materiellen und gesellschaftlichen Genüssen, das ihr der verwitwete Markgraf bot. Und während sie an der Seite Collredis die Treppen zu ihrer Loge emporstieg, ließ sie die letzten Wochen vor ihrem geistigen Auge Revue passieren. Tatsächlich konnte sie einen

Triumph nach dem anderen verbuchen. Nicht nur, dass sie die Kinderhuldigung zum sechzigsten Regierungsjubiläum Seiner Kaiserlichen Majestät als Gast auf der Ehrentribüne mitverfolgen durfte, auch daheim im Collredischen Palais hatte sie Schritt für Schritt Widersacher ausgeschaltet und die Kontrolle über den gräflichen Haushalt übernommen. So würde die aufmüpfige Tochter des Grafen nächstes Jahr in das Internat ›Sacré Coeur‹ abgeschoben werden. Jean, der arrogante Kammerdiener, war Knall auf Fall entlassen worden. Und dem Verwalter Bohumil Jezek, dem die finanzielle Gebarung des gräflichen Haushaltes oblag, wurde sie als Kontrollinstanz vor die Nase gesetzt. Zu seinem großen Ärger musste er nun alle Ausgaben von ihr abzeichnen lassen. Außerdem waren auch noch ein aufsässiger Hausknecht sowie eine freche Dienstmagd entlassen worden. Aber das Schönste daran war, dass ihre harte Hand dem Personal gegenüber Collredi absolut faszinierte. Vom herrischen Gemüt der Moravec ging ein Zauber aus, dem Collredi bedingungslos erlegen war. Er überhäufte sie nicht nur mit häuslichen Befugnissen, sondern auch mit Geschenken. Kandierte Früchte und Blüten sowie erlesenes Konfekt, eine Unzahl von neuen, maßgeschneiderten Kleidern und natürlich auch kostbare Schmuckstücke. Wobei er ihr Letztere nur zum Teil schenkte. Denn die alten, wirklich kostbaren Stücke aus dem Familienschatz waren sakrosankt. Die durfte sie nur tragen, zum Beispiel an Abenden wie heute. All das ging der Moravec durch den Kopf, als sie schon längst in der Loge saß und Leo Falls eingängigen Melodien lauschte. Hin und wieder wippte sie mit dem Fuß im Rhythmus mit, achtete jedoch sonst nicht weiter auf die Musik oder die Handlung. Vielmehr hing sie ihren Träumen nach und beobachtete zwischendurch mit dem Opernglas die hochgestellten Herrschaften in den anderen Logen sowie das bürgerliche Publikum unten im Parkett. Natürlich machte sie sich auch über die finanzielle Absicherung ihrer Zukunft Gedanken. Sie war sich nicht sicher, was ihr Collredi finanzieren sollte. Vielleicht ein Kaffeehaus – als ehemalige Sitzkassierin kannte sie das Geschäft – oder einen eigenen Modesalon? Oder vielleicht gar ein Nachtcafé mit Séparées, in dem betuchte Herren sich mit jungen Mädeln vergnügen konnten? Letzteres war zweifellos das krisensicherste Geschäft … Oder sollte sie gar aufs Ganze gehen und Collredi zwingen, sie zu heiraten? Wobei dieser Plan unbekannte Risiken beinhaltete. Schließlich würde sie sich damit die gesamte Collredische Familie sowie den alten Adel der Reichshaupt- und Residenzstadt zu Feinden machen. Collredis adelige Verwandte und Freunde nahmen sie naserümpfend als Mätresse in Kauf. Niemals würde diese arrogante adelige Bagage es jedoch akzeptieren, wenn sie Mitglied der Familie werden würde. Ihr war ganz klar, dass Collredi und sie in diesem Fall gemiedene Außenseiter wären. Denn es war schlicht undenkbar, dass ein Mädel aus dem Ratzenstadl eine Markgräfin Collredi werden könnte. Insofern tendierte Steffi am ehesten zu der Kaffeehaus-Variante. Obwohl, ein kleines, feines Hotel in der Vorstadt wäre auch nicht zu verachten … Das war überhaupt eine Königsidee! Und so sprang die Moravec beim aufbrandenden Schlussapplaus wie von einer Feder getrieben auf und klatschte heftig. Ihr Beifall galt aber nicht den Darstellern und auch nicht dem Stück, sondern einzig und allein ihrer Eingebung, Hotelbesitzerin zu werden.

Am Arm ihres Gönners schwebte die Moravec über die Treppe hinunter ins Vestibül. Leicht irritiert bemerkte sie, dass sich dort eine Gruppe Offiziere versammelt hatte. Leider kannte sie mehrere von ihnen. Und zwar besser, als ihr lieb war. Vor allem der Hauptmann Korenyi starrte sie unverschämt aus seinen von übermäßigem Alkoholgenuss geröteten Augen an. Als sie grußlos an ihm vorbeischritt, sah sie aus den Augenwinkeln, wie sich Korenyis Mund spöttisch verzog. Lauthals sagte er zu seinen Kameraden: »Da schau her, die kleine Moravec aus dem Sperl … Die hat sich doch glatt einen Markgrafen geangelt. Die muss ja ganz erstaunliche Qualitäten haben.«

Diese Bemerkung mündete in schallendem Gelächter. Steffi Moravec wurde knallrot und zog schamhaft den Kopf ein. Ihr Begleiter löste sich mit einem Ruck von ihr. Verblüfft sah sie, wie er am Absatz kehrtmachte, auf die Offiziersgruppe zutrat und Korenyi anherrschte: »Was erlauben Sie sich, meine Begleiterin öffentlich zu desavouieren?« Ohne eine Antwort abzuwarten, gab er dem Hauptmann eine schallende Ohrfeige. Danach zog er eine Visitenkarte aus dem Frack und sprach mit lauter Stimme in die Stille, die sich plötzlich im Vestibül ausbreitete: »Ich stehe zu Ihrer Verfügung, Herr Hauptmann!«

Darauf wandte sich Graf Nikolaus Collredi ab, bot der betreten dreinschauenden Steffi seinen Arm an und verließ Seite an Seite mit ihr das Theater an der Wien.

II/3.

Die Moravec war nervös und gereizt. Wie ein wildes Tier, das man in einen Käfig gesperrt hatte, irrte sie durch die Zimmerfluchten des Collredischen Palais. Wo immer sie auftauchte, zogen die Bediensteten die Köpfe ein und hofften, nur nicht von ihr angesprochen zu werden. Ihre Herrschsucht und ihre Härte dem Personal gegenüber waren mittlerweile sprichwörtlich. Und wenn sie nun mit finsterem Blick durch das Palais hastete, war es ratsam, ihr auszuweichen. Nein, Freunde hatte die Moravec in dem riesigen Haus bei Gott keine. Der Grund dafür war die Tatsache, dass es die einfachen Leute nicht leiden konnten, wenn eine von ihresgleichen den Aufstieg in die höchste Gesellschaft schaffte. Außerdem strahlte Steffi Moravec eine menschliche Kälte aus, die jedem das Gefühl gab, einem Eisblock auf zwei Beinen zu begegnen. Da sie zwar kalt, aber nicht unsensibel war, irritierte sie die Ablehnung, die ihr entgegenschlug. Ein unangenehmes Gefühl, unter dem sie besonders litt, wenn Collredi nicht in ihrer Nähe war. Und das war er nun schon seit vielen Stunden nicht. Am Vorabend hatte er ein exquisites Diner à deux zubereiten lassen, das sie gemeinsam in dem mit Spiegeln und einem prächtigen Deckengemälde des Barockmalers Michael Rottmayr ausgestatteten Festsaal genossen hatten. Ein wunderbares Erlebnis, denn der Saal war vom weichen, flackernden Licht Hunderter Kerzen beleuchtet worden. Dazu sorgte ein Kammermusikquartett mit Werken von Joseph Haydn für festliche musikalische Untermalung. Danach hatte sich Collredi mit einem langen Kuss von ihr verabschiedet und alleine in sein Schlafgemach begeben. Da sie wusste, dass am nächsten Morgen das Duell stattfinden würde, konnte sie quälend lange nicht einschlafen. Als sie schlussendlich vom Schlaf übermannt wurde, suchte sie ein entsetzlicher Albtraum heim. Der Leichnam des Baron Vestenbrugg schwebte, von Gärgasen aufgeblasen und von der Verwesung schon arg ramponiert, auf sie zu. Dabei verlor Vestenbrugg Teile seines Gesichts, die mit ekelhaft klatschenden Geräuschen auf den Parkettboden fielen. Dort begannen sie, ein schlüpfrig gallertiges Eigenleben zu entwickeln. Wie Tausendfüßler krabbelten sie auf Steffi zu, während sie schmatzende Geräusche von sich gaben. In ihrer Panik flüchtete sich Steffi in eine Zimmerecke, wo sie ein Stoßgebet zum Himmel schickte. O Herr, lass diesen Albtraum enden, bevor mich diese schmatzenden Fleischfetzen erreichen. Und da zumindest Träume manchmal in Erfüllung gehen, zerriss es Vestenbrugg genau in dem Moment, als sie die erste, nesselartige Berührung des schnellsten Leichenteils auf ihrem nackten Fuß spürte. Gleichzeitig schoss ein Auge Vestenbruggs wie eine Pistolenkugel auf ihre Stirn zu und durchbohrte diese. Schweißgebadet wachte die Moravec auf. Zwischen den Vorhängen ihres Himmelbettes blinzelten freundliche Sonnenstrahlen herein. Sie läutete nach ihrer Zofe. Diese öffnete die Vorhänge und fragte, ob das gnädige Fräulein gut geschlafen hätte.

»Grässlich«, antwortete die Moravec und ordnete an, ein heißes Bad einzulassen. Als sie nach der mit Juwelen besetzten Damenuhr griff, die ihr Collredi geschenkt hatte, erschrak sie. Es war bereits Viertel vor zehn Uhr. Normalerweise wäre der Graf schon längst in ihr Schlafzimmer gekommen und hätte sie zärtlich geweckt. Ein Vergnügen, das sich der Frühaufsteher fast jeden Tag gönnte. Denn in der Früh war die Moravec noch verletzlich und hilflos. Obwohl er sonst ihre Härte und Grausamkeit liebte, mochte er diese Seite auch sehr. Sein Nichterscheinen war ein böses Omen. Das nächste Alarmzeichen war ein lieblos gekochtes Mittagessen, das teils aus kalten und teils aus aufgewärmten Resten bestand. Der Koch, den sie infolge dieser Frechheit zur Rede stellen wollte, ließ sich verleugnen. Als sie voll Wut in die Küche ging, musste sie feststellen, dass er verschwunden war. Außer sich marschierte sie zu Collredis Verwalter, um die Entlassung des Kochs zu veranlassen. Leider musste sie feststellen, dass Bohumil Jezek ebenfalls nicht im Haus weilte.

Um vor Ärger nicht zu zerplatzen, beendete sie ihr nervöses Herumirren im Haus. Sie bemühte sich, ihre Contenance wiederzufinden und ließ sich von ihrer

Zofe für einen Nachmittagsspaziergang in der Stadt ankleiden. Dieser kleine Ausflug sowie der Genuss einer Schale Melange und eines Marillenkuchens* beim Hofzuckerbäcker Demel beruhigte ihr Gemüt. Guter Dinge kehrte sie in das Palais zurück, wo ihr, so wie immer, von einem livrierten Diener die Schlupftür des mächtigen Eingangstors geöffnet wurde. Ungewöhnlich war, dass in der Toreinfahrt noch drei livrierte Diener standen. Sie verweigerten ihr den Zutritt ins Innere des Palais. Auf ihre Frage »Was steht ihr da im Weg herum wie die Kümmeltürken?« antwortete der Älteste der Diener: »Wir haben Anweisung, das Fräulein Moravec nicht weiter vorzulassen.«

Nun bekam Steffi einen Tobsuchtsanfall. Sie beschimpfte die Diener auf das Ordinärste, trat ihnen gegen die Schienbeine, rempelte sie an und schlug sie. Auf diese Weise gelang es ihr, die Absperrung zu durchbrechen und die prunkvolle Marmorstiege hinaufzulaufen. An deren oberem Ende erschienen infolge des Tumults zahlreiche Bedienstete des gräflichen Haushalts, die ihr allesamt den Weg versperrten. Vor dieser Menschenmauer blieb sie stehen und schrie: »Seid ihr alle narrisch g'worden? Das ist ja die reinste Revolution! Ich werde die Sicherheitswache rufen!«

Da kam Bewegung in die Menschenmauer. Sie wich jedoch nicht zurück, sondern ließ nur zwei Personen durch: Den Verwalter und die junge Gräfin. Beide waren

* Aprikosenkuchen

sehr ernst und blass. Bohumil Jezek räusperte sich und sprach zur Moravec. »Ich muss Ihnen die traurige Mitteilung machen, dass Seine Exzellenz, Graf Nikolaus Collredi, heute Vormittag infolge einer Verletzung, die ihm bei einem Duell zugefügt wurde, verstorben ist. Seine einzige Tochter und alleinige Erbin, Ihre Exzellenz Markgräfin Sophie Collredi, übernahm bis zur Testamentseröffnung die Verantwortung für und die Verfügungsgewalt über alle Güter der Familie. Kraft dieser ihrer Kompetenz verfügte sie, dass das Fräulein Moravec des Hauses verwiesen werde. Wir haben die persönlichen Sachen des Fräulein Moravec in zwei Koffer packen lassen. Diese stehen bereits unten neben dem Eingangstor. Ich bitte nun das Fräulein Moravec, keine weiteren Umstände zu machen und umgehend dieses Haus zu verlassen. Ansonsten sehe ich mich genötigt, die Sicherheitswache zu verständigen und das Fräulein wegen Hausfriedensbruchs abführen zu lassen.«

III/3.

»Ich sollte öfters ins Kaffeehaus gehen«, knurrte Nechyba, als er mit weit ausholenden Schritten die Engelgasse zum Naschmarkt hinuntereilte. Es war ja wirklich wie verhext. Wochenlang suchte er die Steffi Moravec, die sich einem Phantom gleich in Luft aufgelöst zu haben schien. Dann ging er eines Nachmittags ins Café Sperl und schon schien der Fall gelöst zu sein. Dort hatte er den Hauptmann Korenyi getroffen, den er ja vom Tarockieren kannte. Korenyi hatte ihn eingeladen, an seinem Tisch Platz zu nehmen und mit ihm ein Stamperl Slibowitz zu trinken. Nachdem sie den Schnaps hinuntergekippt hatten, erzählte ihm der Hauptmann, dass dies sein Abschied von Wien sei. Er habe nämlich schon den Marschbefehl nach Bosnien-Herzegowina in der Tasche. Nechyba bedauerte dies und hatte seinerseits den Korenyi auf ein Stamperl Trebernen eingeladen. Ein Oberst kam von der benachbarten Kriegsschule ins Sperl, erblickte den Hauptmann, trat an dessen Tisch, klopfte ihm auf die Schulter und sagte: »Bravo, Korenyi! Hast die Ehre von den Edelknaben und von uns allen verteidigt. Hast dich gut geschlagen. Bravo!«

Korenyi war über dieses Lob gar nicht glücklich. Er stürzte seinen Trebernen hinunter und begann, Nechyba den Grund für seine Versetzung zu erzählen. »A blöde G'schicht, das Ganze. Aber wenn mich einer ohrfeigt, vor allen Leuten im Foyer des Theaters an der Wien, muss er halt damit rechnen, dass ich ihn totschieß. Auch wenn er ein Markgraf aus uralter Familie ist. Normalerweise müsst ich jetzt eingesperrt werden. Aber da Duelle bei uns von allerhöchster Stelle toleriert werden, weil es ja um die Ehre der ganzen Armee geht, bin ich nur verwarnt und strafweise nach Bosnien versetzt worden. Inoffiziell haben s' mir alle gratuliert. Mein Regimentskommandant, der Oberst Daler, hat gemeint, dass er mich, nachdem Gras über die Sache gewachsen ist, wieder nach Wien zurückholen würde. Na ja. Man wird sehen. Ich hoffe, Sie verhaften mich jetzt nicht, Herr Inspector?«

»Das fallt mir im Traum nicht ein! Wie kommen S' denn darauf? Wenn mir einer öffentlich eine Watschen* gibt, hau ich ihm eine Wendeltreppe in den Schädel. Wurscht, ob es ein Hochwohlgeborener oder ein Griasler ist. Was war eigentlich der Anlass für die Ohrfeige?«

»Ah, das hätt' ich jetzt glatt vergessen zu erzählen! Dabei wird Sie gerade das besonders interessieren. Weil Sie wollten doch unlängst wissen, wo die kleine Moravec steckt. Nun, das kann ich Ihnen ganz genau sagen: Im Palais des Grafen Collredi. Das kleine Hurenmenscherl hat sich nämlich Seine Exzellenz angelacht. Und weil ich mich im Foyer des Theaters an der Wien

* Ohrfeige

ein bisserl zu laut darüber mokiert hab, hat mir Exzellenz öffentlich eine runtergehaut.«

Nechyba war, als er das gehört hatte, fast die Kaffeeschale aus der Hand gefallen. Da suchte er in der ganzen Stadt verzweifelt die Moravec und sie wärmte inzwischen dem Grafen Collredi das Bett. Er hielt es keinen Augenblick länger im Kaffeehaus aus. Donnernd rief er: »Zahlen, bitte!«, schüttelte dem verdutzten Hauptmann die Hand, wünschte ihm »Alles Gute da unten bei den Bosniaken«, bezahlte im Stehen und rannte wie vom wilden Schwein gebissen aus dem Sperl.

Als er leicht verschwitzt und mit rotem Gesicht den mächtigen Türklopfer am Tor des Collredischen Palais betätigte, war er überrascht, dass ihm sofort ein Lakai öffnete. Ohne auf höfliche Floskeln Rücksicht zu nehmen, herrschte er den verdutzten Mann an: »Inspector Nechyba, k.k. Polizeiagenteninstitut. Wo ist das Fräulein Moravec?«

Er wartete keine Antwort ab, sondern drängte den Bediensteten einfach zur Seite und keuchte einem Dampfross gleich die Prunkstiege empor. Der Lakai rief ihm in bittendem Tonfall nach, doch stehenzubleiben und etwas Geduld zu haben. Doch Geduld war des Inspectors Sache nicht. Im ersten Stock des Palais' riss er die erstbeste Flügeltür auf und befand sich in einem riesigen Saal. Er durchquerte ihn flotten Schrittes und kam zu einer Türe, die in einen kleineren Saal führte. Dahinter befand sich wieder eine Tür, durch die er in ein Kabinett gelangte. Hier traf er auf Bohumil Jezek.

»Wo ist die Moravec?«, fuhr er den Verwalter an. Als dieser laut auflachte, musste Nechyba sich sehr zusammennehmen, um ihn nicht beim Kragen zu packen und kräftig durchzuschütteln, damit sein Hirn zusammenränne.

Dass er das nicht getan hatte, dafür war er sich selbst eine Viertelstunde später sehr dankbar. Denn der arme Jezek konnte ja wirklich nichts dafür. Trotzdem ärgerte sich Nechyba maßlos. Wäre er nur eine Dreiviertelstunde früher im Palais erschienen, hätte er die Moravec samt ihren zwei Koffern gleich ins Polizeigefangenenhaus verfrachten können. Aber diese Chance war vertan. Und im Palais hatte niemand eine Ahnung, wohin die Moravec sich samt ihren Koffern begeben hatte. Mit unheimlich viel Masl* war sie ihm entfleucht.

* Glück

IV/3.

Die von Nechyba Gesuchte schleppte fluchend ihre beiden Koffer durch die Gegend. Die harten Ledergriffe brannten auf ihren Handflächen und sie hatte das Gefühl, dass ihre Arme immer länger und länger wurden. Erschöpft blieb sie an der Kreuzung Operngasse und Karlsplatz stehen und ließ die beiden schweren Koffer auf den Gehsteig knallen. Um ein Haar wäre eines dieser Trümmer einem jungen, kahl geschorenen Mann auf die Zehen gefallen, der gerade mit Schwung aus dem Café Museum herausgestürmt war. Steffi erschrak vor dem irren Blick des Kerls. Ein Blick, der sie von oben bis unten verschlang. Augen wie Vergrößerungsgläser, die jeden Millimeter von ihr untersuchten.

»'tschuldigen Sie, der Herr«, murmelte die Moravec.

Plötzlich blitzte der Schalk in seinen Augen auf. »Fast hätten S' mir die Zehen amputiert. Aber solang es nicht meine Finger sind, ist mir das wurscht.«

Die Moravec fasste sich und erwiderte: »Ah so? Wozu brauchen S' denn Ihre Finger so dringend?«

»Zum Malen und Zeichnen. Oskar Kokoschka mein Name.«

»Klingt wie eine Süßigkeit. So wie Kokosbusserln …«

»Sie sind ganz schön keck, mein Fräulein. Das g'fallt mir. Darf ich Ihnen die schweren Koffer tragen helfen? Ganz gleich wohin – ich stehe zu Ihrer Verfügung.«

»Wenn ich das nur wüsste«, seufzte die Moravec und warf ihm einen koketten Blick zu.

»Ja haben Sie keine Wohnung? Kein Dach überm Kopf?«

»Auch wenn Sie's nicht glauben sollten, genau so ist es.«

Kokoschka musterte sie nochmals von oben bis unten, bemerkte ihre teure Kleidung und auch die hervorragende Qualität der Koffer, und zuckte resignierend die Schultern. »Schade, ich hätt' Ihnen gerne die Koffer heimgetragen.«

»Na ja, vielleicht tragen S' mir die Koffer in die nächste Gaststätte und laden S' mich dort auf ein Bier ein.«

»Na gut, schau ma halt zum Smutny. Eine Neueröffnung. Gleich ums Eck. Dort gibt's ein hervorragendes Budweiser.«

In der Gastwirtschaft Smutny ließen sich die beiden an einem Ecktisch nieder und bestellten zwei Krügeln Bier. Nachdem sie einen kräftigen ersten Schluck getrunken hatten, wischten sie sich fast gleichzeitig die weißen Bärte, die die Schaumkrone verursacht hatte, von den Mündern. Die Moravec musste lachen und auch Kokoschka grinste. Das Eis war gebrochen und die beiden plauderten munter drauflos. Ohne Genierer* berichtete Steffi, wie sie gerade aus dem Collredischen Palais hinausgeworfen worden war. Kokoschka erzählte ihr von seinem Studium an der staatlichen Kunstgewerbeschule und von der Kunstschau, die gerade jetzt – Anfang Juni – eröffnet worden war. Dort hatte er erstmals Gelegenheit, vor einer großen Öffentlichkeit seine Werke zu präsentieren. Er bestellte eine weitere Runde Bier und zog aus seiner Jacke eine Rolle mit Drucken heraus. Vorsichtig löste er das Band, das die Rolle zusammenhielt, und strich dann liebevoll die Blätter am Wirtshaustisch glatt. Steffi beugte sich zu ihm, sodass er ihre Körperwärme spürte. Was sie sah, faszinierte sie. Eine Serie von sehr dunklen, farbkräftigen Lithografien, die Szenen wie aus Albträumen darstellten. Kokoschka hatte einen roten Schädel bekommen und flüsterte: »Da schau! Darüber regen sich die Kritiker gerade auf. Meine Lehrer an der Kunstgewerbeschule und eine Handvoll Leute von den Wiener Werkstätten finden die Bilder sehr gut. Das sind übrigens die ersten Druckabzüge von meinem Buch, das ich auf der Kunstschau präsentiere.«

»Das g'fallt mir. So was hab ich auch schon geträumt …«

Kokoschka schmiegte seinen harten, muskulösen Körper an Steffis Rundungen und keuchte: »Genau

---

* Schamgefühl

das ist es ... Weißt, wie es heißt, das Buch? Die träumenden Knaben!«

Steffis Hand wanderte die Innenseite seines Schenkels hinauf. Kokoschka fragte sie mit flackerndem Blick: »Wo übernachtest du heute?«

»Weiß nicht ...«

»Ich hab eine Einzelhaftzelle, einen winzigen Atelierraum. Dort kannst heut Nacht bleiben.«

Steffis Hand verstärkte ihren Druck, während sie mit der anderen das Krügel packte und einen langen Zug von dem molligen Budweiser trank. Kokoschka soff sein Krügel leer und bestellte noch eine Runde. Als es ans Bezahlen ging, musste die Moravec ihm aushelfen, da er nicht genügend Geld einstecken hatte. Aber das war ihr wurscht. Endlich hatte sie wieder einmal einen sehnigen jungen Männerkörper in den Fingern. Ein Körper, mit dem ihr nicht langweilig werden würde. Und der ihr ein Dach über dem Kopf – zumindest für eine Nacht – gewährleistete.

V/3.

»Hallo! Gemma, aufstehen! Was ist denn?« Er schubste die auf der Bank zusammengekrümmt liegende Gestalt. Dies geschah nicht brutal, sondern sanft und besorgt. Irgendwie hatte er so eine Ahnung, dass die Elendsgestalt sein alter Bekannter Schöberl sein könnte. Und da der Körper wie leblos dalag, hatte er die Befürchtung, dass den Schöberl der Teufel geholt haben könnte. Doch diese Sorge war unbegründet. Die Gestalt drehte und streckte sich, rieb sich den Schlaf aus den Augen und gab eine donnernde Flatulenz von sich. Als Schöberl in seinem Dusel den Inspector wahrnahm, stierte er ihn zuerst an und setzte sich dann mit einem Ruck auf.

»Ah, der Herr Polizeipräsident persönlich. Ich entschuldige mich, dass ich hier die öffentliche Ordnung störe, indem ich auf der Bank eingeschlummert bin.«

»Red' net so einen Blödsinn, Schöberl!«, brummte Nechyba. »Komm, steh auf, gemma was trinken!«

»Laden S' mich ein? Na, wenn das so ist, stehe ich gerne zu Diensten.« Wankend stand Schöberl auf. Plötzlich knickten ihm die Knie ein. Geistesgegenwärtig packte Nechyba ihn unter der Achsel und fing ihn auf.

»'tschuldigen. Mir ist ganz schwarz vor den Augen.«

»Ist schon gut, halt dich an bei mir. Du bist ja ganz

wackelig auf den Beinen. Wann hast denn das letzte Mal was gegessen?«

Nach einer kurzen Denkpause stotterte Schöberl: »Is net so schlimm. Hin und wieder ess ich eh was. Und sonst ernähre ich mich vom Alkohol.«

Nechyba lenkte seinen Schritt zum nächstgelegenen Gastgarten, wo die Hölle los war – so wie im gesamten Prater. Schließlich fanden sie noch zwei Sitzplätze, wo sie sich niederließen. Nechyba rief mit donnernder Stimme den Kellner herbei und orderte zwei Teller Rindsuppe mit Frittaten. Als sie die Suppen im Magen hatten, bestellte er zwei Krügeln Bier sowie zweimal Gulasch. Nachdem sie auch das aufgegessen hatten, orderte Nechyba noch eine Runde Bier. Zufrieden aufatmend lehnte er sich in seinem Sessel zurück und sagte: »Das war ein Tag …«

Und dann erzählte er dem Schöberl von seinem Einsatz beim Kaiser-Huldigungs-Festzug. Er hatte für ihn am Vortag um vier Uhr nachmittags, als der Wecker läutete und ihn aus einem Mittagsschläfchen riss, begonnen. Eine halbe Stunde später war er dann bereits zu Fuß unterwegs zur Rotunde*. Dort kam er um halb sechs Uhr abends an, um seinen Dienst anzutreten. Nechybas Aufgabe war es, in der Nacht vor und am Tag des Festzuges in der Rotunde und um sie herum

* Ein monumentaler Rundbau von hundertacht Metern Durchmesser, gekrönt von einer vierundachtzig Meter hohen Kuppel. Ist anlässlich der Wiener Weltausstellung 1873 errichtet worden. 1937 brannte die Rotunde ab.

für Ordnung zu sorgen. Dafür musste er eine Sonderschicht, die vierundzwanzig Stunden dauerte, einlegen. Zu Dienstbeginn um sechs Uhr hatten sich alle vierzehn Polizeiagenten seiner Mannschaft beim Eingang der Rotunde eingefunden. Nechybas Gruppe löste die von Jellacic ab, die ebenfalls vierundzwanzig Stunden lang hier ihren Dienst versehen hatte. Und der war schwierig genug. So mussten Nechyba und seine Männer eine Gruppe von Dalmatinern beruhigen, die als Festzugsteilnehmer nach Wien eingeladen worden waren und für die es weder Quartier noch Verpflegung gab. Auf sein Drängen hin wurden sie zu den Funktionären des Festzugskomitees in die Innere Stadt gebracht. Noch schlimmer wurde es um neun Uhr abends, als es fast zu einem Aufstand von rund vierhundert galizischen Bauern kam. Ihnen wollte das Festzugskomitee allen Ernstes zumuten, in winzigen Zelten zu fünfundzwanzig bis dreißig Personen auf nackter Erde zu übernachten. Auch diese Teilnehmergruppe hatte bis dahin keinerlei Verpflegung bekommen. Einige der galizischen Huzulen und Masuren demolierten in ihrer Wut die Zelte und rotteten sich sodann mit Zeltstangen bewaffnet vor dem Eingang der Rotunde zusammen. Nechyba und seine Leute traten ihnen entgegen und beruhigten sie. Danach zwang er die Herren des Festzugskomitees, an die hungrigen Galizier Gulasch und Brot auszuteilen. Aufgrund von Schlamperei Menschen hungern zu lassen, dafür hatte Nechyba überhaupt kein

Verständnis! Weiters erwirkte er, dass die Frauen der Galizier in einer Baracke des Roten Kreuzes und die Pferde der galizischen Festzugswägen in den Stallungen der benachbarten Rennbahn Quartier bezogen. Schließlich wurde im Inneren der Rotunde doch noch ein Platz gefunden, wo die männlichen Galizier übernachten konnten. Allerdings mussten sich die armen Teufel das Stroh, auf dem sie sich niederlegten, selbst herbeischaffen. Von Strohsäcken oder gar Matratzen war sowieso keine Rede …

Im Laufe des folgenden Tages erfuhr Nechyba von einem Kollegen, dass es der Abordnung aus der Bukowina nicht viel besser ergangen war. Sie musste in den Pferdestallungen ihr nächtliches Notquartier beziehen. Eine unglaubliche Schweinerei, das alles! Insgeheim beglückwünschte Nechyba seine tschechischen Landsleute zu ihrem Entschluss, an dem ganzen Festzug überhaupt nicht teilzunehmen. Dadurch waren ihnen all diese Kalamitäten erspart geblieben*. Gegen elf Uhr wurde es in der riesigen Halle der Rotunde ruhig. Tausende Festzugsteilnehmer von auswärts fan-

* Der Kaiser-Huldigungs-Festzug bestand aus zwei Gruppen: Aus dem historischen Festzug mit Szenen aus sechshundert Jahren Habsburgerherrschaft und einem Festzug der Nationalitäten. Für Letzteren waren über achttausend Teilnehmer aus allen Gebieten des Habsburgerreichs eingeladen worden (Böhmerwälder, Dalmatiner, Huzulen und Masuren, Krakauer, Nieder- und Oberösterreicher, Salzburger, Steirer, Kärntner, Krainer, Schlesier, Bukowiner, Tiroler, Vorarlberger sowie Italiener, Kroaten und Slowenen von der österreichischen Riviera). Ungarn und Tschechen nahmen aus politischen Überlegungen nicht an dem Festzug teil.

den hier – streng getrennt nach Männern und Frauen – einige Stunden vor Beginn des großen Spektakels Ruhe. Ab Mitternacht gönnte sich Nechyba auf einem Sessel in einem Eck der provisorischen Wachstube ebenfalls ein Nickerchen. Um vier Uhr früh wurde er geweckt, als die Festzugsteilnehmer aufstanden und in Scharen zum westlichen Teil der Rotunde pilgerten, wo sich Waschräume für dreihundert Personen befanden. Danach strömten die einzelnen Gruppen zu ihren Sammelplätzen vor der Rotunde. Um halb fünf Uhr früh marschierten uniformierte Einheiten der Sicherheitswache auf, die die Festzugs-Route abzusperren begannen. Ab fünf Uhr erhielten sie Verstärkung von Militäreinheiten. Zu dieser Zeit waren bereits Tausende Zuschauer im Prater angelangt. Und es strömten immer mehr hierher, wo der Festzug seinen Ausgangs- und Endpunkt hatte. Es kam zu krawallartigen Szenen, da viele der hier Versammelten für das Spektakel keine Eintrittskarten hatten. Wobei die Exekutive und die Ordner schließlich nachgaben und die Frühaufsteher oder vielmehr diejenigen, die überhaupt im Prater übernachtet hatten, auch ohne gültige Karten bleiben ließen. Um die Festzugsroute von der immer größer werdenden Menschenansammlung wirkungsvoll absperren zu können*, marschierten schließlich auch Kadetten der Militärbildungsanstalten auf. In und

* Am nächsten Tag las Nechyba in der Presse, dass zum Kaiser-Huldigungs-Festzug über dreihunderttausend Zuschauer gekommen waren.

vor der Rotunde herrschte beim Aufstellen der einzelnen Gruppen ein so großes Tohuwabohu, dass es zu massiven Verspätungen kam. Um halb neun Uhr setzte sich schließlich die erste Gruppe des historischen Teils in Bewegung. Ab diesem Zeitpunkt legte sich allmählich das Chaos. Nechyba und seine Männer konnten beruhigt aufatmen. Und da der Wettergott es gut mit der Veranstaltung meinte, wurde es ein sonniger, fast sommerlich heißer Tag. Nechyba döste im Schatten der Rotunde vor sich hin. Nur ab und zu warf er einen Blick auf die abziehenden bunten Gruppen. Ihm war das ganze Spektakel ziemlich wurscht. Es kam ihm leer und irgendwie aufgesetzt vor. Was sollte dieser ganze Pomp und Aufwand? Wie er aus der Presse wusste, fand das alles nicht auf Wunsch Seiner Allerhöchsten Kaiserlichen Majestät statt. Nur weil bestimmte Gruppen des Adels sowie der Bürgermeister Lueger und seine Stadträte diese Veranstaltung wollten, hatte der Kaiser letztendlich eingewilligt. Für Nechyba persönlich war das alles nur Protz und Prunk – ein Wahnsinnsaufwand für nichts und wieder nichts. Wenn er an all die erbärmlichen Gestalten dachte, die in Wiens Kanälen und Elendsquartieren ihr Leben fristeten, kam ihm das Speiben*. Für das Geld, das hier für den pompösen Festzug verschwendet wurde, hätte man Tausenden Menschen Quartier und Essen geben können …

* Kotzen

Er für sich fütterte nun zumindest den Schöberl. Der arme Teufel war ein Schatten seiner selbst, vollkommen dürr und klapprig. Und während Nechyba dem Schöberl zusah, wie er nach dem Gulasch auch noch eine Portion Buchteln* wegputzte, fischte er eine Virginier aus der Innentasche seines Sakkos und zündete sie genussvoll an. Nachdem Schöberl auch die Nachspeise gegessen hatte, bot er ihm ebenfalls eine Virginier an. Der Griasler nahm sie dankend. Nechyba gab ihm Feuer und erzählte ihm seine Sorgen: Von dem Mord an dem Baron Vestenbrugg und über seine verzweifelte Suche nach der Moravec. Er bat Schöberl wiederum, falls die Moravec – was unwahrscheinlich war – im Griasler-Milieu auftauchen sollte, ihn sofort zu verständigen. Nachdem er dem Schöberl die Moravec ganz genau beschrieben hatte, berichtete er ihm dann von der Kinderhuldigung in Schloss Schönbrunn und von seinem Einsatz als Leibwächter Seiner Apostolischen, Allerhöchsten Majestät. Vor Staunen bekam Schöberl ganz große Augen.

»Und Sie sind wirklich neben Seiner Majestät g'standen? So wie Sie jetzt neben mir sitzen?«

Grinsend antwortete Nechyba: »Gell, da schaust, Schöberl …«

* Dampfnudeln

VI/3.

Oberwildling … So hatte der renommierte Kunstkritiker Ludwig Hevesi den Kokoschka genannt. Darüber musste Steffi Moravec schmunzeln, als sie gerade Stöße von Kaffeehausgeschirr abwusch. Und während sie in einem Schaffel* mit heißem Wasser die Kaffeeschalen sauber schrubbte – eingetrockneter Kaffee ist äußerst widerspenstig beim Reinigen! – dachte sie mit durchaus zärtlichen Gefühlen an den Oskar. Wie ein Tier war er nach den drei Krügeln Budweiser in seinem Malkammerl über sie hergefallen. Solche Eskapaden hatte sie nicht einmal mit dem Hansi Popovic erlebt. Was das Faszinierende an ihrem neuen Liebhaber war: dass sich bei ihm Wildheit mit Zärtlichkeit paarte. Ein hochsensibler Bub, der Frauen irgendwie als Spielzeug begriff, mit dem man ganz nach Belieben vorsichtig, aufgeregt, liebevoll oder wild umgehen konnte. Das brachte die Moravec dazu, sich über sich selbst zu wundern. Als Spielzeug hatte sie sich noch nie begriffen. Das war eigentlich immer die Rolle der Männer, mit denen sie zusammen war. Die waren alle Wachs in ihren Händen, das sie nach Lust und Laune formen konnte. Und mit dem sie selbst gerne spielte …

Andererseits hatte der Oskar auch eine fürsorgli-

* Trog

che Seite. Nicht nur, dass er ihr für mehrere Tage in seinem Malkammerl Quartier gewährt hatte. Er hatte ihr auch eine Arbeit beschafft. Als nämlich im Kaffeehaus der Kunstschau die Küchenhilfe krank geworden war, setzte er Himmel und Hölle in Bewegung, dass sie diese Arbeit bekam. Und ein Quartier hatte er ihr auch verschafft. Bei einer entfernten Verwandten hatte sie einen Bettgeherplatz bekommen. Dort durfte sie nun gegen ein geringes Entgelt von neun Uhr abend bis sieben Uhr in der Früh auf einer Zimmercouch übernachten.

Und nun stand sie da und wusch zehn Stunden pro Tag schmutziges Geschirr ab. Vor einigen Wochen hatte sie noch in einem Barockpalais residiert und für solche niedrigen Arbeiten eine Schar von Bediensteten zur Verfügung gehabt. Steffi seufzte. Irgendwie musste sie es schaffen, aus diesem Elend herauszukommen. Sie wusste nur nicht wie.

Zwei Wochen später reichte es ihr endgültig. Von der ungewohnten Arbeit tat ihr schon seit Tagen das Kreuz weh. Ihre Hände waren rot, aufgequollen und rissig. Und ihre Füße fühlten sich von dem stundenlangen Stehen groß und platt wie Speiseteller an. Zu allem Überfluss hatte sie auch mit Kokoschka gestritten, als er sie vor wenigen Tagen abends nach der Arbeit noch zu einem Künstlerfest mitnehmen wollte.

Da sie todmüde war und nur das dringende Bedürfnis hatte, sich niederzulegen und zu schlafen, fauchte sie ihn böse an. Erstmals lernte Kokoschka die Moravec von ihrer uncharmanten Seite kennen. Sie fuhr ihm mit einigen bissigen Bemerkungen über den Mund, wünschte ihm einen schönen Abend sowie viel Vergnügen und ließ ihn wie einen dummen Buben vorm Eingang der Kunstschau stehen. Sie erinnerte sich noch an seine großen Augen, mit denen er sie wie ein waidwund geschossenes Tier ansah. Seit damals hatte sie nichts mehr von ihm gehört. In dieser misslichen Lage hatte Steffi die rettende Idee. Sie musste den Hansi Popovic finden. Schließlich hatte er ihr nach dem letzten Zusammensein einen Heiratsantrag gemacht. Damals war sie in der glücklichen Lage gewesen, ihn ablehnen zu können. Nun war die Situation eine andere. Steffi sehnte sich danach, für den Hansi das liebende Eheweib zu spielen. Mit ihm in einer kleinen Wohnung in der Vorstadt zu leben, ihm in der Früh Kaffee zu kochen, untertags die Wohnung in Schuss zu halten und ihm am Abend, wenn er hungrig heimkäme, ein anständiges Papperl* auf den Tisch zu stellen. Davon träumte sie nun. Und da ihr klar war, dass Träumen alleine nicht ausreichte, erinnerte sie sich, dass er ihr bei dem Tête-à-tête im Hotel Orient von seiner Arbeit bei einem Produzenten von pikanten Filmen erzählt hatte. Auch den

* Essen

Namen der Firma hatte er ihr gesagt, doch der fiel ihr partout nicht ein. Deshalb besuchte sie nach Dienstschluss eine Café-Konditorei. Sie bestellte sich eine Melange und einen Apfelstrudel. Hungrig verschlang sie die gebotenen Genüsse und blätterte wie besessen in den Zeitungen, die hier auflagen. Schließlich fand sie unter der Rubrik Kinematografen eine Vorstellung, die pikante Herrenabend-Films der Firma Saturn ankündigte. Steffi fragte nun den Ober, ob es hier in der Café-Konditorei auch einen Lehman – ein Adressverzeichnis – gäbe.

»Selbstverständlich, gnädiges Fräulein«, schnurrte der Ober. Die erotischen Reize der Moravec wirkten auch bei ihm. Kurze Zeit später brachte er ihr aus dem Büro seines Chefs das gewünschte Nachschlagewerk, wo sie die Adresse von Hansis neuem Arbeitgeber fand: Wien III, Fasangasse 49. Alles Weitere war nun ein Kinderspiel …

VII/3.

Fröhliches Amselgezwitscher weckte ihn. Er schnupperte die frische Morgenluft, und für einen kurzen Augenblick schien ihm, als ob die Welt wunderbar wäre. Dieser paradiesische Zustand dauerte allerdings nur so lange, bis er sich das erste Mal bewegte. Denn da gab es ihm einen heftigen Stich ins Kreuz. Er spürte, dass seine Glieder vom Liegen auf dem harten Untergrund unangenehm starr waren. Solchermaßen auf den Boden der Tatsachen zurückgeholt, schlug er die Augen auf. Er sah um sich herum üppiges Gestrüpp und erinnerte sich, dass er sich hier letzte Nacht verkrochen hatte. Er streckte sich, gähnte und setzte sich auf. Wo er gelegen hatte, war das Gras ganz zusammengedrückt. Auf allen vieren kroch er aus dem Dickicht heraus und stand mühsam auf. Er streckte sich noch ein Mal und schüttelte sich, damit sich alle seine Gebeine wieder am rechten Fleck einrichten konnten. Dies ging natürlich nicht ohne weitere schmerzhafte Stiche in Schulter und Rückgrat. Verschlafen torkelte er nun über eine Wiese auf einen Weg zu. Tief atmete er die gute, frische Luft ein. Eine Übernachtung in der Binderau im Prater war halt doch etwas anderes als seine sonstigen Schlafstätten in den Kanälen. Ein Luxus, den sich Anastasius Schöberl allerdings nur in der warmen Jahreszeit leistete. Er kannte aber einige Griasler, die auch im Winter bei strengem Nachtfrost hier bei der ›grünen Bettfrau‹ übernachteten. Darauf hatte er aber keine Lust. Im Winter war es in den Schächten der Wiener Kanäle doch viel wärmer. Dort stank es zwar, aber als Griasler war er nicht in der Situation, besonders wählerisch sein zu können.

Er trottete auf dem Weg dahin und sein Magen begann bösartig zu knurren. Seine letzte Mahlzeit hatte er vor über einer Woche zu sich genommen, als Nechyba ihn eingeladen hatte. Das Geld, das ihm der Inspector zum Abschied zugesteckt hatte, hatte er nicht für Essen, sondern ausschließlich für Alkohol ausgegeben. Sein Hunger trieb ihn nun an, schneller zu gehen. Hinaus aus dem grünen Teil des Praters in belebtere Gegenden. Dort hoffte er, irgendwas Essbares auftreiben zu können. Er ging an der Rotunde vorbei in Richtung Wurstelprater. Da es noch sehr früh war, hatte er Chancen, in den Mistkübeln des einen oder anderen Prater-Etablissements etwas Essbares zu finden. Nach einiger Zeit des Herumirrens – essbare Abfälle gab es heute anscheinend überhaupt keine – gelangte er zum Hintereingang des Restaurants und Varietés ›Zum wilden Mann‹. Die Tür stand sperrangelweit offen und er hörte heftige Arbeitsgeräusche, die aus der Küche kamen. Hoffnung blitzte in ihm auf. Denn die Antschi, das Küchenmädel, das hier arbeitete, hatte öfters ein altes Stück Brot oder einen Zipfel Wurst oder ein paar alte, gekochte

Erdäpfel für ihn. Außerdem kannte er den Koch aus früheren Tagen, als er selbst noch Fleischergeselle war und dieser manchmal bei ihm eingekauft hatte. Schüchtern näherte er sich der offenen Tür. Plötzlich drangen aus der Küche fürchterliche Flüche. Johann, der Koch, stürzte aus der Tür heraus, führte einen regelrechten Veitstanz auf und schrie: »Herrgottsakrament! Kruzitürken noch einmal!«

Schöberl sah, dass Johann sich ziemlich tief in den Daumen geschnitten hatte. Er zog den Kopf ein und wollte so rasch wie möglich von diesem Unglücksort verschwinden. Als der blade* Johann ihn erblickte, schrie er: »Stehen bleiben! Bleib gefälligst stehen, Schöberl!«

Schöberl zuckte wie vom Blitz getroffen zusammen und dachte sich ›Jetzt wird er doch nicht mich für sein Malheur verantwortlich machen …‹

Das Gegenteil war der Fall! Mit weinerlicher Stimme erklärte der Koch: »Schöberl, mein Gott. Dich schickt der Himmel! Siehst eh, dass ich mir fast den Daumen amputiert hab. Also, schau net so kariert und hilf mir!«

Zögernd folgte Schöberl dem bladen Johann in die Küche. Dort stand die Antschi mit kreidebleichem Gesicht an die Wand gelehnt. Schweißperlen glänzten auf ihrer Stirne.

»Die Antschi, das blöde Mensch, kann kein Blut

* dicke

sehen. Schau, wie kasweiß sie im G'sicht ist! Gleich wird S' umkippen, die Depperte! Da, nimm ein sauberes Küchentuch und hilf mir, ich blut wie eine Sau!«

Schöberl, dem aus seiner Fleischerzeit der Umgang mit Schnittwunden vertraut war, zerriss das Tuch. Er presste das weghängende Daumenstück auf den Daumen und wickelte den zerrissenen Stoff eng herum, sodass ein straff sitzender, dicker Verband entstand. Danach nahm er einen Küchenspagat – der sonst für Rollbraten und dergleichen verwendet wurde – und fixierte damit den Verband. Dann ließ er den bladen Johann den Daumen in die Höhe halten. Der setzte sich mit einem Seufzer der Erleichterung hin und befahl der Antschi, die Rumflasche zu holen. Den Schöberl schickte er zum Waschtisch, damit er sich die blutigen Hände reinigen konnte. Er schenkte zwei prall gefüllte Stamperln Rum* ein und prostete dem Schöberl zu. Der zögerte jedoch und trat verlegen von einem Bein aufs andere. Schöberl dachte sich ›Wenn ich jetzt das Stamperl Rum sauf, haut's mich um.‹ Der blade Johann bemerkte Schöberls Zögern und bemerkte grinsend zur Antschi: »Der Schöberl hat wahrscheinlich nix im Magen. Geh, gib ihm a Stückl Speck und eine Scheibe Brot. So, Schöberl, das isst du jetzt. Mahlzeit! Und dann trink ma gemeinsam Schnaps.«

* Dabei handelte es sich nicht um karibischen Rum, sondern um österreichischen Inländer-Rum. Eine aromatisch süßliche Spirituose, die vor allem bei Wiener Desserts häufig eingesetzt wird und deshalb in jeder Küche zu finden ist.

Mit großem Genuss kaute Schöberl an dem Brot und dem Speck, dessen Flachsen in seinem Mund warm und weich wurden. Als er solchermaßen zu einem Frühstück gekommen war und alles aufgegessen hatte, war der Koch schon bei seinem dritten Stamperl. Die beiden Männer prosteten einander nun zu und Schöberl goss die wie Feuer brennende Flüssigkeit in seinen Schlund. Alsbald ging in seinem Körper die Sonne auf. Die vom Liegen am harten Boden verspannten Muskeln lockerten sich, ein warmes Wohlgefühl durchrieselte ihn. Er atmete tief durch und fühlte sich rundum glücklich. Da man aber als Obdachloser nie die Wohltätigkeit seiner Gönner überstrapazieren darf, stand er nun auf und verabschiedete sich artig. Doch der Johann ließ ihn nicht gehen. Er hielt ihn zurück und fragte: »Wie lange bist denn schon aus dem Fleischhauergeschäft weg?«

Schöberl dachte kurz nach und antwortete: »So beiläufig drei Jahre …«

»Weißt noch, wie man eine Sau zerlegt und wie man Blutwürste und eine Presswurst macht?«

»Das hab ich früher so oft g'macht, das vergess ich mein Leben lang nimmer.«

»Na, das ist leiwand*. Da kannst mir ja jetzt helfen. Weil ich hab heut früh eine ganze Sau vom Bauern bekommen. Die gehört auseinandergenommen und verwurschtet.«

---

* super

Und so machten sich der blade Johann und der Schöberl gemeinsam über die tote Sau her. Sie lösten die Innereien aus, gaben der Antschi die Därme und den Saumagen zum Ausräumen und Auswaschen, trennten den Saukopf ab, lösten Bauch- und Rückenspeck sowie den innen am Lungenbraten und in der Bauchhöhle lagernden Bauchfilz vom Fleisch. Das Blut aus der Bauchhöhle wurde in Kübeln aufgefangen, Herz, Lunge, Leber und Milz sowie die am Rücken befindlichen Nieren wurden in irdene Schalen gegeben. Sie kamen nach hinten in die Kühlkammer aufs Eis. Danach lösten sie die beiden Schweinsschlegeln mit Schlussbraten, die Schweinsschultern und den Schweinsrücken mit dem Schopfbraten, seinen langen und kurzen Karbonaden und den Lungenbraten* aus. Als das tote Tier in appetitliche Stücke zerlegt war, die ebenfalls aufs Eis kamen, war einige Zeit vergangen. Die Antschi bereitete bereits für einige Gäste das Gabelfrühstück zu: Gulasch, Würsteln mit Saft sowie Beuschl und Bruckfleisch**. Lauter Sachen, die sie nur aufwärmen brauchte. Da die beiden Männer nach der harten Arbeit ebenfalls einen ordentlichen Appetit hatten und das Gulasch ganz fantastisch roch, ließ der blade Johann sich und dem Schöberl von der Antschi zwei dampfende Teller servieren. Dazu gab es frisch gekochte Salzerdäpfel. Schöberl

---

* Koteletts und Filet

** Lungenragout und Ragout aus Herz, Leber, Lunge, Bries und Milz

genoss das Gulasch wie andere Leute vielleicht Hummer oder Kaviar. Kein Wunder, endlich hatte er wieder was Anständiges zu essen. Mit vollem Mund gab der Koch inzwischen der Antschi Anweisung. Als Erstes sollte sie Zwiebel schneiden und abrösten sowie Speck in ganz kleine Würfeln schneiden. Beides benötigte er für die Zubereitung der Blunzn*. Die Schweinsdärme und der Schweinemagen lagen ja schon tadellos ausgewaschen und blitzsauber da. Sie warteten nur darauf, befüllt zu werden. Das wollte der blade Johann selber tun. Dem Schöberl übertrug er die Herstellung der Presswurst oder vielmehr in diesem Fall des Presskopfes. Dazu ließ der ehemalige Fleischergeselle den Schweinskopf und die Schweinsschwarten in einem riesigen Topf mit Salzwasser weich kochen. Das butterweiche, heiße Fleisch löste er von den Schädelknochen und schnitt es, genauso wie die weichen Schwarten, in appetitliche Würfel. Die kamen nochmals mit ein bisschen Salzwasser und etwas Schweineblut in eine Kasserolle. Er würzte alles mit Salz, gemahlenem, schwarzem Pfeffer, Majoran und Neugewürz**. Das alles wurde nochmals aufgekocht. Nach kräftigem Umrühren goss er diese Masse mithilfe der Antschi in den auf einer Seite zugebundenen Schweinsmagen, bis dieser prall gefüllt war. Danach band er auch die andere Seite vorsichtig ab. Die so entstandene Press-

* Blutwurst
** Piment

wurst* musste nun für weitere zweieinhalb Stunden in siedendem Wasser garen. Als Schöberl damit fertig war, lud ihn der Koch auf ein Mittagessen ein. An einem kleinen Ecktisch in der Küche verspeisten Johann, die Antschi und Schöberl drei ordentliche Portionen von gekochtem Bauchfleisch, das nach steirischer Art in etwas Suppe mit viel Wurzelwerk und frisch geriebenem Kren** angerichtet wurde. Dazu gab es für jeden ein Krügel Bier. Zum Abschluss bekam er vom bladen Johann für seine Hilfe noch zwanzig Heller – was nicht sehr viel war, aber den Schöberl trotzdem freute. Außerdem lud ihn der Koch ein, in drei Tagen wiederzukommen und ihm beim Zerteilen und Aufarbeiten eines halben Ochsen zu helfen.

»Weißt eh, Schöberl, das ist eine Riesenhack'n***. Für die hab ich schon seit einiger Zeit a erfahrene Hilfe g'sucht.«

Der Schöberl fühlte sich nach dem Essen und dem Lob nicht nur körperlich, sondern auch in seinem Selbstbewusstsein gestärkt. Endlich hatte er wieder einmal beweisen können, dass er sein erlerntes Handwerk beherrschte. Deshalb war ihm das alles mehr als

---

* Ihren Namen verdankt die Presswurst dem Umstand, dass man sie nach dem Garen zwischen zwei Bretter klemmt, die mit Gewichten bzw. Steinen beschwert werden. In diesem gepressten Zustand ruht sie dann für mehrere Stunden an einem kühlen Ort. Das aus den Schwarten ausgekochte Gelatin wird fest und die Presswurst lässt sich anschließend in Scheiben schneiden.

** Meerrettich

*** Wahnsinnsarbeit

recht. Was hätte er sich im Moment vom Leben mehr wünschen können? Er hatte zwei warme Mahlzeiten und ein Stamperl Rum im Bauch sowie zwanzig Heller in der Tasche. All das bedeutete für einen Griasler wahren Luxus. Dankbar verabschiedete er sich vom bladen Johann und ging mit voller Blase zum Pissoir. Als er in den Bretterverschlag, der das Pissoir umzäunte, einbog, rannte einer der Restaurantgäste in ihn hinein. Dabei verlor der Mann sein Gleichgewicht und Schöberl konnte ihn dank seiner raschen Reaktion auffangen und vor einem Sturz bewahren. Als der Mann sich mühsam aufrichtete, merkte Schöberl, dass er stockbesoffen war. Er lehnte sich dankbar an den Griasler und lallte: »'tschuldigen und danke schön, der Herr. Jetzt hätt' ich doch glatt den Pissoirboden geküsst, wenn Sie nicht dagewesen wären. Jössas! Das ist die Hitze heute … die tut mir net gut. Außerdem glaub ich, bin i a bisserl andudelt. Wegen der Hitze … Aber tun S' Ihnen einmal erleichtern, ich lehn mich da an die Wand, und dann lad ich Sie als Dankeschön auf einen guten Schluck ein. Ich hoff, dass Ihnen das recht ist.«

Und ob es dem Schöberl recht war! Heute schien tatsächlich sein Glückstag zu sein. Und so landete er, nachdem er die erste Hälfte des Tages in der Küche des ›Wilden Mannes‹ verbracht hatte, nun in dessen Gastgarten am Tisch des Hansi Popovic.

VIII/3.

Der Exleutnant war in Feierlaune. Schließlich war gestern Abend die Steffi Moravec plötzlich im Atelier der Saturn-Film gestanden. Zuerst hatte er an eine Halluzination geglaubt. Als die Steffi ihm aber scheu die Hand gereicht, »Servus, Hansi« gesagt und ihm ein zartes Busserl auf die Wange gegeben hatte, wusste er, dass das kein Traum war. Stolz nahm er sie bei der Hand und stellte sie seinem Chef, dem Johann Schwarzer, vor. Der fand sie äußerst sympathisch und erlaubte ihr, im Atelier zu bleiben.

»Allerdings nur, wenn sich das Fräulein Moravec nicht sittlich gefährdet fühlt. Denn wir machen hier sehr freisinnige Kunst-Films.«

Die Moravec, um keine Antwort verlegen, bemerkte trocken: »Glauben S', ich hab noch nie nackerte Manns- oder Weibsbilder gesehen?«

»O, das Fräulein hat Erfahrung. Gratulation, Popovic! Mit gschamigen Weibern hat man eh keinen Spaß ...«

Nach Drehschluss hatte Hansi Popovic die Steffi in ihr Quartier begleitet und ihr geholfen, die Koffer zusammenzupacken. Dann gingen sie zu seiner Wohnung, wo sie eine wunderbare Nacht miteinander verbracht hatten. In der Früh begab sich die Moravec noch einmal in das Café der Kunstschau, um dort zu kündigen und sich den Rest ihres schwer verdienten Lohns auszahlen zu lassen. Popovic hingegen lockte das schöne Wetter in den Prater, wo er schließlich in der Gastwirtschaft ›Zum wilden Mann‹ landete. Das Leben war einfach schön! Und weil es so schön war, trank er zwei Krügeln Bier und stieg danach auf vollmundigen Vöslauer Rotwein um. Davon hatte er nun auch schon vier oder fünf Gläser genossen, weswegen er schließlich das Pissoir aufsuchen musste. Sein Erlebnis dort erinnerte ihn daran, dass er nun etwas essen musste. Natürlich lud er auch seinen neuen Bekannten, den Schöberl, auf eine Mahlzeit ein. Da dieser schon zu Mittag gegessen hatte, bestellte er sich etwas Süßes, und zwar gebackene Mäuse*. Popovic hingegen verzehrte mit einem Riesenappetit ein gewaltiges Stück Zwiebelrostbraten. Danach bestellte er einen weiteren Liter Rotwein und erzählte dem Schöberl die ganze Geschichte mit der Steffi. Schöberl seinerseits ließ den Popovic an dem Gspusi mit der Frau seines Chefs teilhaben, in dessen Folge er Arbeitsstelle und Wohnung gleichzeitig verloren hatte. Er erwähnte auch, wie er dem bladen Johann geholfen und seit Langem wieder eine ordentliche Arbeit gehabt hatte. Beide tranken auf den heutigen Tag, der anscheinend ein echter Glückstag war.

---

* Dafür rührt man einen Teig aus Mehl, Butter und in lauwarmer Milch aufgelöster Hefe. Nachdem er aufgegangen ist, sticht man mit einem mehligen Esslöffel längliche Teigstücke heraus und bäckt sie in Fett schwimmend heraus. Man serviert sie mit Staubzucker und Zimt bestreut auf einer Rotweinsauce. Aufgrund ihres länglichen Aussehens werden sie gebackene Mäuse genannt.

Popovic kam nun ins Grübeln und fragte den Schöberl: »Sagen S', Sie sind also gelernter Fleischhauer? Sie haben also eine richtige Ausbildung? Sind Sie eigentlich handwerklich geschickt?«

»Freilich. In der Fleischhauerei von meinem früheren Chef hab ich alles repariert, was kaputt geworden ist. Ich hab zwei goldene Hände. Das is mir in die Wiege g'legt worden.«

»Na, des is aber ein glücklicher Zufall. Wissen S', mein lieber Schöberl, ich hab zwei linke Hände. Und beim Militär muss man ja auch net g'schickt sein. Da muss man grad einmal im Gleichschritt marschieren und seine Stiefel putzen können. Wenn man dann eine Offizierscharge hat, braucht man net einmal des mehr können ...«

»Und warum haben S' grad g'sagt, dass das ein glücklicher Zufall is?«

»Na, weil mein Dienstgeber, der Johann Schwarzer, jemand mit g'schickten Händen sucht. Wissen S', bei uns in der Filmproduktion werden ja ständig Kulissen gebaut. Und deshalb brauch ma justament einen wie Sie.«

»Was? Was heißt des?«

»Na, dass ich Sie engagier! Sie kommen mit mir zur Saturn-Film mit. Dort stell ich Sie noch heut dem Schwarzer vor und Sie haben wieder a Hack'n. Wie ich den Schwarzer kenn', wird er Sie außerdem fürs Erste im Atelier übernachten lassen. Damit haben S' auch ein Dach überm Kopf.«

Der Schöberl konnte es nicht fassen. Tränen rannen ihm über seine faltige, unrasierte Visage. Der Popovic aber, dem der arme Kerl leidtat, rief laut: »Herr Ober, noch einen Liter Roten. Aber dalli!« Und leise fügte er hinzu: »Na, Sie haben aber nahe am Wasser gebaut. Da, trinken S', Schöberl. Heut sauf ma uns an. Nicht aus Kummer, sondern aus Spaß an der Freud.«

IX/3.

Der Steffi war fad. Faul lag sie auf dem durchgelegenen Ehebett und beobachtete die im Sonnenlicht tanzenden Staubflankerln*. Durch das geöffnete Fenster drang gedämpft Lärm vom benachbarten Augustiner Markt ins Zimmer, und die Moravec stellte sich vor, wie sie da draußen jetzt über den Markt flanieren könnte. Ein bisschen Obst und Gemüse gustieren und vielleicht bei einem Knödelmann einen saftigen Semmelknödel kaufen. Sie dachte an die Zeit bei Mama Schmoll zurück und an ihre endlosen Streifzüge über den Naschmarkt. Dabei verging ihr die Lust aufzustehen, und sie begann einfach, ins Narrenkastl** zu schauen. Nachdem einige Zeit so vergangen war, rutschte sie zur Bettkante und angelte sich mit einer trägen Handbewegung eine illustrierte Zeitung, die am Fußboden lag. Es handelte sich um eine Ausgabe des Satireblattes ›Der Floh‹, das der Hansi letzte Woche einmal nach Hause gebracht hatte. Auf der Titelseite war eine riesengroße Karikatur von Bürgermeister Lueger zu sehen, der zu einem jüdischen Industriellen, der einen Scheck in der Hand hielt, sagte: *Wannst a Geld hergibst, komm her, Jud!*

Die Moravec musste schmunzeln. Erstens, weil Lueger wirklich fesch gezeichnet war und zweitens, weil

---

* Staubkörner
** ins Leere starren

sie Juden nicht mochte. Dieses Vorurteil hatten ihr die geistlichen Schwestern, von denen sie als Waisenkind aufgezogen wurde, beigebracht. Mit Schaudern erinnerte sich Steffi, wie Schwester Reingarda ihr und den anderen Mädchen erzählt hatte, dass Juden unseren Herrn Jesus Christus ermordet hatten. Warum aber wollte der schöne Karl – so wurde Lueger von seinen Verehrerinnen genannt – Geld von Juden? Die Antwort bekam die Moravec einige Seiten weiter. Ein ganzseitiges Inserat der Gemeinde Wien stach ihr ins Auge. Die Überschrift lautete: *Steuerfreies Anlehen vom Jahre 1908 der k.k. Reichshaupt- und Residenzstadt Wien im Gesamt-Nominalbetrage von K. dreihundertsechzig Millionen. Erste Teilemission: Nominale: K. zweihundert Millionen steuerfreies vierprozentiges Anlehen.*

Weiter unten las die Moravec: *Die Schuldverschreibungen lauten auf den Inhaber, sind vom 23. Juni 1908 datiert, in deutscher Sprache ausgestellt und tragen in Facsimile die Unterschriften des Bürgermeisters, eines Vizebürgermeisters und eines Mitgliedes des Stadtrates, sowie die eigenhändige Unterschrift eines Beamten der städtischen Hauptkasse; sie sind mit dreißig halbjährigen, am 1. Juni und 1. Dezember eines jeden Jahres fälligen Coupons und einem Talon versehen. Der erste Zins-Coupon ist am 1. Dezember 1908 fällig.*

Die Moravec ließ das Blatt sinken, lehnte sich zurück und schloss die Augen. Sie stellte sich vor, dass Colloredi nicht in diesem vermaledeiten Duell umgekommen wäre. Mit ein bisschen Glück hätte sie jetzt vielleicht schon ihr eigenes Hotel. Und wenn sie ganz nett zu ihm gewesen wäre, hätte er ihr vielleicht auch ein kleines Paket von diesen Anleihen geschenkt. Dann würde sie zwei Mal pro Jahr ein Sümmchen Geld bekommen. Einfach so. Wie ein reicher, jüdischer Bankier … Vielleicht hätte sie auch den einen oder anderen reichen Juden kennengelernt? Und vielleicht wäre das sogar interessant gewesen? Schließlich hatte die Moravec die Erfahrung gemacht, dass reiche Leute in der Regel wesentlich interessanter waren als arme. Habenichtse, arme Schlucker und Kleinbürger waren schrecklich langweilig. Die Moravec seufzte. Leider war Collredi tot und leider lag sie nicht in einem Zimmer ihres eigenen Hotels, sondern in Hansi Popovics Untermietzimmer. Daran wurde sie nun durch energisches Klopfen an der Zimmertür erinnert. Mit schwacher Stimme rief sie: »Ja, bitte …«

Die Zimmertür wurde einen Spalt breit geöffnet und das von unzähligen Runzeln und Falten gezeichnete Gesicht der Zimmervermieterin lugte herein. Ihre schmalen Brillengläser blitzten im Sonnenlicht und sie sagte in vorwurfsvollem Tonfall: »Wollen das Fräulein nicht aufstehen? Es ist schon halb zwölf.«

Die Moravec dachte sich: Was geht die das an? Da sie aber keinen Streit provozieren wollte, murmelte sie nur: »Danke schön, Frau Videtzky. Mir ist heute gar nicht gut … Ist es wirklich schon fast Mittag? Ich steh gleich auf …«

Zustimmend nickend zog sich die Vermieterin zurück. Mit großem Ärger erinnerte sich Steffi daran, wie die Alte ihr ursprünglich verweigern wollte, bei Popovic zu wohnen: ›Ich führe einen anständigen Haushalt. Deswegen werde ich ein schlampertes Verhältnis keinesfalls dulden. Was sollen sonst die Leute in dem Haus da von mir denken?‹

Hansi Popovic musste also umgehend Verlobungsringe kaufen und eine Verlobungs-Annonce in der Zeitung aufgeben. Erst dann hatte die Alte einen Frieden gegeben. Kaum dass die Videtzky die Tür hinter sich geschlossen hatte, schoss Steffi einen Pantoffel in ihre Richtung. Am liebsten hätte sie die Alte übers Knie gelegt und ihr den faltigen Hintern versohlt. Missmutig kleidete sie sich an und überlegte, ob sie nun auf den Markt gehen sollte oder nicht. Als sie vor dem Waschtisch stand und in den Spiegel blickte, kam ihr plötzlich eine Idee. Eine Eingebung, die ihr völlig neue Perspektiven eröffnete und sie zu einem maliziösen Lächeln veranlasste.

X/3.

Sie klopfte leise. Niemand antwortete. Sie öffnete die Eingangstür und betrat den Vorraum des Ateliers der Saturn-Film. Da nirgendwo ein Mensch zu sehen war, ging sie auf die nächstbeste Türe zu. Sie öffnete sie vorsichtig und spähte in ein sehr unordentliches Büro, in dem sich unzählige Kartons stapelten. Aus einigen lugten Filmrollen. Aber auch fotografische Glasplatten lagen überall herum. Das wird das Büro vom Schwarzer sein, dachte sich die Moravec und schloss die Tür wieder. Nun ging sie quer durch den Vorraum auf eine Doppeltür zu, hinter der sie Geräusche vernahm. Sie öffnete diese Tür vorsichtig und trat auf Zehenspitzen ein. Vor sich sah sie den gebeugten Rücken Johann Schwarzers. Konzentriert sah er durch die Filmkamera, die auf einem Stativ stand und durch die eine Filmrolle ratterte. Seine rechte Hand kurbelte wild, um die Filmrolle in Bewegung zu halten. Vor der Kamera agierten in den Kulissen, die einen Schuhsalon darstellen sollten, ein Mann und eine Frau. Der Mann – anscheinend ein Schuhmacher – kniete vor seiner Kundin und zog ihr einen Schuh an. Die Kundin hatte ihren hellen, bodenlangen Rock hochgerafft, sodass man ihre dunklen Strümpfe sah. Da sich der Schuhmacher außerordentlich ungeschickt anstellte, waren die erotischen Beine der Kundin ausführlich im Bild. Plötzlich brach Schwarzer den Dreh ab. Er richtete sich auf und raunzte: »Nein, das is nix! Das sieht man doch heute schon jedes Mal auf der Straße, wenn ein bisserl ein Wind weht. Lena, du musst den Rock einfach weiter raufheben und die Haxen ein bisserl weiter auseinandergeben.«

Die Angesprochene errötete. »Aber Herr Schwarzer, das ist ja ausgesprochen ordinär, was Sie da von mir wollen …«

»Siehst, jetzt hast du es übernasert*. Erotisch muss der Film werden. Sehr erotisch. Weil wir drehen hier Herrenabend-Films und keine Films für Mädchenpensionate.«

»Aber i genier mich so.«

Die Moravec, die sich bis dahin still wie ein Mäuschen verhalten hatte, wusste, dass das ihre Chance war. Sie räusperte sich. Schwarzer, der völlig auf seine Darsteller konzentriert war, erschrak. Als er die Moravec sah, lächelte er aber charmant.

»Ah, das Fräulein Moravec. Küss die Hand.«

Die Moravec reichte ihm die Hand zum Kuss, den er formvollendet andeutete. Mit leichtem Spott in der Stimme verkündete sie: »Also ich möchte mich ja nicht einmischen, aber ich wüsste schon, wie Sie die kleine Szene da gespielt haben wollen. Und genieren tu ich mich auch nicht.«

Schwarzer schaute ihr kurz in die Augen, drehte sich

* kapiert

dann um und sagte: »Lena! Sei so gut und mach ein bisserl Pause. Schöberl, nimm die Lena und geh mit ihr in die Küche. Dort kannst du ihr einen Kaffee kochen. Ich ruf euch, wenn ich euch brauch.«

Die Moravec sah ein abgemagertes Subjekt hinter den Kulissen hervortreten, das gehorsam nickte, die Lena bei der Hand nahm und mit ihr verschwand. Als sich die Tür hinter den beiden geschlossen hatte, fragte die Moravec: »Wo ist eigentlich mein Verlobter?«

»Ah, der Hans! Der ist für mich unterwegs. Der bringt einen Scheck zur Bank und kauft diverse Requisiten für unseren nächsten Dreh ein. Gratulation übrigens zur Verlobung.«

»Ach, das ist nicht so ernst zu nehmen. Wissen S', das haben wir nur wegen der Videtzky, dem Hansi seiner Vermieterin, getan. Weil, sonst hätte mich die Alte nicht in seinem Untermietzimmer wohnen lassen.«

»Keine Zweck-Ehe, sondern eine Zweck-Verlobung, sozusagen«, schmunzelte Schwarzer. »Na ja, also zeigen S' mir einmal, wie Sie die Rolle der Schuhkäuferin anlegen wollen. Das ist übrigens der Blasius, er spielt den Schuhmacher. Blasius, das ist das Fräulein Moravec. Steffi mit Vornamen, wenn ich mich recht erinnere.«

»Servus, Blasius«, flötete die Steffi. Dann drehte sie sich zu Schwarzer um, legte vertrauensvoll eine Hand auf seine Schulter und sprach: »Gell, Sie sind nicht bös, wenn's nicht gleich klappt? Im Übrigen, sagen S' doch bitte Steffi zu mir.«

Schwarzer grinste. »Welcher Mann kann Ihnen – äh, dir – böse sein, Steffi?«

»Ach, da hat's schon einige gegeben«, antwortete sie kokett und setzte sich auf den Sessel, auf dem vorher Lena gesessen hatte. Ohne mit der Wimper zu zucken, raffte sie ihren hellen Sommerrock samt Unterrock über das Knie empor und spreizte ganz leicht die Beine, sodass man die Strumpfbänder sowie ein Haucherl von ihren nackten Oberschenkeln sehen konnte. Blasius, der offensichtlich noch nicht viele halb entblößte Frauenzimmer in seinem Leben erblickt hatte, stand mit offenem Mund da und starrte gierig zwischen ihre Beine. Die Moravec lächelte und fragte Schwarzer: »Ist's so recht? Haben Sie sich das so vorgestellt?«

Schwarzer stand schon wieder hinter seiner Kamera und rief: »Ausgezeichnet! Blasius, geh auf deinen Ausgangspunkt, Steffi, bleib bitte in dieser Position, die ist wirklich formidabel! Ganz entzückend! Seid ihr so weit? Achtung, wir drehen!«

Die Moravec genoss die Szene. Blasius in der Rolle des Schuhmachers kniete vor ihr nieder und zog ihr einen Schuh aus. Danach nahm er einen anderen und zog ihr den umständlich an. Die Moravec rutschte mehrmals – wie eine ungeduldige Kundin – auf dem Sessel hin und her, wobei sie mit Bedacht immer weiter die Beine spreizte, sodass am Ende ihre beiden Beine samt Strumpfbändern und nackten Oberschenkeln zu sehen waren. Schwarzer, der wie wild an der

Kamera kurbelte, brüllte Regieanweisungen. »Wunderbar! Macht's weiter, Kinder! Jetzt noch den zweiten Schuh!«

Als auch der angezogen war, rief er: »Und jetzt, Steffi, steh resolut auf und schieb den Blasius einfach zur Seite. So … wunderbar … mach ein paar Schritte auf und ab. Wie wenn du die neuen Schuhe eingehen würdest … jaaa … wunderbar … Rundblende und aus!«

Steffi blieb stehen und schaute Schwarzer erwartungsvoll an. Der stürzte auf sie zu und umarmte sie. »Das hast wunderbar gemacht. Die geborene Schauspielerin. Blasius, was sagst du?«

Der grinste und antwortete: »Die Aussicht war leiwand. Aber darf i jetzt zum Schöberl und zur Lena in die Küche gehen und einen Kaffee trinken?«

»Freilich. Geh nur.«

Die Steffi schmiegte sich eng an Schwarzer, sodass der gar nicht auf den Gedanken kam, die Umarmung zu beenden. Mit schelmisch blitzenden Augen fragte sie ihn: »Wie ist das eigentlich beim Film? Kann man da zum Beispiel noch ein Stückerl drehen und anschließend einfügen?«

»Freilich kann man das. Das nennt man Schneiden. So werden verschiedene Szenen aneinandergereiht. So kann man zum Beispiel auch eine Nahaufnahme in eine gedrehte Szene einfügen. Aber warum fragst mich das, Steffi?«

»Ich hab da so eine Idee … Von einer Nahaufnahme. Jetzt, wo die anderen draußen sind, könntest du doch noch eine Nahaufnahme von meinen Schenkeln machen. Das wär doch ganz besonders erotisch.« Und dann beugte sie sich zu ihm und hauchte in sein Ohr: »Ich bin heute nämlich sans culotte* unterwegs.«

* ohne Unterhose

XI/3.

Anastasius Schöberl war unglücklich. Und er war glücklich. Ein Paradoxon, das sich infolge der jüngsten Ereignisse ergeben hatte. Seit die Steffi Moravec im Atelier der Saturn-Film ein und aus ging, war in Schöberls Innerem ein hässlicher Verdacht gewachsen. Zuerst war es nur ein giftiges kleines Pflänzchen, das aber durch kräftiges Zutun der Moravec blitzschnell größer und größer wurde. Das lose Weib, wie Schöberl sie heimlich nannte, war drauf und dran, seinem Freund Hans Popovic das Herz zu brechen. Ja, der Hansi war wirklich ein Freund für ihn geworden. Nicht nur eine Sauffreundschaft war das. Sie arbeiteten miteinander, bauten Kulissen, schauten, dass alles für die Dreharbeiten da war, suchten Mädchen aus und putzten auch gemeinsam das Atelier. Johann Schwarzer war ein äußerst angenehmer Chef. Er ließ die beiden machen, denn er sah, dass seine Firma plötzlich wie am Schnürchen lief. Er nutzte den gewonnenen Freiraum und kümmerte sich intensiv um die Vermarktung beziehungsweise um das Verleihwesen. Er hatte zahlreiche Termine außer Haus, und wenn er zurückkam, hatte er meist einige neu unterschriebene Verträge in der Tasche. Die Drehbücher wurden von Schwarzer, Popovic und Schöberl in Form eines Kaffeeplausches am Küchentisch des Ateliers entwickelt. Das war meist eine Sache von einer halben bis einer drei viertel Stunde. Danach kümmerten sich Popovic und Schöberl um die Vorbereitungen des neuen Drehs: Die Mädels und die männlichen Darsteller wurden ausgesucht, die Kulissen gebaut und das nötige Filmmaterial beschafft. Und weil alles so gut lief, war Schwarzer auch überaus großzügig. Er ließ Schöberl auf dem alten Diwan seines Arbeitszimmers übernachten, zahlte ihm wöchentlich einen ordentlichen Lohn und hatte ihm heute sogar Geld für Kleidung und Schuhe gegeben. Mit dem gebrauchten, aber erstklassig aussehenden Anzug sowie den ebenfalls gebrauchten, aber bequem eingegangenen Schuhen, die er in Begleitung von Popovic bei einem der besseren Fetzentandler* erstanden hatte, fühlte er sich wie ein normaler Bürger. Und um das Griasler-Dasein vollkommen abzustreifen, zog es ihn nun zu einem Friseur, der ihm den an manchen Stellen schon angegrauten Bart sowie die viel zu langen Haare in Façon bringen sollte.

»Komm, Hansi! Komm mit zum Friseur. Damit die Steffi ein fesches Mannsbild zum Verlobten hat.«

»Geh, lass mich in Ruh! Der bin ich doch eh schon wieder vollkommen wurscht.«

»Musst dich halt zusammenreißen, Hansi. Lass dich rasieren und lass dir die Haare schneiden. Dann kaufst einen Blumenstrauß und bringst ihn der Steffi mit ins Atelier. Nachher nimm dir einfach frei und geh mit ihr essen. Ich kümmer mich allein um die Kulissen,

---

* Geschäft, das mit gebrauchten Kleidern handelte.

die wir morgen beim Dreh brauchen. Ich mach das schon …«

»Das ist lieb von dir. Aber ich weiß ja gar net, ob die Steffi überhaupt im Atelier ist. Wahrscheinlich ist sie mit dem Schwarzer unterwegs. Der wird sie zum Essen einladen. Und nachher hüpfen s' miteinander ins Bett. Meine Verlobte und mein Chef …«

Schöberl sah, wie Popovic mit den Tränen kämpfte. Er schlug ihm aufmunternd auf die Schultern und sagte mit gespielter Fröhlichkeit: »Weißt was? Ich pfeif auf den Friseur. Gemma lieber was trinken. Das bringt dich auf andere Gedanken.«

»Na, ich will net. Geh du nur zum Friseur, ich schau inzwischen ins Atelier. Vielleicht ist die Steffi da … Vielleicht kann ich mit ihr reden. Komm, geh jetzt zum Friseur!« Und mit einem traurigen Grinsen fügte er hinzu: »Lass dich verschönern, Stasi. Damit du bei den Mädeln einen guten Eindruck machst …«

Und weil Popovic augenscheinlich allein sein wollte, ging Schöberl zu einem kleinen Friseur in der Leopoldstadt, dessen Geschäft gleich neben dem Fetzentandler lag. Mit einer gewissen Scheu setzte er sich in den Rasierstuhl, doch der Inhaber, ein alter Jude, verzog keine Miene und bediente ihn freundlich. Nachdem der Bart auf einen feschen Schnauzer zurückgestutzt worden war, wusch er dem Schöberl die Haare und schnitt sie. Eine Prozedur, bei der sich Schöberl wie im siebenten Himmel vorkam: Das herrlich warme Wasser, die wunderbare Kopfmassage, der zarte Geruch von Seife, das Abtrocknen der Haare mit einem sauberen Handtuch und das flinke Klicken der Schere. Alles zusammen Wohltaten, die er nun schon viele Jahre nicht mehr erfahren hatte. Als er frisch und sauber aus dem Friseurladen hinaustrat, hätte er die Welt umarmen können. Er spazierte durch den 1. Bezirk und überlegte, ob er kurz in ein Kaffeehaus schauen und dort wie ein richtiger Herr ein bisschen Zeitung lesen und die Zeit totschlagen sollte. Dabei fiel ihm der dicke Inspector Nechyba ein, der ihn wiederholt ins Café eingeladen hatte. Und der ihn immer wieder darauf angesprochen hatte, dass, wenn ihm eine gewisse Steffi Moravec über den Weg rennen sollte, er ihm dies unbedingt mitteilen müsse. Nun, die Moravec war mittlerweile ein Fixstern am Himmel der Saturn-Film. Ein Unternehmen, dem er seine Rückkehr in die anständige Gesellschaft verdankte. Sie war die Verlobte von seinem Freund Hans Popovic und die Geliebte seines Chefs Johann Schwarzer. Verflixt und zugenäht! Er konnte dem Inspector, so sehr er ihm auch einen Gefallen schuldete, nicht die Moravec ausliefern. Popovic und Schwarzer würden ihm das nie verzeihen. All das machte ihn ziemlich unglücklich.

Um auf andere Gedanken zu kommen, ging er kurz entschlossen ins Café Landtmann. Er genoss es, nun wie ein normaler Bürger gekleidet und frisiert zu sein.

Die Kellner grüßten ihn höflich und er setzte sich in eine der Fensterlogen. Nachdem er sich eine Melange bestellt hatte, ging er zum Zeitschriftenständer und angelte sich eine Zeitung, deren Schlagzeile ihm ins Auge sprang: *Eine Frau auf dem Schafott.* Zurück auf seinem Platz, nahm er einen Schluck Kaffee und begann, ganz entspannt zu blättern. Was für ein Gefühl! Das normale, bürgerliche Leben hatte ihn wieder. Auf Seite sechs las er den Artikel, auf den sich das Titelbild dieser Ausgabe der ›Wiener Bilder. Illustriertes Familienblatt‹ bezog:

Am 23. Juli wurde in Freiberg die Bürgermeisterstochter Grete Beier, welche ihren Bräutigam, den Oberingenieur Pressler, ermordet hatte, durch das Fallbeil hingerichtet. Grete Beier hatte ihrem ahnungslosen Bräutigam, der sie ungemein liebte, gelegentlich eines Besuches mitgeteilt, sie habe ihm eine Überraschung von dem Jahrmarkte mitgebracht. Er müsse sich aber die Augen verbinden lassen. Als der arglose Mann sich tatsächlich die Augen verbinden ließ, forderte Grete Beier ihn auf, er möge den Mund öffnen, steckte ihm, als er das tat, den Lauf eines bereitgehaltenen Revolvers in den Mund und feuerte einen Schuß ab. Pressler war sofort tot. Die Mörderin schmuggelte hierauf unter die Verlassenschaft des Ermordeten ein gefälschtes Testament, in welchem sie zur Universalerbin eingesetzt wurde. Gleichzeitig suchte sie durch gefälschte Briefe den Anschein zu erwecken, als ob Pressler einen Selbst-

mord verübt hätte. Dies alles unternahm die Beier, um ihren Geliebten, mit dem sie schon ein langjähriges Verhältnis hatte, heiraten zu können.

Die Verbrechen der Mörderin wurden trotz raffinierter Ausführung aufgedeckt, und obwohl die Geschworenen, die sie zum Tod verurteilt hatten, einen Begnadigungsantrag unterzeichnet hatten, ließ der König von Sachsen der Gerechtigkeit freien Lauf.

Schöberl hielt kurz inne und strich sich über seinen frisch gestutzten Schnurrbart. Irgendwie erinnerte ihn diese Grete Beier an die Steffi Moravec. Sollte er nicht doch zu Nechyba gehen und ihm Bescheid sagen, bevor noch ein Unglück passierte? Er holte tief Luft, trank einen Schluck Kaffee und las weiter.

Wenige Minuten vor halb sieben Uhr wurde Grete Beier in den Hof des Landesgerichtes geführt, wo in der Nacht das Schafott errichtet worden war. Ihr zur Seite schritt der Pastor, der mit Grete Beier laut betete und sie bis zum Fuß des Schafotts geleitete, wo er betend stehen blieb. Nach Verlesung des vom König bestätigten Urteils wurde die Mörderin rasch auf das Schafott geschnallt. Man hörte die Grete Beier bis zum letzten Augenblick Gebete vor sich hinflüstern. Ihre letzten, von allen Umstehenden ganz deutlich vernommenen Worte waren: ›Vater, in deine Hände empfehle ich meinen Geist!‹ Im nächsten Momente sauste das Fallbeil herab und der Kopf der Mörderin fiel in den mit Sägespänen ausgefüllten vorbereiteten Korb. Ein Blutstrahl spritzte auf … Unmittelbar darauf trat der Scharfrichter an den Vorsitzenden der Gerichtskommission heran, um ihm zu melden, dass der Gerechtigkeit Genüge geschehen sei. Lautlos entfernte sich das Publikum.

Schöberl ließ die Zeitung sinken und starrte ins Leere. Plötzlich hörte er eine bekannte Stimme. »Na, ist denn das die Möglichkeit? Der Schöberl sitzt nicht mehr in der Suppen- und Teeanstalt, sondern im Landtmann. Sachen gibt's …«

Schöberl bekam einen roten Schädel. Doch Leo Goldblatt lenkte begütigend ein. »Sie erlauben, mein Bester, dass ich mich zu Ihnen setze? Sie müssen schon verstehen, dass mich die Verwandlung, die Sie so plötzlich durchgemacht haben, verblüfft. Darf ich Sie auf einen ›Goldblatt‹ einladen? Wie geht's Ihnen denn? Recht gut, wie mir scheint.«

Noch immer verlegen murmelte Schöberl: »Der Herr Redakteur … was tun denn Sie da?«

»Na entschuldigen Sie! Das ist mein Stammcafé. Hier bin ich mehr zu Haus, als bei mir daheim in meiner Wohnung. Schaun Sie! Da kommt gerade ein guter Bekannter, der Doktor Freud.« Goldblatt winkte einem mittelgroßen, elegant gekleideten Herren mit sorgfältig gestutztem Bart und seitlich gescheiteltem Haar zu, der nun ebenfalls an Schöberls Tisch kam. »Darf ich vorstellen? Das ist der Professor Freud. Eine Kapazität bei der Erforschung von Seelen und allen nur denkbaren psychischen Zuständen sowie nervlichen Erkrankungen. Und das hier ist der Herr Schöberl, ein alter Bekannter, den ich noch von früher aus meiner Zeit im Café Sperl kenne.«

Freud setzte sich zu den beiden Männern an den Tisch und fragte, ob er eh nicht störe. Schöberl versicherte ihm, dass das nicht der Fall sei. Im Gegenteil, er war froh, dass Goldblatt von seinem ursprünglichen Thema abgelenkt wurde. Freud warf einen forschenden Blick auf die von Schöberl zur Seite gelegte Zeitung. »Schrecklich, so eine Hinrichtung. Diese Menschen sind seelisch krank. Statt sie hinzurichten, sollte man versuchen, sie zu heilen.«

»Und Sie glauben, dass das funktioniert?«

Freud bestellte einen Kaffee, fixierte dann Schöberl mit seinen ernsten Augen und antwortete: »Ich habe da eine Methode entwickelt – die Psychoanalyse. Mit ihr kann ich Menschen, die psychische Probleme haben, helfen. Es ist noch eine recht junge Wissenschaft. Aber die Behandlungen, die ich durchführe, sind durchaus interessant und vielversprechend.«

Goldblatt rutschte ungeduldig auf seiner Sitzbank hin und her. »Herr Professor, wir sind hier nicht auf der Uni. Und schon gar nicht in Ihrer Ordination in der Berggasse. Also lassen wir doch bitte dieses Thema! Mich würde vielmehr interessieren, haben Sie Lust auf eine Runde Tarock? Wir müssten nur noch einen Vierten finden.«

Doktor Freud erwähnte, dass ihm zwei Patienten

überraschend abgesagt hätten und dass er nun den Nachmittag frei habe. Also stünde einer Tarockrunde nichts im Wege. Und auch der vierte Mann fand sich bald: Es war der Landtmann-Cafetier Wilhelm Kerl.

Als nach einigen Runden das Eis gebrochen war, fragte Schöberl den Professor: »Sagen Sie, würden Sie auch jemanden behandeln, der völlig abhängig von einer Frau ist? Der all ihre Launen erträgt, sich von ihr verstoßen und wieder zurücknehmen lässt und der ihr willenlos ergeben ist?«

Freuds braun glänzende Augen schauten Schöberl forschend an. Leise fragte er: »Haben Sie dieses Problem?«

Schöberl lachte. »Nein, zum Glück nicht. Es geht um einen guten Freund, dem ich sehr viel verdanke. Und der, wie mir scheint, in eine fürchterliche Leidenschaft verstrickt ist.«

Freud schmunzelte. »Na, dann schicken S' ihn doch einfach bei mir vorbei – in meine Ordination, in der Berggasse 19. Hat er übermorgen Nachmittag – so um drei Uhr – Zeit?«

Schöberl dachte kurz nach. Übermorgen war Freitag. Da mussten die morgen gedrehten Filme belichtet werden. Dafür würde Schwarzer den ganzen Tag in der Dunkelkammer verbringen. Eine Arbeit, bei der er nicht gestört werden wollte. Das bedeutete, dass sowohl Schöberl selbst als auch der Hans Popovic frei hatten. Als er das überlegt hatte, sagte er dem Doktor Freud zu. Eine Stunde später, nach dem Ende der Tarockrunde, bei der er übrigens eine Krone gewonnen hatte, ging er zügigen Schrittes zurück ins Atelier. Dabei plagte ihn nur ein Gedanke: Wie bringe ich den Hansi zum Professor Freud?

XII/3.

Etwas benommen und nicht viel besser gelaunt als zuvor taumelte Hans Popovic aus der Ordination in der Berggasse. Das war ein merkwürdiges Erlebnis … Wenn er den Schöberl nicht so gern haben würde und wenn der nicht sein einziger Freund wäre, hätte er nie diesen Arztbesuch gemacht. Ein merkwürdiger Arzt, dieser Doktor Freud. Mit seiner leicht gebeugten Haltung, dem vorgestreckten Kopf und dem kritisch forschenden Blick. Sehr ernst, aber gleichzeitig auch sehr freundlich. Und dieses Ordinationszimmer! Es war mit schweren Perserteppichen ausgelegt und mit einer Couch ausgestattet. Auf die musste sich Popovic legen. Besonders merkwürdig war, dass auf der Couch ebenfalls ein schwerer Perserteppich lag. Am Kopfende gab es einen weiß bezogenen Polster. Als er auf der Couch lag, wo er sich zuerst völlig unwohl fühlte, setzte sich Freud auf einen Stuhl, der hinter dem Kopfende der Couch stand. Da konnte Popovic ihm nicht einmal mehr ins Gesicht sehen! Und daraufhin hatte ihn der Arzt aufgefordert, seine Probleme und Sorgen zu schildern. Zuerst fiel ihm einfach nichts ein. Schweigend lag er da. Schweigend saß der Professor hinter ihm. Schließlich, weil ihm fad war, begann er von der Steffi zu erzählen. Von der gemeinsam verbrachten Jugend im Ratzenstadl, von dem Tod ihrer Eltern und ihrer

Aufnahme bei den Schwestern des Marienstiftes. Davon, dass sie sich aus den Augen verloren und neuerlich Kontakt aufgenommen hatten. Schließlich informierte er den Professor auch über all die Gemeinheiten und Grauslichkeiten, die sie ihm in den letzten Monaten angetan hatte. Gerade als er dabei war, ihm von Steffis Anbiederungsversuchen an seinen Chef, den Schwarzer, zu erzählen, sprang Doktor Freuds Hund plötzlich auf, schüttelte sich und ging zur Tür. Freud räusperte sich. »Mein lieber Herr Popovic, Ihre Analysestunde ist leider um. Was halten Sie davon, wenn Sie nächsten Freitag um drei Uhr wieder bei mir vorbeischauen?«

Popovic, der total überrascht und verdattert war, stimmte zu. Er bezahlte den Arzt und verließ wankend dessen Ordination. Als er aus dem dunklen Hausflur hinaus in die Berggasse trat, blendete ihn das Sonnenlicht. Er ging hinunter zur nächsten Stadtbahnstation und fuhr zurück in den 3. Bezirk. Immer noch war er von dem plötzlichen Ende der Therapiesitzung verblüfft. Und da er ein ungeheures Bedürfnis hatte, weiter über sich und die Steffi zu sprechen, ging er die Fasangasse hinauf zur Gastwirtschaft ›Zum Alten Heller‹. Er setzte sich an einen langen Tisch, an dem zwei Tschecheranten* vor ihren halb geleerten Biergläsern lümmelten und lud sie auf eine Runde Barack ein. Dann begann er sich seinen Kummer von der Seele zu reden. Als er schließlich alles Geld, das er in

* Trinker, Säufer

der Tasche hatte, gemeinsam mit seinen Zechgenossen versoffen hatte, machte er sich unsicheren Schrittes auf den Heimweg. Obwohl seine Beine schwer wie Blei waren, fühlte er sich irgendwie befreit. All seinen Kummer war er losgeworden. In wahren Redekaskaden war sein ganzes Gwirgst* mit der Steffi aus ihm herausgebrochen. Vielleicht hatte der Professor Freud doch recht, dass man sich das alles einfach von der Seele reden musste? Gleichzeitig fasste er den festen Entschluss, die Steffi zur Rede zu stellen. Gleich jetzt, wenn er nach Hause kommen würde. Dezidiert würde er ihr verbieten, nochmals an seinem Arbeitsplatz aufzutauchen. Als seine Verlobte könne sie ihn ja nicht vor seinem Arbeitgeber lächerlich machen! Das würde er nicht dulden.

Daheim angekommen, fand er mit seinem Schlüssel nicht ins Schloss der Wohnungstür. Er war so betrunken, dass er einfach nicht aufsperren konnte. Zum Glück hörte die alte Videtzky seine Aufsperrversuche und öffnete schließlich die Tür. Erleichtert grüßte er sie und taumelte in das Vorzimmer.

»Wunderbar, Frau Videtzky. Wunderbar, dass Sie mich gehört haben.«

Die Alte aber spitzte ihre dünnen Lippen, sodass man die Unzahl von Runzeln, die sie um den Mund hatte, noch deutlicher sah. Mit stechendem Blick und

* Unannehmlichkeiten, Schwierigkeiten

galliger Stimme antwortete sie: »Sie sind ja schrecklich betrunken. Genieren Sie sich!«

Popovic, dem im Moment niemand seine gute Laune verderben konnte, umarmte die Alte und lallte: »Warum sind S' denn immer so streng mit mir?«

Sie entwand sich seiner Umarmung und begann loszuschimpfen. »Sie sind ein völlig haltloses, charakterlich nicht gefestigtes Subjekt. Wenn Sie so weitermachen, sehe ich mich genötigt, Ihnen zu kündigen. Allmählich verstehe ich das Fräulein Moravec.«

»Was? Was verstehen Sie?«

»Dass sie genug von Ihnen hat. Heute hat sie nämlich ihre beiden Koffer gepackt, hat mir den Wohnungsschlüssel zurückgegeben und ist ausgezogen.«

»Wohin? Wohin ist meine Verlobte gezogen?«

»Das weiß ich nicht. Ich weiß aber eines, dass sie nicht mehr Ihre Verlobte ist. Das da soll ich Ihnen geben.« Und damit drückte die alte Videtzky dem Hansi Popovic Steffis Verlobungsring in die Hand.

Oktober

»Das erste ornament, das geboren wurde, das kreuz, war erotischen ursprungs. Das erste kunstwerk, die erste künstlerische tat, die der erste künstler, um seine überschüssigkeiten los zu werden, an die wand schmierte. Ein horizontaler strich: das liegende weib. Ein vertikaler strich: der sie durchdringende mann.«

Adolf Loos in ›Ornament und Verbrechen‹, Wien 1908.

I/4.

Wieder schwamm eine Leiche im Donaukanal. Diesmal nicht zerstückelt, sondern als Ganzes. Sie war von zwei Lausbuben, die die Schule geschwänzt hatten, entdeckt worden. Ihr Geschrei hatte Passanten angelockt, die die Sicherheitswache verständigten. Die Polizisten zogen dann den Leichnam, der sich an einem ins Wasser hängenden Ast einer Weide verheddert hatte, aus den Fluten.

Daran musste Joseph Maria Nechyba denken, als er die Hälfte einer Sellerieknolle aus der Einbrennsuppe fischte, um sie, weich gekocht, wie sie war, durch ein Sieb zu passieren. Beim Passieren fiel ihm das Wort ›obduzieren‹ ein und er erinnerte sich, wie er die nackte, männliche Leiche in der Gerichtsmedizin auf dem Obduziertisch liegen gesehen hatte. Das fein passierte Selleriepüree kam jetzt gemeinsam mit den in Salz- und Zitronenwasser weich gekochten Würferln der zweiten Selleriehälfte in die Suppe, wo alles gemeinsam noch einmal aufgekocht wurde. Der Obduktionsbefund ergab, dass der unbekannte Mann stranguliert worden war. Erst nach dem Eintritt der Leichenstarre war er ins Wasser geworfen worden. In die Suppe gab der Inspector nun nudelig geschnittene Pilze sowie zwei Eidotter, ein Sechzehntel Liter Milch und etwas Butter. So wurde aus einer ordinären Selleriesuppe eine Creme Lisette. Die Pilze hatten er und seine Frau vor zwei Monaten im Wienerwald gepflückt und danach getrocknet. Er kostete noch einmal, nickte zufrieden und stellte fest, dass die Creme Lisette gut und fertig war. Er nahm den Suppentopf vom Herd und ärgerte sich, dass sonst in diesem Jahr so gut wie nichts gut und fertig wurde. Die Feiern zum sechzigsten Regierungsjubiläum Seiner Majestät zogen sich endlos hin. Nach der Kinderhuldigung, dem großen Kaiser-Huldigungs-Festzug, unzähligen Ausstellungen und sonstigen Veranstaltungen folgte nun Anfang Dezember ein weiterer Festakt, bei dem er und seine Leute wieder voll im Einsatz sein würden. Und auch seine Suche nach Steffi Moravec war bisher ergebnislos verlaufen. Mit Widerwillen erinnerte er sich an den Rapport bei Gorup von Besanez am Vortag. Sein Vorgesetzter war fürchterlich grantig und machte Nechyba massive Vorwürfe.

»Es wird allmählich Zeit, dass Sie die Mörderin des Oberstleutnant Vestenbrugg finden, Nechyba! Mehr als ein halbes Jahr doktern Sie nun schon an diesem Fall herum. Himmelarschundzwirn! Es kann doch nicht so schwer sein, dieses Mensch in Wien zu finden. Was tun Sie eigentlich den ganzen Tag? Mir scheint: nur Fressen und Saufen! Da wundert es einen nicht, dass Sie immer dicker werden. Ich mach mir um Ihre Gesundheit allmählich ernsthaft Sorgen, Nechyba!«

Mit rotem Schädel und einem knappen »Ich werde sie finden. Guten Tag, Herr Präsident!« verließ er das Büro seines Vorgesetzten. Alles, wirklich alles, hätte er ihm verziehen. Nur nicht diese plumpen Vertraulichkeiten, die sein Körpergewicht betrafen! Das verletzte Nechyba. Seit Gorup von Besanez im Juli zum Vize-Polizeipräsidenten von Wien ernannt worden war, hatte er eine merkwürdige Veränderung durchgemacht. Er trat nun dem Inspector gegenüber distanzierter auf und zeigte sich für die Mühen der täglichen Polizeiarbeit generell verständnisloser. Nechyba hatte den ganzen restlichen Tag sowie in der darauf folgenden Nachtschicht Magenschmerzen. Erst heute Nachmittag, als er nach einem traumlosen Erschöpfungsschlaf aufgewacht war, gab sein Magen endlich wieder Ruhe. Nachdem er um drei Uhr im Café Sperl ›gefrühstückt‹ hatte, machte er eine Naschmarkt-Runde. Entgegen seinen sonstigen Gewohnheiten hatte er überhaupt nicht auf das Treiben um ihn herum geachtet, sondern sich aufs Gustieren und Einkaufen konzentriert. Mit Genuss hatte er die große, saftige Sellerieknolle, frische Eier und einen prächtigen Bund Petersil sowie Knoblauch und Zwiebeln erstanden. Danach war er noch auf einen Sprung bei Lotte Landerl, seiner Greislerin*.

»Ah, der Herr Inspector! Heute Nachmittag gar nicht im Dienst?«

---

* Besitzerin eines Tante-Emma-Ladens

»Ich bin eh viel zu oft im Dienst«, grantelte Nechyba. »Vor lauter Arbeit vergisst man fast, was einem eigentlich Freude macht.«

»Das Kochen und das Genießen, net wahr?«, schmunzelte die Landerl.

»Sie sollten zur Polizei gehen. So wie Sie die Leut' durchschauen«, replizierte Nechyba. »Aber Sie haben recht. Heut Abend koch ich endlich wieder einmal. Dafür brauch ich sechs frische Eier und ein viertel Kilo Reis.«

Nachdem er bei der Landerl die restlichen Einkäufe getätigt hatte, ging er heim und begann mit dem Kochen. Dies geschah nach genauen Anweisungen und Rezepten, die ihm seine Frau Aurelia gegeben hatte. Die Basis für dieses gemeinsame Abendessen bildeten die Reste des Festmahls, die vorgestern im Schmerda'schen Haushalt übrig geblieben waren. Zum fünfundfünfzigsten Geburtstag hat es für den Hofrat Schmerda ein Ganslessen gegeben. Dafür hatte seine Köchin, Aurelia Nechyba, zwei prachtvolle Gänse, die trotz des kompletten Erscheinens aller Familienmitglieder nicht zur Gänze verzehrt werden konnten, in der Küche verarbeitet. Im Gegensatz zu ihrer Gewohnheit, die verbliebenen Reste an eine Schmauswaberl* zu verkaufen, hatte Aurelia Nechyba das übrig gebliebene Gänsefleisch nach Hause gebracht. Außerdem hatte sie auch

* Weibliche Person, die Speisereste von großen Tafeln billig aufkauft und mit einem kleinen Aufschlag weiterverkauft.

noch die zwei Gänsekrägen mitgenommen, deren Haut sie oben am Kopf und unten am Halsansatz abgeschnitten, vorsichtig vom Rückgrat gelöst und über Kropf und Luftröhre nach oben abgezogen hatte. Diese zwei Gänsekrägen bereitete Nechyba nun zu. Eine Spezialität, die ihm das Wasser im Mund zusammenlaufen ließ. Und während er den Reis kochte, dachte er voll Ingrimm an die Wasserleiche, die noch immer nicht identifiziert war. Er beschloss, am nächsten Tag den Leo Goldblatt im Café Landtmann zu treffen und mit ihm sowie mit einem Zeichner die Wasserleiche in der Pathologie aufzusuchen. Bild und Beschreibung des Unbekannten sollte Goldblatt im Anschluss veröffentlichen. Wobei er dem Redakteur die rätselhafte Sache mit dem Erhängen und späteren Ertränken erzählen würde. So eine mysteriös ums Leben gekommene Wasserleiche könnte Goldblatt ohne Probleme in seinem Blatt unterbringen. Nach der Veröffentlichung würde sich hoffentlich jemand melden, der den Toten identifizierte. Während Nechyba sich das überlegte, montierte er mittels einer Fußschraube den gusseisernen Fleischwolf an der Platte seines Küchentisches. Er löste das Fleisch von den Knochen der Gänsestücke und drehte es durch den Wolf. Dabei musste er an den Oberstleutnant Vestenbrugg denken, dessen Leiche verstümmelt und gleichsam durch den Fleischwolf gedreht worden war. In einem Weidling* vermischte er nun mit

* schüsselartiges Küchengeschirr

bloßen Händen die Fleischmasse mit fein gehackten Zwiebeln, in Butter gebratenen, blättrig geschnittenen Knoblauchstücken, einem Esslöffel gehackter Petersilie und einem Teil des gekochten Reises. Gewürzt wurde das Ganze mit Salz, Pfeffer und einer Prise Paprika. Als dies getan war, wusch er sich im Lavoir mit kaltem Wasser die Hände, da er zu faul war, am Herd Wasser zu wärmen. Deshalb löste sich das Fett trotz massiven Seifeneinsatzes nicht völlig. Die noch immer leicht fettigen Finger wischte er gründlich am Küchenhandtuch ab und grinste dabei wie ein Lausbub. Das hätte seine liebe Aurelia nicht sehen dürfen! Danach holte er aus einer kühlen Ecke der Küche eine der dort gelagerten Weinflaschen. Es war ein Blauer Portugieser aus Tattendorf, einer Ortschaft südlich von Wien. Nechyba öffnete die Flasche, kostete und merkte mit Wohlgefallen den samtigen Abgang des Weines. Noch mehr entzückte ihn das zarte Beerenaroma, das sich nun auf seinem Gaumen entfaltete. Und das, obwohl er die Flasche gerade erst geöffnet hatte! Er nahm noch einen Schluck und seufzte zufrieden. Danach machte er sich auf die Suche nach einem Nähzeug. Nach einigem Herumkramen in der Wohnung fand er es. Er fädelte den Zwirn in die Nadel ein – was mit seinen noch immer ein bisserl fettigen Fingern gar nicht so einfach war – und nähte jeweils ein Ende der Gänsekrägen zu. In diese nun unten geschlossenen schlappen Hautschläuche stopfte er die vorbereitete Fülle. Als sie prall wie

Würste vor ihm auf dem Küchentisch lagen, begann er sie auch auf der anderen Seite zuzunähen. Ein Unterfangen, das sich mit den nun wieder sehr fetten Fingern als ziemlich schwierig erwies. Doch mit etwas Geduld und einigen weiteren Schlucken Rotwein gelang auch dies. Nun hatte er alles so weit vorbereitet: die Suppe, die gefüllten Gänsekrägen und den Reis als Beilage. Jetzt wärmte er doch Wasser am Herd, um sich ordentlich die Hände zu waschen. Dazu war es notwendig, einige Holzscheite in den Ofen nachzulegen.

Mit seinen frisch gewaschenen Händen saß er nun da und schlürfte genussvoll den Tattendorfer Rotwein. Er trommelte mit den Fingern auf den Küchentisch und angelte schließlich die Taschenuhr hervor, um festzustellen, dass es erst sechs Uhr abends war. Das bedeutete, dass er noch mehr als eine Stunde Zeit hatte, bis seine Frau von ihrem Dienst im Schmerda'schen Haushalt heimkommen würde. Deshalb beschloss er, auf ein kleines Bier ins Café Sperl zu gehen. Da das Sperl gut besucht war, sehr viele Offiziere der nahen k.k. Kriegsschule sowie eine große Gruppe von sezessionistischen Malern waren anwesend, nahm er am Tisch des Cafetiers Adolf Kratochwilla Platz. Dieser brachte ihm persönlich das Bier, das er in kleinen Schlucken und mit großem Genuss trank. Zu einem Plausch mit dem Cafetier kam es jedoch nicht, da der Hausherr sich um die zahlreichen Gäste seines Kaffeehauses kümmern musste. Und so glotzte Nechyba eine Zeit lang ganz entspannt vor sich hin, bis vor seinem geistigen Auge die unbekannte Wasserleiche auftauchte. Einer Eingebung folgend, stand er auf, ging zu Kratochwillas Frau, die gerade ihren Posten als Sitzkassierin beziehen wollte und bat sie, telefonieren zu dürfen. Natürlich sah er auch Wilhelmine Schmoll, die ihn schüchtern grüßte. Da er sich noch immer über diesen Trampel ärgerte, der ihm nicht rechtzeitig gesagt hatte, wo die Moravec steckte, ignorierte er sie. Die Gattin des Cafetiers begleitete ihn zum Telefonapparat, der sich im Büro befand. Nechyba fragte nach dem Telefonbuch, suchte die Nummer des Café Landtmann und wählte sie. Den sich dort meldenden Ober bat er, den Herrn Redakteur Goldblatt auszurufen. Es dauerte eine ganze Weile, bis er Goldblatt am Apparat hatte. Der Redakteur war äußerst ungehalten.

»Nechyba! Sie stören mich mitten in einer höchst spannenden Tarockpartie. Können Sie nicht, wie jeder andere Mensch, einfach zu mir ins Landtmann kommen, anstatt mich mit den Mitteln der modernen Technik zu belästigen?«

Der Inspector besänftigte Goldblatt und erzählte ihm kurz und bündig alles, was er über die Wasserleiche wusste.

»So, so. Die Wasserleiche ist also erhängt worden? Das ist ja eine interessante Neuigkeit. Also wenn das so ist, schau ich morgen mit einem Zeichner in der Pathologie vorbei. Da schreib ich Ihnen was. Wär doch gelacht, wenn wir die Wasserleiche nicht identifizieren könnten … Und dem Mörder, falls es einen gibt, auf die Schliche kommen.«

Nechyba war zufrieden. Er wünschte dem Redakteur einen schönen Abend sowie viel Glück beim Kartenspiel.

»Verschreien Sie's nicht, Nechyba, verschreien Sie's nicht«, raunzte Goldblatt und legte grußlos auf. Nechyba lächelte und zahlte bei Frau Kratochwilla das Bier sowie das Telefonat. Beschwingt und voll Vorfreude auf das gute Abendessen ging er nach Hause. Von wegen nur Fressen und Saufen! Natürlich aß und trank er gerne! Aber seine Arbeit vernachlässigte er deshalb keinesfalls. Und was die Wasserleiche betraf, so hatte er mit dem Telefonat zumindest einen Tag gewonnen. Vielleicht würde nach dem Erscheinen des Artikels schon übermorgen jemand auftauchen, der den Unbekannten identifizieren konnte. Diese Perspektive freute den dicken Nechyba sehr.

II/4.

Die Wasserleiche ging ihm nicht aus dem Kopf. Am Vortag war er mit einem Zeichner in der Gerichtspathologie gewesen und hatte mit dem anwesenden Arzt gesprochen. Dieser erzählte ihm, dass der Verstorbene eine zirrhotische, vom Suff gezeichnete Leber hatte. Das brachte Leo Goldblatt auf die Idee, ihn im Griasler-Milieu zu suchen. Deshalb stand Leo Goldblatt an diesem Mittwoch, dem 7. Oktober, entgegen seinen sonstigen Gewohnheiten früh auf. Er kaufte sich eine Morgenausgabe und stieg in die Tramway ein. Gleich beim Leitartikel musste er schlucken. Mit gemischten Gefühlen las er:

Der heutige Tag wird für alle Zeiten in der Geschichte der österreichisch-ungarischen Monarchie denkwürdig bleiben. Die kaiserlichen Handschreiben an die gemeinsamen, die österreichischen und die ungarischen Minister, sowie eine Proklamation an die Bevölkerung von Bosnien und der Herzegowina werden soeben veröffentlicht. In diesem Augenblick ist auch die Türkei bereits verständigt worden, dass der Kaiser beschlossen habe, seine Souveränitätsrechte auf Bosnien und die Herzegowina zu erstrecken. Die Angliederung von Bosnien und der Herzegowina an die österreichisch-ungarische Monarchie ist somit bereits vollzogen!

Fast hätte Leo Goldblatt das Umsteigen verpasst. Er

sprang von seinem Sitz auf, stürzte zur rückwärtigen Plattform der Tramway und sprang von dem bereits anfahrenden Zug ab. »Wenn das nur keinen Krieg mit Serbien provoziert«, murmelte er vor sich hin und stieg in eine der Ringlinien ein. Dort las er dann weiter.

Die Angliederung schließt um diese Länder ein Band, das sie für alle Zeiten nach Jahrhunderten der Barbarei und der Knechtung, nach langen Perioden des konfessionellen und nationalen Hasses mit der europäischen Zivilisation untrennbar verknüpft.

»Wie wenn das so einfach wär!«, grantelte Goldblatt, faltete die Zeitung voll Sorge zusammen und starrte zum Tramwayfenster hinaus.

Bei der Stefanibrücke stieg er aus und ging den Stiegenabgang zum Ufer des Donaukanals hinab. Da er die Gewohnheiten der Griasler kannte, musste er nicht lange den Einstieg zu einem der Kanalschächte suchen, die ihnen als Schlafplätze dienten. Er stieß auf ihm Unbekannte sowie auf den Zigeuner. Den rüttelte er wach und zog ihn mit sich ins Freie. Dort zeigte er dem verdutzten und völlig verschlafenen Griasler das gezeichnete Porträt des Toten. Nachdem Goldblatt ihm zwanzig Heller versprochen hatte, war er plötzlich sehr wach. Aufmerksam schaute er sich das Bild an, kratzte sich das dichte, fette Haar und schüttelte den Kopf. »Nein, mein Herr. Den da kenn ich net. Den hab ich noch nie gesehen.«

Auf Goldblatts Bitte weckte er seine beiden Kumpane. Auch sie erkannten niemanden aus ihrem Milieu. Goldblatt gab dem Zigeuner die versprochenen zwanzig Heller und den anderen beiden gemeinsam noch einmal so viel. Nachdenklich ging er den Donaukanal entlang flussabwärts, um bei der Sofienbrücke wieder hinaufzusteigen. Flotten Schrittes durchquerte er den grünen Teil des Praters, der zwischen Donaukanal und Prater Hauptallee lag. Danach lief er an der mächtigen Rotunde vorbei und kam hinter dem städtischen Lagerhaus in einen weiteren grünen Teil des Praters, der an die Praterkaserne grenzte. Hier fand er zwischen den Gebüschen einen schmalen Weg, der zu einer kleinen Wiese führte, wo eine ganze Reihe zusammengekrümmter Gestalten lag. Leo Goldblatt zögerte. Die Gegend war gottverlassen und die Elendsgestalten nicht gerade vertrauenerweckend. Zum Glück hatte er seinen Flachmann, der mit Trebernem gefüllt war, dabei. Vorsichtig weckte er einen der Griasler. Der blinzelte ihn misstrauisch an. Als Goldblatt ihm wortlos den Flachmann reichte, griff er mit vor Kälte klammen Fingern danach. Gierig trank er einen kräftigen Schluck. Danach hustete er fürchterlich. Nun erwachten auch die anderen Griasler. Misstrauische Blicke und finstere Mienen. Doch Goldblatt ließ seinen Flachmann im Kreis herumgehen und die Situation entspannte sich. Nach und nach schauten sich die Obdachlosen das gezeichnete Porträt an, doch keiner erkannte den

Toten. Goldblatt seufzte enttäuscht und verabschiedete sich mit den Worten: »Meine Herren, ich danke. Da habt S' eine Krone. Kauft 's euch was zum Essen oder zum Saufen … Habedieehre.«

Er ging den Weg, den er gekommen war, zurück. In der Hauptallee bestieg er die Tramway, um in die Redaktion zu fahren. Dabei kam er an dem niedrigen, lang gestreckten Gebäude der Kunstschau Wien 1908 vorbei. Er erinnerte sich an eine Diskussion, die er neulich im Kaffeehaus mit dem Redakteur Eduard Pötzl geführt hatte. Pötzl war ein erbitterter Gegner der Künstlergruppe rund um Gustav Klimt und ließ sich deshalb aufs Fürchterlichste über die in der Kunstschau gezeigten Exponate aus. Goldblatt, der an sich mit Kunst nicht allzu viel anzufangen wusste, wunderte sich sehr über das echauffierte Benehmen seines Kollegen. Aus reinem Widerspruchsgeist hatte er für Klimt und Konsorten Partei ergriffen. Als er nun in der Tramway saß und das weiße Gebäude sah, stieg er bei der Haltestelle spontan aus. Zügigen Schrittes ging er auf die Kunstschau zu. Er stieg die wenigen Stiegen empor und trat in den Empfangsraum. Ein erstes ›Aha!‹ geisterte durch seinen Kopf. Die kräftigen Farben der Wandgemälde sprangen ihn förmlich an. Sie zeigten exotische Szenen und Tiere. Er kaufte sich für eine Krone eine Eintrittskarte und begann einigermaßen gespannt den Rundgang durch die Ausstellung. Einem

Durchgang, der Keramiken präsentierte, folgten ein Raum mit Kinderkunst, ein kleiner Innenhof, ein Raum mit Plastiken des Bildhauers Franz Metzner sowie ein weiterer idyllischer Innenhof. All das berührte Goldblatt nicht besonders, die Skulpturen Metzners fand er sogar scheußlich. Als er danach den Plakatraum betrat, dessen vier Wände jeweils vom Boden bis zur Decke mit bunten Plakaten beklebt waren, war Goldblatt das zweite Mal verblüfft. ›Bunter Lärm und Indianerkunst‹ hatte ein Kunstkritiker die hier ausgestellten Exponate genannt. Goldblatt fand den Raum mit seiner Vielfalt an grafischen Ideen einfach faszinierend: ein Kaleidoskop künstlerischer Ausdruckskraft. Auch der nächste Raum beeindruckte ihn sehr. Hier waren ausschließlich Bilder von Carl Moll, dem Freund und Weggefährten Gustav Klimts, ausgestellt. Moll war in Wien kein Unbekannter, aber so eine geballte Präsentation seines Schaffens hatte Goldblatt noch nie gesehen. Minutenlang verharrte er vor dem Bild ›Mein Wohnzimmer‹. In einer Art Trance durchwanderte er die angrenzenden Räume, die ebenfalls Bilder der Malergruppe um Gustav Klimt präsentierten. Ein erregendes Kribbeln verspürte er bei Frantisek Kupkas ›Herbstsonne‹. Denn die rechte der drei nackten Frauen erinnerte ihn mit ihren üppigen Formen an seine verflossene Verlobte. »Wenn sie nur nicht so besitzergreifend gewesen wär«, ächzte Goldblatt. Ziemlich erregt ging er weiter. Im übernächsten Raum starrte er die wüsten Bilder und Skizzen von

Oskar Kokoschka an. Eine animalische Kraft ging von diesen Kunstwerken aus. Und die in Vitrinen ausgestellten Blätter des Buches ›Die träumenden Knaben‹ versetzten den sonst so nüchternen Goldblatt in einen entzückten Traumzustand. Kokoschkas fiebrige Texte wie *rot fischlein/fischlein rot, stech dich mit dem dreischneidigen messer tot reiß dich mit meinen fingern entzwei/dass dem stummen kreisen ein ende sei* brachten bei dem Redakteur Saiten zum Klingen, die seit den Zeiten seines Germanistikstudiums verstummt gewesen waren. Den folgenden Raum, der klerikale Kunst von Kolo Moser zeigte, durchschritt Goldblatt teilnahmslos und trat in einen kleinen Hof, der der Friedhofskunst gewidmet war. Hier im Sonnenlicht atmete er kräftig durch und kam wieder zu sich. Die christlichen Symbole rundum bereiteten ihm, dem Atheisten jüdischer Abstammung, Unbehagen. Deshalb ging er rasch weiter und betrat nun eine Flucht von drei Räumen, die Theaterkunst von Kulissen über Kostüme bis hin zu Ausstattungsdetails zeigten. All das ließ ihn ziemlich kalt. Die nächsten beiden Räume waren vollgestopft mit Druckgrafiken und Zeichnungen, die zum Teil in Zweier- und Dreierreihen übereinander hingen. Sein Blick blieb auf Aktzeichnungen haften, die meist nur aus wenigen energischen Strichen bestanden. Sie stammten vom Meister persönlich: von Gustav Klimt. Angeregt von diesen Studien, betrat er den Folgeraum und blieb wie angewurzelt stehen: ein großer Raum voll mit Klimt-Werken. Gewaltige Bilder mit viel Blattgold – ein Rausch der Sinne, der Farben und Formen. Als Erstes fielen ihm die drei riesigen Porträts von sehr bekannten Damen der Wiener Gesellschaft auf. Die von Gustav Klimt gemalten Frauen – Fritza Riedler, Margarethe Stonborough-Wittgenstein und Adele Bloch-Bauer – verkörperten auf eine bis dahin von ihm noch nie so klar wahrgenommene Weise den Typ der modernen Frau. Sie waren alle drei kurzhaarig, vom Zwang des Korsetts befreit, in weite, wallende Gewänder gehüllt, deren Stoffe und Schnitte dem sezessionistischen Stil* entsprachen. Das auffallendste Bild war das von Adele Bloch-Bauer. Die Gattin des Zuckerindustriellen Ferdinand Bloch war in Ströme von Goldornamenten gebettet. Schmunzelnd musste Goldblatt an die böse Kritik seines Kollegen Eduard Pötzl denken, der zu diesem Bild folgenden Kalauer verfasst hatte: Das Porträt sei mehr Blech als Bloch. Ja, ja, der Pötzl … ein Wiener vom alten Schlag, der sich mit dem neuen Jahrhundert und seiner Kunst nicht so recht anfreunden wollte. Aufgekratzt bewunderte Goldblatt die anderen Klimt-Gemälde, wobei ihn vor allem ›Der Kuss‹, ›Wasserschlangen‹, ›Die drei Lebensalter‹ sowie die ›Danae‹ beeindruckten. Sich mittlerweile als echter Klimt-Kenner fühlend, verweilte er fasziniert vor den fleischig-wollüstigen Schenkeln der Danae, zwischen denen sich ein Sturzbach von Gold

* damalige Bezeichnung für Jugendstil

ergoss. Es war aber nicht nur die erotische Ausstrahlung des Gemäldes, der sich Goldblatt nicht entziehen konnte. Es war auch etwas anderes, was ihn verweilen ließ. Irgendwie erinnerten ihn die üppigen Schenkel und die Verknüpfung von Wollust, Gier und Geld an die Steffi Moravec, die dralle Sitzkassierin in seinem ehemaligen Stammcafé. Und als er so ganz in sich versunken dastand und an die Moravec und den Vestenbrugg dachte, wurde er plötzlich angesprochen. »Na, Herr Redakteur … was schauen wir denn dem Mädel so fasziniert auf die Haxen?«

Goldblatt erschrak, drehte sich um und blickte in das zynisch grinsende Gesicht des Oberleutnant Dunzenberger, den er von früher aus dem Café Sperl – damals war dieser noch Fähnrich – kannte.

»Sie brauchen Ihnen nicht zu genieren, Herr Redakteur. Ich find das Bild auch ganz superb. Es hat so das gewisse Etwas. Wenn Sie verstehen, was ich meine. In der Zeitung haben S', glaub ich, darüber geschrieben, dass das Bild ›ungesund‹ sei. Aber ich frag Sie, was soll schon ungesund an einem jungen, nackten Mädel sein, das gerade die Haxen spreizt?«

Goldblatt fand seine Fassung wieder und musste grinsen. Seine allgemeine Geringschätzung des k.u.k. Offizierskorps fand im Falle des Dunzenberger ausnahmsweise keine Bestätigung. Gut, er gab sich genauso gelangweilt und blöd wie seine Offizierskollegen. Doch das, was er sagte, hatte eindeutig Witz und vielleicht auch ein bisserl Geist. Und so fing Goldblatt mit dem Dunzenberger eine Konversation an, bei der sie weiter durch die Räume der Kunstschau wandelten. Der Oberleutnant eröffnete ihm, dass er heute einen freien Tag habe und dass er an seinen freien Tagen immer hierher in die Kunstschau komme. Weil da könne man famos Bekanntschaft mit Damen der feinen Gesellschaft beziehungsweise mit deren Töchterln machen. »Die sind ja alle ganz kunstnarrisch*.«

Goldblatt musste schon wieder grinsen. Der Dunzenberger war ein echter Filou! Und weil einem echten Filou, der des Öfteren auch im Café Sperl verkehrte, die Moravec sicher ins Auge gesprungen war, lenkte er das Gespräch in diese Richtung.

»Ja, die kleine Moravec«, räsonierte der Oberleutnant, »das ist vielleicht ein Früchterl**. Zuerst hat sie sich den Oberstleutnant Vestenbrugg geschnappt, dann hat's dem Leutnant Popovic den Kopf verdreht. Als sie ihn stehen gelassen hat, hat er infolge dessen so arg gesoffen, dass er den Dienst quittieren musste. Und schließlich hat die kleine Moravec den Markgrafen Collredi beglückt, dem sie sicher einige schöne Stunden, aber letztendlich auch den Tod gebracht hat. Weil der hat sich wegen ihr mit dem Hauptmann Korenyi duelliert. Tja, und der Hauptmann Korenyi sitzt jetzt, zur Strafe, weil er den Collredi erschossen hat, da unten bei den

* verrückt nach Kunst
** Luder

Bosniaken. Das verdankt er ebenfalls der Moravec. Man möcht's nicht glauben, was ein einziger Mensch für Unglück im Leben anderer verursachen kann …«

Als Leo Goldblatt nachfragte, wer denn der Leutnant Popovic sei, erzählte ihm Dunzenberger, dass das ein ehemaliger Kamerad war, der am Tag von Vestenbruggs Verschwinden ein Brieferl von der Moravec bekommen hatte. In ihm bat sie ihren Jugendfreund ganz dringend um Hilfe.

»Ich hab's selbst in der Hand gehabt und gelesen, das Billet. Es war auf feinem Büttenpapier geschrieben … Der Popovic hat sich einen halben Tag und eine Nacht Urlaub genommen und ist hin zu ihr. Sie hat ihn so richtig verliebt gemacht. Der Popovic ist zu einem vollkommenen Minnesänger geworden. Dauernd hat er nur von der Moravec erzählt. Wie schön und wie grausam sie sei. Und weil sie ihn dann anscheinend nur mehr abgewiesen hat, hat er so gesoffen, dass er, wie bereits erwähnt, den Dienst quittieren musste. Seitdem hab ich vom Popovic nix mehr gehört.«

Als die beiden Herren etwas später im Kaffeehaus der Kunstschau einen kleinen Mittagsimbiss zu sich nahmen – Goldblatt ein Schinkenomelett und Dunzenberger eine Eierspeis –, ließ der Oberleutnant beiläufig folgende Bemerkung fallen: »Die Moravec hab ich übrigens gestern gesehen. Allerdings nicht in natura, dafür aber en nature.«

»Wie darf ich das verstehen, Herr Oberleutnant?«

»Na ja, die Offiziere von unserem Bataillon sind gestern zu einer Privatvorführung von pikanten Herren-Films eingeladen gewesen. Und in dem mit Abstand pikantesten dieser Films spielte die Moravec mit. Minutenlang ist die in dem Film, mit nix als mit einem durchsichtigen Negligé bekleidet, herumgerannt ...«

III/4.

Mit lockerem Handgelenk und kräftigem Schwung schlug sie ihm ins Gesicht. Die Backe, auf die sie geschlagen hatte, rötete sich. Mit ungläubigem Staunen und offenem Mund sah er sie an. Ob dieses naiven Staunens musste sie lachen. Zwischen ihnen befand sich ein festlich gedeckter Tisch, auf dem sich diverse Delikatessen türmten. Mit spitzen Fingern griff sie nach einem Gänseleber-Kanapee und biss mit kritischer Miene davon ab. Sie kaute mit Bedacht, warf im nächsten Moment den angebissenen Teil des Kanapees zurück auf den Teller und maulte: »Diese Gänseleber ist letztklassig. Nie wieder kommt mir ein kaltes Buffet von Meißl & Schaden ins Haus. Einzig der Rindfleischsalat ist essbar … Was schaust denn so blöd? Schenk mir lieber noch einen Schluck Tokajer ein. Der ist zum Glück trinkbar.«

Johann Schwarzer tat, wie ihm geheißen. Seine linke Backe brannte heftig von der Ohrfeige, die ihm die Moravec verpasst hatte. Er wunderte sich über sich selbst. Wie war es dazu gekommen, dass er sich von ihrer dominanten Persönlichkeit so angezogen fühlte? Einem Automaten gleich schenkte er ihr und sich selbst Süßwein nach und überlegte, ob er es wagen sollte, weiter von der Gänseleber zu essen. Er fand sie absolut delikat. Außerdem harmonierte sie perfekt mit dem

Süßwein. Steffi merkte sein Zögern und schob ihm mit maliziösem Lächeln den Teller mit den Gänseleber-Kanapees hin.

»Da, iss! Wenn's dir schmeckt, iss. Bist halt nichts Besseres gewohnt … in dem böhmischen Kaff, in dem du aufgewachsen bist, kennt man wahrscheinlich eine anständige Gänsestopfleber gar nicht. Dort habt ihr die Leber wahrscheinlich mit dem Viech mitgebraten und alles zusammen mit Kraut und Knödeln gefressen.«

Missmutig schob er eines der köstlichen Häppchen in seinen Mund. Und obwohl er sich über ihre typische Wiener Arroganz allen Zuag'rasten* gegenüber ärgerte, genoss er den süßlich cremigen Geschmack der Leber. Die Wiener glaubten, dass sie als Kinder der Reichshaupt- und Residenzstadt etwas Besseres seien. Am liebsten hätte er ihr seine Meinung gesagt. Doch er behielt sie für sich, da er nicht noch eine Ohrfeige riskieren wollte. Schwarzer zog den Schädel ein und stopfte nacheinander alle Gänseleber-Kanapees in sich hinein. Die Moravec beobachtete seine Reaktion mit kaltem Blick. So wie ein Naturwissenschaftler ein Insekt auf dem Seziertisch betrachtet. Die Unterwürfigkeit des noch vor wenigen Wochen äußerst selbstbewussten Mannes faszinierte sie. Darüber hinaus musste sie sich auch eingestehen, dass seine Servilität sie erregte. Aus reiner Bosheit schnappte sie sich das allerletzte Kanapee, steckte es in den Mund, ver-

* Zugereiste = Fremde

drehte dabei die Augen und seufzte: »Also, das kann man wirklich nicht essen. Pfui Teufel!«

Gleichzeitig, seine Verwirrung genießend, begann sie, mit dem Außenrist ihrer Lederstiefelette die Innenseite seines linken Beins zu streicheln. Und während sie ihm befahl, ihr noch etwas von dem Rindfleischsalat zu reichen, wanderte ihr Fuß langsam über sein Knie den Schenkel empor. Bis die suchende Fußspitze ihr Ziel zwischen seinen Beinen erreicht hatte. Mit vollem Mund kauend, ordnete sie an: »Schau nicht so. Knöpf mir lieber die Stiefelette auf und befreie meine Zecherln von dieser ledernen Hülle. Außerdem will ich jetzt ein Glas Rotwein. Also, mach schon. Worauf wartest denn?«

Und während er ihren Wünschen diensteifrig nachkam, ließ das Brennen der Backe deutlich nach. Dafür loderte nun etwas anderes …

Als sie einige Zeit später in nichts als in eine Decke gehüllt durch das nächtliche Atelier der Saturn-Film streifte, kam ihr im Vergleich mit dem Collredischen Palais alles eng und extrem armselig vor. Allein der Umstand, dass das Atelier auch als Wohnung, Büro und Lager diente, bedrückte sie. Was sie richtig störte, war der Umstand, dass Schwarzer auch dieses Faktotum, den Schöberl, hier übernachten ließ. In dieser Hinsicht war er stur, da ließ er sich von ihr nichts anschaffen. Wahrscheinlich war es Mitleid – Johann

Schwarzers weiches Herz. Die Moravec grinste. Sie blieb bei einem Fenster stehen und sah auf die nächtliche Fasangasse hinunter, wo vereinzelt Menschen gingen, Pferdedroschken und eine Tramwaygarnitur fuhren. Als sie dem nächtlichen Treiben eine Weile von der Ferne aus zusah, erkannte sie plötzlich, dass der Mensch dazu neigte, einen einmal genossenen Luxus ziemlich rasch als unverzichtbar zu empfinden.

»Ich bin eine blöde Gans«, murmelte sie. Und mit Schaudern dachte sie an ihre Kindheit zurück. An die Zeit, als sie im ›Ratzenstadl‹, einem der verkommensten und ärmlichsten Gretzln Wiens, aufgewachsen war. Wie sie und ihr Bruder, vor Dreck starrend, selbst im kältesten Winter immer bloßfüßig herumgerannt waren. Gemeinsam mit ihren Eltern und der Großmutter hausten sie zusammengepfercht in einer Ein-Zimmer-Wohnung. Als ihre Eltern überraschend gestorben waren, hatte sie das erste Mal das Gefühl gehabt, über etwas mehr Platz und einen persönlichen Freiraum zu verfügen. Seitdem war sie süchtig nach Platz. Eine Sucht, die sie in den nächsten Jahren überhaupt nicht ausleben konnte. Denn sie war dank der Fürsprache des Gumpendorfer Pfarrers als Zögling des Marienstiftes aufgenommen worden. Hier musste sie auf engstem Raum mit ihren Schicksalsgenossinnen in engen, muffigen Zimmern leben. Aber immerhin hatte sie dort ordentlich Lesen, Schreiben und Rechnen sowie die Grundregeln des guten Benehmens gelernt. All das half ihr schließlich, eine Stelle als Dienstmädel bei einer Bäcker- und Hausbesitzerfamilie zu ergattern. Der zaundürre Bäckermeister und seine immens fette Gattin hielten sie wie eine Leibeigene. Sie musste die zwei ungezogenen Kinder beaufsichtigen, die riesige Wohnung putzen, Einkäufe erledigen, waschen, bügeln und, wenn Not am Mann war, auch als Verkaufskraft in der Bäckerei aushelfen. Sie hatte in der Regel einen Achtzehn-Stunden-Tag und war ständig übermüdet. Ihr Glück war, dass sie einmal beim Aushelfen hinter dem Verkaufspult der Bäckerei den Herrn Kratochwilla kennengelernt hatte, als er für sein Kaffeehaus frische Kipferln kaufte. Sie musste grinsen, als sie sich daran erinnerte, wie der Cafetier Stielaugen bekommen hatte, als er ihren Busen unter der weißen Bäckerschürze hin- und herhüpfen sah. Ihr schon damals sehr prächtig entwickelter Vorbau schien ihm schier den Verstand zu rauben. Er hatte damals nur dummes Zeug gestammelt und ihr außerdem eine ganze Krone Trinkgeld gegeben. Als er am nächsten Tag wiederkam, sie aber auf ihrem angestammten Platz in der Wohnung des Bäckers arbeitete, eruierte er ihren Namen und ihre Stellung. Alles Weitere war dann wie im Märchen. Kratochwilla hatte sie ein paar Tage später, als sie Besorgungen machte, auf der Straße abgepasst. Er stieß die heißesten Liebesschwüre aus und versprach ihr das Blaue vom Himmel. Sie aber ließ ihn wie einen Fisch an der Angel zappeln. Bis er schließlich einen Streit mit seiner damaligen Sitzkassierin vom Zaun brach und sie Knall auf Fall hinauswarf. Umgehend hatte er diese Stelle der Steffi angeboten, die natürlich zugriff. Schließlich hatte sie das elende Dienstmädchendasein mehr als satt. Sie lebte sich sehr schnell in ihre neue Stellung ein und war auch sehr geschickt beim Rechnen und bei allem, was mit Geld zu tun hatte. Natürlich kam sie nun nicht darum herum, ihrem Gönner die von ihm begehrten persönlichen Dienste zu erweisen. Da Adolf Kratochwilla aber glücklich verheiratet war, geschah das immer sehr diskret und nicht allzu oft. Als Sitzkassierin hatte sie sehr schnell eine ganze Gemeinde von Verehrern um sich geschart, die teilweise nur wegen ihr ins Sperl kamen. Kratochwilla war in jeder Hinsicht sehr zufrieden, und da er sie wirklich mochte, bezahlte er sie auch anständig. So konnte sie sich ein geräumiges Untermietzimmer leisten. Das war damals ein befreiendes Gefühl, und als sie sich daran gewöhnt hatte, schwor sie sich, niemals mehr in beengten Verhältnissen zu wohnen. Voll Ärger und Abscheu erinnerte sie sich an ihren Hinauswurf aus dem Collredischen Palais sowie an die kurze Zeit, die sie in Kokoschkas ›Einzelhaftzelle‹ verbracht hatte. Danach die beiden folgenden Unterkünfte, in denen sie auch mehr dahinvegetiert als gelebt hatte. Tja, und jetzt war sie hier in der Fasangasse gelandet. In einem Sauhaufen, der aus allen Nähten platzte. Zum Glück hatte Schwarzer schon vor einigen Monaten ein neues, größeres Atelier am nahen

Arenbergring gefunden. Der Umzug würde nun endlich beginnen … Als sie in ihren Überlegungen innehielt, musste sie schmunzeln. Eigentlich konnte sie stolz darauf sein, in was für einer kurzen Zeit sie Johann Schwarzer unter ihre Fuchtel bekommen hatte. Wer hätte gedacht, dass er sogar ein Drehbuch von ihr verfilmen würde? Selbstverständlich hatte sie in diesem Film auch die Hauptrolle gespielt. Ein Film, der bereits von mehreren Kinematografen im Rahmen von ›Herrenabend-Films‹ gezeigt worden war. Sie spielte darin eine Prostituierte, die einen Freier hypnotisierte, mit ihm die derbsten Späße aufführte und ihm schlussendlich auch die Brieftasche stahl. Dieser Film, in dem sie über weite Strecken nichts weiter als ein vollkommen durchsichtiges Negligé anhatte, entwickelte sich binnen weniger Wochen zu einem Verkaufs- und Verleihschlager unter den pikanten Herrenabend-Films der Firma Saturn. Und genauso, wie sie in dem Film ihr männliches Opfer völlig in der Hand hatte, so hatte sie im wirklichen Leben den Johann Schwarzer im Griff. Ein Umstand, der sich zeitweise auch in saftigen Ohrfeigen manifestierte …

IV/4.

Er drückte das Kaisersemmerl mit beiden Händen zusammen, sodass es leise krachte und ein bisserl bröselte. Gleichzeitig rutschte die in der Semmel befindliche Wurst, eine hauchdünn geschnittene ungarische Salami, ihm entgegen. Und dann biss er zu. Mit Genuss kaute er an diesem österreichisch-ungarischen Gabelfrühstück, wobei er die pikante Würze und den fettigen, zart seifigen Geschmack der Salami besonders goutierte. Er entspannte sich und seine Gedanken schweiften ab. Unweigerlich kam ihm die Steffi Moravec in den Sinn. Er konnte es sich eigentlich nicht vorstellen, dass die früher noch so kindlich wirkende Sitzkassierin aus dem Café Sperl nun in pornografischen Filmen mitwirkte. Irgendwie mochte er es nicht glauben. Die Sache mit dem Vestenbrugg war etwas anderes. Die roch für Nechyba nach einem handfesten Beziehungsdrama mit tödlichem Ausgang. Aber dass die Moravec in solchen Filmen … nein, das mochte er sich einfach nicht vorstellen. Gestern Nachmittag hatte Goldblatt ihm diese Neuigkeit im Café Landtmann erzählt. Seitdem kiefelte* er an dieser Information wie ein alter zahnloser Hund an einem riesigen Knochen. Er schluckte den letzten Bissen der Salamisemmel hinunter, spülte mit einem kräftigen Schluck Bier nach und verschaffte

* nagte

sich mit einem röhrenden Rülpser Erleichterung. Das darauf folgende »Ahhhh« war für den vor der Tür wartenden Polizeiagenten Pospischil das Zeichen, dass das Gabelfrühstück beendet war. Er betrat das Inspectorenzimmer und begann, den Schreibtisch seines Vorgesetzten aufzuräumen. Joseph Maria Nechyba lehnte sich in seinem Bürosessel zurück und angelte sich aus der länglichen Schachtel eine Virginier. Gewohnheitsmäßig griff Pospischil in die Tasche seines Sakkos, holte eine Schachtel Schwefelhölzer heraus, entzündete eines und hielt es seinem Vorgesetzten entgegen. Dieser brachte mit einigen Flammenstößen die Spitze seiner Virginier zum Glühen und lehnte sich danach gedankenverloren rauchend zurück. Pospischil knüllte das Papier, in dem die Salamisemmel eingepackt gewesen war, zusammen und warf es in den Papierkorb. Mit der Kante seiner rechten Hand wischte er daraufhin alle Brösel auf dem Schreibtisch zu einem manierlichen Häufchen zusammen und kehrte es auf die Fläche seiner linken Hand. In die rechte nahm er das leere Bierglas und verließ das Zimmer. Kaum war er draußen, schleckte er, so wie er es seit Jahren zu tun pflegte, die zusammengekehrten Bröseln von der Handfläche. Er hatte sie kaum heruntergeschluckt, als wie aus dem Boden gewachsen ein Offizier der k.u.k. Deutschmeister vor ihm stand. Sich ertappt fühlend, salutierte Pospischil vor dem Offizier. Dieser quittierte den unangebrachten Gruß mit dem spöttischen Heben einer Augenbraue und folgender Bemerkung: »Na, na, mein Lieber. Als Mitglied des Polizeiagenteninstituts brauchen S' mich nicht militärisch zu grüßen. Sagen S' mir lieber, wo ich den Inspector Nechyba finde.«

»Herr Oberleutnant befinden sich direkt vor dessen Dienstzimmer.«

»Famos! Dann sind S' so gut und melden S' dem Herrn Inspector, dass der Oberleutnant Dunzenberger da ist, um eine vielleicht nicht ganz unwichtige Zeugenaussage zu machen.«

»Jawohl, Herr Oberleutnant.«

Pospischil klopfte an Nechybas Tür, aus dem Zimmer erklang ein unfreundliches Grunzen. Daher rief er durch die geschlossene Tür: »Ein Oberleutnant Dunzenberger wünscht Sie zu sprechen, Herr Inspector!«

Nach einigen Augenblicken der Stille erklang aus dem Zimmer: »Soll reinkommen!«

Nechyba war verblüfft, dass ausgerechnet jener, der dem Goldblatt diese unglaubliche Sache mit der Moravec erzählt hatte, jetzt persönlich bei ihm vorsprach. Er bot dem Oberleutnant einen Platz auf einem wackeligen Stuhl an und fragte ihn, was ihn hierher führe. Dunzenberger zog aus der Innenseite seiner Uniformjacke eine zusammengefaltete Zeitung hervor und legte sie auf den Schreibtisch. Vor Nechyba lag Goldblatts Artikel über die Wasserleiche mit dem gezeichneten Porträt des Toten. Er zog an seiner Virginier und stierte auf das Bild. Nach einiger Zeit sah er auf und brummte: »Und? Kennen S' am Ende gar den Toten?«

»Wäre ich sonst während der Dienstzeit hier bei Ihnen erschienen?«

Nechyba ärgerte diese Gegenfrage, aber seine Neugierde war so groß, dass er sich dazu zwang, einen höflicheren Ton anzuschlagen.»Das ist in der Tat ungewöhnlich, Herr Oberleutnant.«

»Schaun Sie, als wir im Regiment das Bild von der Wasserleiche in der Zeitung gesehen haben, haben wir uns, meine Kameraden und ich, ordentlich geschreckt. Das ist nämlich binnen eines halben Jahres schon die zweite Leich aus unseren Reihen, die die Donau runtergeschwommen ist. Deshalb hat man mich abkommandiert, Kontakt mit den ermittelnden Behörden aufzunehmen. Herr Inspector, ich stehe Ihnen hiermit für alle Fragen zur Verfügung.«

»Das heißt, dass die Wasserleiche genauso wie der Oberstleutnant Vestenbrugg ein Edelknabe ist?«

»Touché! In dem Fall muss man aber sagen: war. Weil die Wasserleiche ist ganz eindeutig der Hansi Popovic, der bis vor wenigen Monaten in der zweiten Kompanie des ersten Bataillons des k.u.k. Infanterieregiments N° 4 gedient hat.«

Nechyba nickte zufrieden. Er erinnerte sich, dass er Dunzenberger früher des Öfteren im Café Sperl gesehen hatte. Deshalb sprach er ihn auf die Moravec an. Dunzenberger erzählte ihm nun, so wie vor einigen Tagen dem Goldblatt, die Geschichte von Hans Popovics unerwiderter Liebe zur Steffi Moravec. Was Nechyba auffiel, war der Umstand, dass diese unselige Affäre am Tag von Vestenbruggs Verschwinden mit dem brieflichen Hilferuf der Moravec begonnen hatte. Diese zeitliche Koinzidenz war möglicherweise ein Indiz dafür, dass die Moravec gemeinsam mit dem Popovic den Oberstleutnant Vestenbrugg zerstückelt hatte. In weiterer Folge hatte sie sich nun des einzigen Mitwissers entledigt. Indem sie ihn entweder selber aufgeknüpft oder ihn zumindest in den Selbstmord getrieben hatte. So betrachtet, zog sich die Schlinge um die Moravec immer enger zusammen. Was Nechyba aber in seinen Überlegungen noch abging, war ein schlüssiges Motiv. Schließlich hatte sich die Moravec ja vom Vestenbrugg aushalten lassen, so wie sie es danach mit dem mittlerweile ebenfalls verstorbenen Grafen Collredi tat. All das geisterte durch seine Ganglien, und allmählich formte sich dort ein neues Bild von der kleinen Steffi Moravec: das eines eiskalten Weibes, das nur auf seinen finanziellen Vorteil aus war. Und so einer traute er nun auch das Mitwirken in erotischen Filmen zu. Dunzenberger auf diese Sauereien anzusprechen, bereitete dem biederen Nechyba erhebliche Schwierigkeiten. Schwitzend redete er um den heißen Brei herum.

»Herr Oberleutnant, wie Sie vielleicht aus dem Café Sperl wissen, bin ich mit dem Redakteur Goldblatt seit Jahren befreundet. Das hat private, aber auch berufliche Gründe. Und so wie wir uns früher öfters im Sperl getroffen haben, treffen wir uns jetzt im Landtmann. Dort hat mir gestern Nachmittag der Redakteur Goldblatt vom Mitwirken der Moravec in einem … einem dieser Films … in einem Film halt … erzählt.«

Dunzenberger verkniff sich ein Grinsen. Im Gegenteil. Die Unbeholfenheit des großen Mannes, der wie ein Kleinkind herumstotterte, rührte ihn. Deshalb kam er dem Inspector zur Hilfe. »Sie meinen wahrscheinlich den Film, den ich unlängst mit meinen Kameraden gesehen habe. In ihm hat die Moravec fast nackert mitgespielt.«

Beim Wort ›nackert‹ bekam Nechyba rote Ohren. Als Dunzenberger das sah, musste er nun doch grinsen. »Schaun Sie, die Moravec ist meiner Meinung nach ein loses Mensch*. Die ist in ihrer persönlichen Entwicklung nahtlos vom Kind zur Hur' geworden. Und dass die jetzt in pikanten Herrenabend-Films mitwirkt, überrascht mich eigentlich gar net. Viel überraschender hab ich's empfunden, dass sich so eine einen Markgrafen wie den Collredi aufgabeln konnte.«

»Haben Sie vielleicht den Titel des Films beziehungsweise die Firma, die dieses Machwerk produzierte, in Erinnerung?«

»Bedaure. Leider war unsere Runde schon ein bisserl beschwipst, als wir uns dieses Machwerk, wie Sie

* leichtfertiges Mädchen

es nennen, ang'schaut haben. Ich weiß nur eines: In dem Film ist es um Hypnose gegangen.«

Das ist aber dürftig, dachte sich Nechyba. Seufzend stand er auf und bat den Oberleutnant, ihn in die Pathologie zu begleiten, um dort die Leiche des Popovic zu identifizieren. Auf dem Weg dorthin gab Dunzenberger ihm einen weiteren interessanten Hinweis. Er solle in den Tageszeitungen unter der Rubrik ›Unterhaltung‹ die Programme der Kinematografen durchforsten. Diese hätten immer wieder Aufführungen von sogenannten ›Pariser-Abend-Films‹ beziehungsweise von ›Herrenabend-Films‹ im Programm. Ergo müssten die Betreiber der Kinematografen Auskünfte über die Herstellerfirmen solcher Filme geben können. Das war eine ausgezeichnete Idee, dachte sich Nechyba. Und dann kam er zu einer Schlussfolgerung, zu der auch Goldblatt unlängst gekommen war. Der Dunzenberger scheint ja tatsächlich unter seinem Militärtschako* so etwas wie einen Verstand zu haben.

* Militärkappe

V/4.

»Lauter Graffelwerk und Glumpert*«, schimpfte Anastasius Schöberl, als er Stöße von schweren Glasdiapositiven, Stapel von Filmrollen, Foto- und Filmkameras, unzählige Schachteln mit Fotonegativen, die Dunkelkammerausrüstung und die Chemikalien zum Entwickeln der Filme sowie Ordner voll mit Rechnungen und geschäftlicher Korrespondenz, Drehbücher, Lieferanten- und Darstellerkarteien und noch allerlei anderes Zeug, das sich im Laufe der Jahre in Johann Schwarzers Büro angesammelt hatte, in Holzkisten verpackte. Dabei wurde er immer wieder von Hustenanfällen heimgesucht, denn auf den meisten Sachen lag eine ziemlich dicke Staubschicht. Als notorischer Junggeselle hatte Schwarzer keinen Sinn für Tätigkeiten wie Staub wischen oder gar einmal ordentlich alles putzen. Um der Wahrheit die Ehre zu geben, muss festgestellt werden, dass Johann Schwarzers Büro ein ziemlicher Saustall war. Schöberl, den dieser Saustall anfangs sehr fasziniert hatte, weil er sich hier in aller Ruhe Hunderte Aufnahmen von unbekleideten Mädchen und Frauen ansehen durfte, war ziemlich sauer, dass er jetzt alles aufräumen und zusammenpacken musste. Der Grund war die Übersiedelung in ein viel größeres Atelier, das ganz in der Nähe am Arenbergring 15 lag. Auf An-

* Zwei Wiener Ausdrücke für (wertloses) Zeug.

ordnung der ›gnädigen Frau‹, so nannte er die Moravec, hatten er und Popovic dort meterlange Regale gezimmert, in denen nun all das Archivmaterial sowie die geschäftlichen Unterlagen der Saturn-Film untergebracht werden sollten. Schöberl ließ sich auf einer Kiste nieder. Der arme Popovic! Ein wirklich lieber und einfühlsamer Mensch war das gewesen. Einer, den die ›gnädige Frau‹ vollkommen kaputtgemacht hat. Zuerst, als sie ihn zur Beseitigung der Leiche dieses Oberstleutnants gebraucht hatte, hatte sie ihn in ihr Bett gelockt und ihm den Kopf verdreht. Sobald die Leiche entfernt war, hatte sie ihn eiskalt fallen lassen und sich als Liebhaber einen Markgrafen angelacht. Und wie der Popovic seinen Seelenkummer fast überwunden hatte, war sie plötzlich hier in der Saturn-Film aufgetaucht. Sie hatte ihm neuerlich Hoffnung gemacht und sich sogar mit ihm verlobt. Gleichzeitig aber fing sie mit dem Schwarzer ein Pantscherl* an. Und als der Schwarzer ihr total hörig war, ließ sie den Popovic einfach wieder fallen. Von diesem Zeitpunkt an war er für die zur ›gnädigen Frau‹ aufgestiegene Moravec wieder Luft. Wenn sie ihm im Atelier begegnet war – und das kam mehrmals täglich vor – sah sie einfach durch ihn durch. Das hat der Popovic schließlich nicht mehr ausgehalten. Da hat ihm auch der Doktor Freud nicht mehr helfen können. Denn jeder Mensch hat sein ganz persönliches Quantum an Leidensfähigkeit. Bei dem

* Verhältnis

einen ist es größer, bei dem anderen weniger groß. Und wenn man in seinem Leben besonders viel Pech hat, ist dieses Quantum irgendwann einmal aufgebraucht. Und dann ist's aus …

»Ich soll net blöd vor mich hin philosophieren, sondern lieber schauen, dass ich was weiterbring«, schalt sich Schöberl, stand auf und schlichtete die nächste Kiste mit dem Film-Glumpert voll. Schließlich wünschte die ›gnädige Frau‹, so rasch wie möglich auf den Arenbergring umzuziehen. Und mit ihr durfte er es sich auf keinen Fall verscherzen. Schließlich waren die Jahre als Obdachloser bitter genug gewesen. Nein, seinen Arbeitsplatz bei der Saturn-Film wollte er unbedingt behalten. Deshalb hatte er ja auch der ›gnädigen Frau‹ geholfen … aber halt! Daran zu denken, hatte er sich verboten. Denn wenn er daran dachte, freute ihn das ganze Leben nicht mehr. Also verschloss er die Kiste mit einem Holzdeckel und nagelte diesen rundum zu. Dann schnappte er die Kiste links und rechts – der Schöberl war noch immer ein kräftiges Mannsbild – und trug sie schnaufend und schwitzend zur Eingangstür des Ateliers. Gerade als er die Kiste abstellen und die Tür öffnen wollte, wurde sie von außen geöffnet und Schwarzer trat ein. Er machte einen behänden Schritt zur Seite und rief: »Vorsicht, Schöberl! Ich bitt' dich, sei vorsichtig! Die Glasdiapositive sind sehr zerbrechlich und auch die Kameras sind heikel.«

»Ich weiß, gnädiger Herr. Ich pass eh auf«, schnaufte

Schöberl und verschwand mit der Kiste im Stiegenhaus. Von oben hörte er Schwarzer rufen: »Wennst alle Kisten unten hast, ruf ein Pferdefuhrwerk, das uns das ganze Glumpert zum Arenbergring fährt! Und ... Schöberl ... da kannst auch gleich Mittagspause machen. Geh ins Beisl um's Eck, iss was G'scheites und lass das auf meine Kosten anschreiben. Damit du mir am Nachmittag nicht zusammenbrichst, beim Kistenschleppen.«

Nach dem Mittagessen schaffte Schöberl die letzten Kisten aus dem Atelier hinunter in den Hauseingang, wo man vor lauter Umzugsgepäck kaum mehr durchgehen konnte. Beim Mittagessen im Beisl hatte Schöberl einen Dienstmann getroffen, den er beauftragt hatte, ein Pferdefuhrwerk herbeizuschaffen. Kurz nach zwei Uhr nachmittags erschien der Dienstmann mit dem Pferdefuhrwerk. Zu dritt – er, Schöberl, der Dienstmann und der Kutscher – hoben sie die Kisten auf das Fuhrwerk. Eine Arbeit, bei der plötzlich die Moravec aufkreuzte und den drei hart arbeitenden und schwitzenden Männern eine Reihe von Anweisungen gab. Zähneknirschend befolgten sie diese. Als alles aufgeladen war, dachte Schöberl mit Schaudern daran, dass er das ganze Graffelwerk alleine in das Dachatelier am Arenbergring würde hinauftragen müssen. Und da die ›gnädige Frau‹ ihm ja noch so einiges rund um das Verschwinden des Hansi Popovic schuldete, baute er sich vor ihr auf. Mit fester Stimme sagte er: »Gehen S', gnädige Frau, für das Hinaufschleppen in das Atelier am Arenbergring wär die Hilfe von dem Dienstmann schon angebracht. Das geht viel schneller und kostet net viel.«

Die Moravec zögerte kurz. Ihr erster Impuls war, dem Schöberl eine Gosch'n anzuhängen*. Sie besann sich aber eines Besseren. Denn der Schöberl hatte ihr unlängst sehr geholfen. Und er hielt auch sein Versprechen, über diesen Vorfall zu schweigen. Und da sie es sich wegen ein paar Heller mit dem Schöberl nicht verscherzen wollte, lächelte sie maliziös und sprach: »Ich hab immer geglaubt, Sie sind ein Kraftlackel, Schöberl. Aber richtig kräftige Männer gibt's heute anscheinend nimmer. Wenn ich ein Mannsbild wär, würd' ich Ihnen beim Rauftragen höchstpersönlich helfen.«

»Na und der gnädige Herr? Vielleicht könnt der mir helfen?«

»Reden S' keinen Blödsinn, Schöberl. Ich hab von richtig kräftigen Männern geredet. Also sagen S' dem Dienstmann, dass er mitkommen soll. Aber dass bis heute Abend alles oben ist im Atelier! Haben Sie mich verstanden?«

»Selbstverständlich, gnädige Frau! Danke schön, gnädige Frau!«

»Gemmas an!«, wies er den Dienstmann an und klopfte ihm auf die Schulter. Sie stiegen zum Kutscher auf den Kutschbock, der schnalzte mit der Peitsche, rief

* eine Grobheit sagen

»Hühott!« und ächzend setzte sich das schwer beladene Gefährt in Bewegung.

Dank der Hilfe des Dienstmannes ging das Hinauftragen der Kisten zügig voran. Um fünf Uhr nachmittags hatten die Männer alles im neuen Atelier. Nun holten sie sich von einem nahe gelegenen Wirt einen Krug Bier. Gemütlich auf den Kisten sitzend, tranken sie und ruhten sich aus. Als plötzlich die Moravec hereinkam, sprang Schöberl wie ein beim Schummeln ertappter Schüler auf. Verlegen hielt er den Bierkrug in der Hand. Die Moravec grinste nur und bezahlte den Dienstmann. Schöberl trank schnell den Rest des Bieres aus und gab den Krug dem Dienstmann, damit der ihn dem Wirt zurückbringe. Auf Anordnung der Moravec öffnete er alle Kisten. Gemeinsam sichteten sie deren Inhalt und sie teilte ihm mit, wo sie was in den großen, stabilen Regalen stehen haben wollte. Schöberl, dem das Kreuz schon vom Schleppen wehtat, folgte zähneknirschend ihren Anweisungen. Im Stillen verwünschte er die ganze Schinderei, die sich aufgrund des Umzugs ergab. Das hohe Arbeitstempo, das die Moravec ihm abverlangte, musste er zum Glück nicht allzu lange durchhalten. Denn vom raschen Stiegensteigen noch ganz außer Atem, stürmte Schwarzer ins Atelier. Er schwenkte eine Zeitung und rief: »Steffi! Steffi! Stell dir vor, was in der Zeitung steht …«

»Es wird schon nix Weltbewegendes sein.«

»Da! Da schau her! Da ist ein Bild vom Popovic drin. Beziehungsweise vom Popovic seiner Leiche.«

Schöberl beobachtete aus den Augenwinkeln, wie die Moravec keine Miene verzog und kalt wie eine Hundeschnauze blieb. Sie trat auf Schwarzer zu und legte beruhigend die Hand auf seinen Oberarm. »Dem Popovic seine Leiche? Das ist sicher eine Verwechslung.«

»Ich bitt dich, Steffi, das ist keine Verwechslung. Da schau dir doch das Bild an! Es ist zwar keine Fotografie, aber eine sehr exakte Zeichnung. Und im Artikel steht, dass das Bild den unbekannten Mann zeigt, den sie als Wasserleiche vor einigen Tagen aus dem Donaukanal gefischt haben. Außerdem steht noch da, dass der Unglückliche nicht ertrunken, sondern durch den Strick gestorben ist. Es war entweder Selbstmord oder sogar ein Mord. Der arme Popovic!«

Schöberl sah, wie die Moravec dem Schwarzer die Zeitung aus der Hand nahm, den Artikel überflog und mit belegter Stimme murmelte: »Der arme Kerl. So ein Ende hat er sich nicht verdient. Und ich hab ihn verdächtigt, dass er wieder einmal eine seiner Saufphasen hat und sich deshalb nicht in der Firma blicken lässt. In Wahrheit ist er jetzt schon fast eine Woche tot … so lange ist's doch her, dass wir ihn nicht mehr gesehen haben?«

Schwarzer dachte kurz nach und präzisierte den Zeitpunkt. »Am Freitag letzte Woche hab ich ihn hier am Arenbergring das letzte Mal gesehen. Da hat er mit dem Schöberl die Regale zusammengezimmert. Gell, Schöberl, letzte Woche am Freitag war das?«

Schöberl, der aufgehört hatte zu arbeiten, war zu den beiden hinzugetreten und lugte der Moravec über die Schulter. In der Zeitung sah er das gezeichnete Bild der Wasserleiche, die unverkennbar die einstmals lustigen und pfiffigen Gesichtszüge des Hansi Popovic trug.

»Freilich, gnädiger Herr. Am Freitag, letzte Woche.«

Die Moravec fing zu zittern an, tat so, als ob ihr schwindlig werden würde und lehnte sich an Schwarzer. Dann stammelte sie leise: »Ich fass es nicht … der arme, arme Hansi … Und ich hab ihn in Verdacht gehabt, dass er schon wieder saufen tut … dabei ist er tot … ich genier mich so …«

Schwarzer nahm Steffi zärtlich in die Arme, führte sie zu den Regalen und setzte sie dort auf eines der Ablagebretter. Er selbst setzte sich ebenfalls und sprach leise Worte des Trosts. Schöberl nahm langsam die unterbrochene Arbeit wieder auf. Dabei schielte er des Öfteren hinüber zur Moravec. Und als Schwarzer sagte: »Hoffentlich hält uns das Regal aus, wenn wir draufsitzen«, verschluckte sich Schöberl und musste fürchterlich husten und nach Luft ringen. Denn das Regal hatte schon viel mehr ausgehalten. Wie zum Beispiel den daran aufgehängt baumelnden Hans Popovic.

VI/4.

Aus den Augenwinkeln beobachtete Goldblatt den dicken Nechyba, wie er neben ihm auf dem unbequemen Holzsessel saß und hin und her rutschte. Wenn Unbehagen und Scham eine Personalunion miteinander eingingen, würde diese Kunstfigur dem Nechyba wie ein Ei dem anderen gleichen. Schmunzeln musste Goldblatt, als er sich an all das erinnerte, was ihrer Anwesenheit in dem Kinematografen vorangegangen war. Es hatte mit einem Anruf Nechybas in seiner Redaktion begonnen. Telefonisch, und nicht unter vier Augen im Kaffeehaus, hatte Nechyba ihn gebeten, zu recherchieren, wo denn in Wien ein pikanter Herrenabend-Film gezeigt werde, der das Thema Hypnose zum Inhalt habe. Zuerst hatte er sich nur gewundert. Aber als er ein bisschen nachgefragt hatte und Nechyba am anderen Ende der Telefonleitung nur herumstammelte, war ihm klar geworden, dass diesem das alles fürchterlich peinlich war. Trotzdem hatte Goldblatt ihn Folgendes gefragt: »Warum beauftragen Sie nicht einen Ihrer Leute?«

Darauf Nechyba bissig: »Weil die Wichtigeres zu tun haben. Also helfen S' mir in dieser Angelegenheit oder nicht?«

Natürlich hatte Goldblatt ihm geholfen. Schließlich war das alles keine große Affäre. Die Adressen der

Kinematografen hatte er sich aus den Anzeigenteilen der Zeitungen zusammengesucht. Da es sich bei diesen Betrieben meist um Wanderkinos handelte, die heute da und morgen dort ihre Zelte aufschlugen, schickte er gleich am nächsten Morgen einen Jungredakteur los. Dieser hatte die Kinematografen-Betreiber nach einem Herrenabend-Film mit dem Thema Hypnose zu befragen. Und sieh da, der Jungspund war schnell fündig geworden: Im Prater machte gerade ein Wander-Kinematograf Station, der laut Auskunft seines Besitzers einen ganz neuen Herrenabend-Film mit dem Titel ›Die Macht der Hypnose‹ zeigte. All das hatte er Nechyba noch am selben Tag berichtet, als sie einander im Landtmann trafen.

»Also dann!«, hatte er zu Nechyba gesagt, »gemma morgen ins Kinematografentheater und schau ma uns pikante Herrenabend-Films an.«

Nechyba war bis über beide Ohren rot geworden und einer der Kellner, der zufällig mitgehört hatte, machte folgende Bemerkung: »Pikante Herrenabend-Films schauen Sie sich an? Na, da müssen mir der Herr Redakteur und der Herr Inspector aber nachher ganz genau erzählen, wie pikant die waren …«

Goldblatt hatte das Gefühl gehabt, dass Nechyba vor Scham am liebsten im Boden versunken wäre. Er war von Nechyba dermaßen grimmig angestiert worden, dass er Angst bekam, dieser würde ihm den Schädel einschlagen. Betont ruhig hatte er seinen Kaffee geschlürft und beiläufig bemerkt: »Sie brauchen sich doch nicht zu genieren, Nechyba. Wir sind erwachsene Männer. Und für genau die werden solche Films gedreht. Außerdem gehen wir ja nicht aus reiner Lust an der Freud dorthin, sondern streng beruflich. Weil wir uns erstens überzeugen müssen, dass das wirklich die Moravec ist, die da mitspielt. Und zweitens, falls sie es tatsächlich ist, dass wir schleunigst die Produktionsfirma finden, die sie auf Zelluloid gebannt hat. Das wäre nämlich seit Wochen die erste wirklich heiße Spur.«

Nechyba hatte ihn weiter böse angefunkelt und schließlich geknurrt: »Das ist alles vollkommen korrekt, Herr Goldblatt. Aber deswegen müssen Sie das nicht allen Leuten hier im Landtmann auf die Nase binden.« Und vor lauter Zorn hatte Nechyba mit der Faust auf die Marmorplatte des Kaffeehaustischs gedroschen. Es hatte gewaltig gescheppert, der Kaffee in den Schalen und das Wasser in den Gläsern war übergeschwappt, sodass es eine Riesenschweinerei gab.

»Reißen S' Ihnen ein bisserl zusammen, Nechyba. Jetzt schaun wirklich alle Leute. Sogar der Komponist Goldmark, der gerade sein Nachmittagsschlaferl gehalten hat, ist durch den Krach aufgewacht.«

Daran musste Goldblatt denken, als er neben dem schweigsamen Nechyba in dem bis auf den letzten Platz ausverkauften Zelt saß und auf den Beginn der Vorführung wartete. Endlich erklomm ein Pianist das

Podium, verbeugte sich und begann zu spielen. Es gab schwachen Applaus. Die Lichter im Zelt verloschen und auf der über dem Podium befindlichen Leinwand begann es zu flimmern. Ein sternförmiges Markenzeichen mit dem Firmenwortlaut Saturn erschien und sodann der Titel des ersten Films: ›Beim Fotografen‹. Danach folgten ›Baden verboten‹, ›Das eitle Stubenmädchen‹ und ›Das Sandbad‹. Goldblatt war durchaus angetan von den pikanten, frivolen Handlungen dieser Filme, konnte sie aber nicht so richtig genießen. Er spürte, wie bei Nechyba von Minute zu Minute das Unbehagen wuchs. Und so verwunderte es ihn nicht, als Nechyba während des nächsten Films sich zu ihm neigte und ziemlich laut sagte: »Mir reicht's! Ich hab gute Lust, die Vorführung dieser Sauereien auf der Stelle abzubrechen und den Kinematografenbesitzer samt seinem Personal zu verhaften.«

Hinter und neben Nechyba machten einige Herren »Psst!« und einer zischte »Kusch!« Goldblatt packte Nechyba am Arm und hielt ihn fest.

»Ich bitt' Sie, bewahren S' die Contenance! Wir wollen doch ›Die Macht der Hypnose‹ sehen. Wir müssen wissen, ob die Moravec da wirklich mitspielt ...«

Das brachte Nechyba vorübergehend zur Räson, aber nicht zur Ruhe. Er rutschte unruhig auf seinem Sitz hin und her. Außerdem schnaufte er wie ein Walross. Als schließlich nach dem Film ›Lebender Marmor‹ der Titelvorspann ›Die Macht der Hypnose‹ erschien, war Nechyba plötzlich wie versteinert. So verharrte er die ganzen sieben Minuten, die dieser Film dauerte. Danach stand er abrupt auf und rempelte sich an den neben ihm sitzenden sieben oder acht Herren zum Ausgang durch. Verdattert folgte ihm Goldblatt. Draußen im herbstlichen Nieselregen machte sich Nechyba brüllend Luft. »So eine Riesensauerei hab ich mein Lebtag noch nicht gesehen! Diese Verbrecher, die das produziert haben, werde ich ausfindig machen und vor Gericht bringen. Solche Saurüssel! Und wenn nur einer … auch nur einer dieser Spitzbuben … sich der Verhaftung widersetzt, dann gnade ihm Gott!«

VII/4.

ZISCHEND ERGOSS SICH SUPPE über die kurz angebratenen Kalbsvögerln*. Ein wunderbarer Duft stieg auf, den Aurelia Nechyba wohlwollend zur Kenntnis nahm. Sie gab noch eine Prise Salz dazu und legte anschließend einen Deckel auf die Kasserolle. Und während die Kalbsvögerln bei nicht allzu großer Hitze vor sich hindünsteten, brütete Joseph Maria Nechyba in der Tramway düster vor sich hin. Am Karlsplatz stieg er aus und ging quer durch das verlassene, düstere Areal des Naschmarktes in Richtung Theater an der Wien, von wo er nur mehr wenige Schritte nach Hause hatte. Mit jedem Schritt, der ihn näher zu seiner Wohnung brachte, schien das Loch in seinem Magen – er hatte nichts zu Abend gegessen – größer zu werden. Voll Missmut malte er sich aus, wie er nun irgendein kaltes Nachtmahl in sich hineinstopfen würde. Seine Frau wusste, dass er abends dienstlich im Prater unterwegs war, deshalb würde sie auch nichts kochen. Außerdem stand sie sowieso den ganzen Tag über in der Küche der Familie Schmerda, um den Herrn Hofrat, seine Gattin und die drei mittlerweile erwachsenen Kinder zu bekochen. Als Joseph Maria Nechyba vor seiner Wohnungstür angekommen war und den Schlüssel ins Schloss steckte, stutzte er. Aus der Wohnung roch es

* ausgelöste, vordere Kalbsstelze (aus der Wade des Kalbs)

nach gebratenem Kalbfleisch. Er hielt kurz inne, atmete den köstlichen Geruch ganz tief ein, und eine warme Welle von Glück überflutete sein Gemüt. Und so wie der Föhn an manchen Tagen die grauen Nebel über Wien fortblies, so verflog nun sein Ärger. Er sperrte auf, trat in die Küche und fand seine Frau lesend am Küchentisch sitzen. Wortlos schritt er auf sie zu und umarmte sie stürmisch. Sie schrie auf. »Au! Du bist ein Grobian, Nechyba!«

Er ließ sie seufzend los, hängte die Melone an den Haken, zog sich Überzieher, Sakko und Schuhe aus, räumte alles gewissenhaft weg und schlüpfte hernach in seine Patschen*. Schnuppernd trat er nun an den Herd, nahm den Deckel von der Kasserolle und sah die Kalbsvögerln leise vor sich hinschmoren. Aurelia Nechyba schubste ihn zur Seite und befahl ihm, sich an den Tisch zu setzen und einen Augenblick Geduld zu haben. Sie nahm aus dem Rohr zwei vorgewärmte Teller, auf die sie jeweils ein Gupferl Reis sowie ein Kalbsvögerl anrichtete. Zum Abschluss goss sie auf jeden Teller noch einen Schöpfer Saft. Das liebevoll angerichtete Mahl wurde von Nechyba im wahrsten Sinne des Wortes verschlungen. Wobei er während des Essens über die Tatsache sinnierte, dass die ausgelösten unteren Kalbsstelzen wirklich wie gebratene Vögel aussahen. Das zart durchzogene Fleisch war butterweich. Delikat war auch der Saft, dem seine Frau ein Sauer-

* Hausschuhe

rahm-Mehl-Gemisch sowie etwas Zitronenschale und einen Schuss Zitronensaft hinzugefügt hatte. Dadurch bekam der Saft eine pikante Note. All das hatte er von seiner geliebten Aurelia gelernt, die er im Sommer des Jahres 1903 infolge einer Verwechslung ihres gemeinsamen Lieblingsfleischhauers oder vielmehr aufgrund der Schusseligkeit von dessen Lehrbuben kennengelernt hatte*. Damals in seiner Junggesellenzeit war er ein kochender Autodidakt gewesen, der mit großer Leidenschaft, aber auch mit sehr unterschiedlichem Erfolg gekocht hatte. Mit Schaudern erinnerte er sich an diese Zeit, als ihm Rahmsaucen beim Kochen ausflockten, Fleischstücke manchmal zäh und trocken gerieten, Knödel sich im Knödelwasser zu einem zähen Brei auflösten und Einbrenn-Saucen von dicken, hässlichen Klümpchen verunstaltet waren. Über all diese Kochfehler konnte er heute nur mehr lächeln. Denn seitdem er verheiratet war, hatte ihm seine Frau das kleine Einmaleins der guten Küche beigebracht. Mittlerweile war er stolz darauf, dass sie ihm so weit vertraute, dass er alleine für gemeinsame Mahlzeiten kochen durfte. Und als die beiden Eheleute nach dem Abendessen ein Gläschen Weißwein miteinander tranken, erinnerte er sich voll Stolz an die gefüllten Gänsekrägen, die er erst unlängst zubereitet hatte. Die waren ihm so gut gelungen, dass seine Aurelia nach dem Essen ein »Na, das war ja in Ordnung« fallen gelassen hatte. Und während

---

* Siehe: Die Naschmarkt-Morde

sie Wein tranken, erzählte Aurelia ihrem Gatten den neuesten Tratsch aus der Familie Schmerda.

»Stell dir vor, der Alphonse, der auf Wunsch seines Vaters Jus studiert, möchte das Studium abbrechen und Schauspieler werden. Na, das hat heute eine Szene gegeben ...und als der Bub dem gnädigen Herren widersprochen hat, hat der ihm zwei fürchterliche Ohrfeigen gegeben. Das hat so gescheppert, dass ich es bis in die Küche gehört hab. Die gnädige Frau und Alphonses Schwestern sind daraufhin weinend auf ihre Zimmer gegangen, während der Bub aus der Wohnung gestürmt ist und die Tür hinter sich zugeschlagen hat.«

»Ja, der Alphonse Schmerda. Der hat von mir auch einmal Watschen bekommen. Wenn ich so hör, wie's dem daheim geht, tut mir das direkt leid. Der Bub hat einen guten Kern.«

»Irgendwann werd ich den Mund nicht halten können und dem gnädigen Herrn meine Meinung sagen. Der Alphonse ist jetzt schon zwanzig. Das gehört sich nicht, dass der Vater ihn immer noch schlägt.«

»Zur Bühne hat es ihn übrigens immer schon hingezogen. Ich erinnere mich, dass der Alphonse damals wie narrisch für die etwas überwuzelte* Soubrette Henriette Hugó geschwärmt hat. Was aus der wohl geworden ist?«

»Das kann ich dir genau sagen! Das hat mir unlängst die Landerl erzählt. Stell dir vor, die hat es tatsäch-

* nicht mehr ganz taufrisch, in die Jahre gekommen

lich geschafft, dass ihr langjähriger Galan, der Wenzel Beinstein, sie letztes Jahr geheiratet hat. Kurz nach der Hochzeit hat er einen Schlaganfall erlitten, sodass er kaum mehr gehen kann. Die beiden sind nach Meran übersiedelt, wo sie mit verschiedenen Kuranwendungen versuchen, seine Leiden zu lindern. Außerdem ist dort das Klima milder. Ja, ja, Meran. Dort würd ich auch gerne einmal hinfahren.«

»Weißt was, Aurelia? In zehn Jahren, wenn ich in Pension geh, dann fahr ma dort hin.«

Sie lachte und gab dem dicken Nechyba, diesem Kindskopf, ein Busserl. Nachdem beide gemeinsam das Geschirr abgewaschen hatten, fielen sie todmüde ins Bett. Nechyba schlief sofort laut schnarchend ein. In seinen Träumen aber brach das ins Unterbewusstsein verdrängte Geschehen des heutigen Tages durch. Er sah sich plötzlich splitternackt in einem Teich baden. War ihm das schon peinlich, so wurde die Peinlichkeit kurze Zeit später dadurch erhöht, dass ein nacktes weibliches Wesen im Schilfgürtel des Teiches auftauchte und ebenfalls baden ging. Der Inspector – bis zur Nasenspitze im Wasser – traute sich kaum zu atmen, da er in seinem pudelnackten Zustand nicht von dem wildfremden Mädchen entdeckt werden wollte. Die Fremde aber planschte und kicherte so laut, dass schließlich weitere Menschen am Ufer des Teiches erschienen. Diese empörten sich über das unschickliche Betragen der Wassernixe, die nun immer deutlicher die Züge der Steffi Moravec annahm. Ihre gewaltigen Brüste hüpften wie aufgeblasene Bälle über die Wasseroberfläche. Die Zuschauer holten schließlich einen Sicherheitswachebeamten, der sich die Hosenbeine aufkrempelte, ins Wasser stieg und versuchte, das freche dralle Mädel festzunehmen. Dabei entdeckte er den nackten Nechyba. Der wusste sich nicht anders zu helfen, als an das gegenüberliegende Ufer zu schwimmen und dort pudelnackig das Weite zu suchen. Verfolgt von den grölenden Zuschauern sowie von dem Sicherheitswachebeamten, der sehr schnell lief und immer näher und näher kam …

Schweißgebadet wachte Nechyba auf. Anschließend wälzte er sich ziemlich lange schlaflos hin und her. Die Tatsache, dass ihn sein Unterbewusstsein zum Hauptdarsteller eines Abenteuers gemacht hatte, das wie ein pikanter Herrenabend-Film ablief, genierte ihn sehr.

VIII/4.

Das milde Licht der Morgendämmerung weckte ihn. Vorsichtig, um nicht an einen schlafenden Leidensgenossen oder an irgendwelche Steine anzustoßen, drehte er sich zur Seite. Doch nichts und niemand leistete ihm Widerstand. Im Gegenteil: Rundum war herrlich viel Platz, sodass er sich auf den Rücken legen und genussvoll strecken konnte. Dieses Strecken vertrieb die bösen Erinnerungen an die Schlafstätten in den Kanälen von Wien. Schöberl schlug die Augen auf und registrierte mit großer Zufriedenheit, dass er in einem richtigen Bett lag. Ja, ja, der gnädige Herr ließ sich nicht lumpen. Mit dem Umzug in das neue Atelier hatte Johann Schwarzer den Schöberl als Hausknecht angestellt und auch behördlich angemeldet. Dadurch bekam Schöberl ein Dienstbotenbuch und verfügte damit wieder über ordentliche Papiere. Er war in die Gesellschaft der normalen Menschen zurückgekehrt. Hausknecht, das war etwas Anständiges und Handfestes – nicht so eine dubiose Tätigkeit wie Filmassistent, unter der sich kein Mensch etwas vorstellen konnte und die es als Berufsbild gar nicht gab. Als Hausknecht hatte Schöberl von Schwarzer eine kleine Kemenate im hintersten Winkel des Ateliers zugewiesen bekommen. Damit hatte er sogar ein eigenes Zimmer – in der Fasangasse hatte er auf einem alten Diwan in Schwarzers Büro übernachtet. Und da Schöberl nicht mehr besaß als das, was er am Leib trug, hatte Schwarzer ihm bei einem Trödler ein Bett samt Matratze, eine Waschschüssel sowie einen Wasserkrug gekauft. Über diese Ausstattung seiner Kemenate war Schöberl besonders glücklich. Und im Gegensatz zu Nechyba, der im Gewerberegister herausgefunden hatte, dass die Saturn-Film einem charakter- und ehrlosen Fotografen namens Johann Schwarzer gehörte, hielt Schöberl große Stücke auf den gnädigen Herrn. Denn Schwarzer war ein Mensch, der nach dem Motto ›Leben und leben lassen‹ seine Firma führte. Ein umgänglicher, freundlicher Mann mit einer künstlerischen Ader und einem ausgeprägten Sinn für gute Geschäfte. Eine ganz andere Meinung hatte Schöberl von der Moravec. Sie hielt er für ein geldgieriges, durchtriebenes Luder, das keinerlei Skrupel hatte, immer und überall den größtmöglichen Vorteil für sich selbst herauszuholen. Sie war es, die Schöberl ursprünglich nur einen Strohsack für seine Kemenate zugedacht hatte. Als Schwarzer das gesehen hatte, sagte er zur Moravec keinen Ton, sondern wies den Schöberl an, ihn zu begleiten. Sie gingen zu einem Trödler, wo Schwarzer dem Schöberl eine kleine Ausstattung kaufte. Als die Moravec sah, wie Schöberl die Sachen in sein Kammerl schaffte, machte sie dem gnädigen Herrn eine Szene. Dieser blieb erstaunlich gelassen und erwiderte nur: »In meinem

Haus schläft der Hausknecht nicht auf einem Strohsack, sondern in einem ordentlichen Bett. Punkt.«

Das hatte den an der Tür lauschenden Schöberl beeindruckt. Umso mehr, da Schwarzer sonst immer dem Willen der Moravec nachgab. Um seinem Dienstgeber keine Schwierigkeiten zu machen, war er nicht zur Polizei gegangen, um den Popovic zu identifizieren. Und er war auch nicht zu Nechyba gegangen, um ihm zu sagen, wo die Moravec jetzt steckte. Er wollte Schwarzer einfach nichts Böses tun. Und da er wusste, dass Schwarzer sehr an der Moravec hing, zog er es vor, lieber mit einem schlechten Gewissen dem Nechyba gegenüber zu leben. Nach einer Viertelstunde Tagträumerei kroch Schöberl aus dem Bett, griff nach dem Wasserkrug und trank mit gierigen, langen Schlucken. Dann kratzte er sich am Kopf, der leider etwas brummte, da er gestern beim Branntweiner ein bisschen zu viel erwischt hatte. Dieser Umstand trieb ihn nun auch schnurstracks auf das Wasserklosett, dessen Reinlichkeit und Komfort er sehr genoss. Das war schon etwas anderes als früher! Als er seine Notdurft in irgendwelchen dunklen Winkeln der Stadt, hinter Gebüschen oder irgendwo im Freien verrichten musste. Nach vier Jahren, die er in absoluter Armut und in unbeschreiblichem Schmutz zugebracht hatte, schätzte Schöberl die geordneten hygienischen Umstände seiner neuen Existenz sehr. Und so scheute er sich auch nicht, täglich das Wasserklosett sowie das

Bad zu putzen. Auch in der Küche sowie in den restlichen Räumen des Ateliers sorgte er für Ordnung und Sauberkeit. Das brachte ihm wiederum die Sympathie der Moravec ein, da sie sich dadurch ein Dienstmädchen ersparte. Schöberl wusch sich in der Waschschüssel mit eiskaltem Wasser und stellte erleichtert fest, wie die Benommenheit in seinem Kopf verschwand. Beim Rasieren überlegte er, was er an diesem Tag alles zu tun hatte. So wie jeden Morgen würde er zunächst zum Bäcker und zum Greisler gehen, um für den gnädigen Herrn und die Moravec frische Semmeln und Milch einzukaufen. Das würde er ihnen in die Fasangasse bringen, wo sie derzeit noch wohnten. Danach hieß es zurück an den Arenbergring, um hier alles für den Tag vorzubereiten. Die Moravec hatte nämlich eine Annonce in diversen Zeitungen aufgegeben, in der sie attraktive, junge Damen zu einem Vorstellungsgespräch einlud. Der Annoncentext versprach gute Bezahlung, wenn sie ihre körperlichen Vorzüge in einem künstlerisch wertvollen Film präsentieren würden. Diese Maßnahme war notwendig geworden, da der für das Darstellersuchen zuständige Popovic nicht mehr unter den Lebenden weilte. Die Moravec suchte für einen neuen Film mit dem Titel ›Kaffeehaus der Frauen‹, für den sie das Drehbuch verfasst hatte, ganz bestimmte weibliche Darstellerinnen. Interessentinnen waren eingeladen, heute ab elf Uhr Vormittag zu einem Vorstellungsgespräch zu erscheinen.

Als bereits um halb elf Uhr das erste Mal die Türklingel läutete, schwante Schöberl, dass das ein ziemlich anstrengender Tag werden würde. Und so war es auch. Bereits zehn Minuten nach elf Uhr war das geräumige Vorzimmer des Ateliers mit jungen und auch nicht mehr ganz so jungen Damen überfüllt. Als die Moravec gemeinsam mit Schwarzer gegen halb zwölf Uhr ins Atelier kam, hatte sich bis ins Stiegenhaus eine Schlange gebildet. Mit Mühe kämpften sich die beiden durch das Menschengewühl zur Tür, die zum Vorsprechzimmer führte. Sie wurde von Schöberl bewacht. Die Moravec und Schwarzer traten ein und setzten sich hinter den Schreibtisch. Sie ließen sich von Schöberl einen Kaffee servieren und griffen dann zu Zettel und Bleistift. Schöberl stand an der Tür, ließ die Mädchen, eines nach dem anderen, ein und beobachtete das Prozedere. Zuerst wurde jedes Mädchen nach Name und Wohnadresse befragt. Hier zögerten schon viele, weil sie in Massenschlafstellen übernachteten beziehungsweise Bettgeherinnen waren. Damit hatten sie keine fixen Wohnadressen, sondern nur temporäre Schlafplätze. Andere gaben an, dass sie obdachlos wären, und dass sie durch Bekannte beziehungsweise durch Gerüchte von diesem Vorstellungstermin gehört hatten. Bis auf eine Ausnahme wurden diese armseligen Geschöpfe sofort wieder weggeschickt. Die Ausnahme war das Mädchen, das bereits um halb elf Uhr als Erste erschienen war. Ein junges Ding aus

Böhmen, das über stramme Brüste und einen ebensolchen Hintern verfügte. Sie zog sich sehr zögernd, voll Scham und mit gesenktem Kopf vor der Moravec und dem Schwarzer aus. Die Moravec beobachtete das erbärmliche Schauspiel mit einem amüsierten Lächeln, und als das Mädel nur mehr im Hemd vor ihr stand, befahl sie ihm, sich umzudrehen, das Hemd langsam hochzuheben und auszuziehen. Das Mädchen tat, wie ihm geheißen, und Schöberl, der ihr ins Gesicht sah, bemerkte, wie ihr die Tränen über die Wangen liefen. Dieser Anblick ging ihm so zu Herzen, dass er sich weder an den wohlgeformten Wölbungen ihrer Schenkel, noch an der dicht bewaldeten Scham, dem angedeuteten Bäuchlein oder den stramm stehenden Brüsten ergötzen konnte. Er drehte sich vielmehr um und wischte sich verstohlen das Wasser aus den Augen. Er verfluchte die süffisante Grausamkeit der Moravec, die sich wahrscheinlich keine Vorstellung davon machte, wie das war, wenn man tagelang nichts gegessen und in Kanälen oder auf nackter Erde geschlafen hatte. Die Moravec war inzwischen aufgestanden und um den Schreibtisch herumgegangen. Sie gab dem nackten Mädel einen Klaps auf den Popo, sodass das arme Ding erschrocken aufschrie. Sie nahm das Kinn des Mädchens, drehte dessen Gesicht zu sich und zwang es, ihr in die Augen zu sehen. Zu Schwarzer sagte sie: »Die Kleine hat ein süßes Gfrieß*. Und ihre Tutteln

* Gesicht

und der Hintern sind auch ganz bakschierlich*. Also ich könnt' mir vorstellen, sie zu engagieren.«

»Das Kinderl ist wirklich lieb. Nehmen wir's halt.«

Als die Kleine das hörte, fiel sie vor der Moravec auf die Knie und küsste ihr die Hand. Eine Demutsgeste, die die Moravec sichtlich genoss und die zu Schöberls Erstaunen so etwas wie eine menschliche Regung in ihr auslöste. Sie zog die Kleine empor und fragte sie, wo sie denn jetzt hingehen wolle. Das Mädel antwortete, dass sie das nicht so genau wüsste. »Wahrscheinlich wieder hinunter in den Prater. Wo ich seit Wochen im Grünen übernachte …«

Darauf wandte sich die Moravec an Schwarzer. »Wär's nicht g'scheiter, wenn wir die Kleine bis zu den Dreharbeiten bei uns behalten würden? Sie könnte uns ja auch ein bisserl im Atelier und im Haushalt helfen.«

Schwarzer, dem man ansah, dass das Mädel ihm leidtat, willigte sofort ein. Und so durfte die Kleine, die übrigens Milena hieß, sich wieder anziehen, still in eine Ecke setzen und im Atelier bleiben. Schöberl ließ eine nach der anderen ein. Etliche wurden aufgrund offensichtlicher körperlicher Mängel sofort wieder weggeschickt. Alle anderen mussten sich entkleiden. Dabei gab es natürlich Komplikationen, weil manche Mädeln sich partout nicht ausziehen wollten. Auch

* hübsch

diese Bewerberinnen wurden fortgeschickt. Nach circa eineinhalb Stunden grauste es dem Schöberl gründlich. Er konnte keine nackten Frauenkörper mehr sehen. Doch da die Moravec noch immer nicht genügend Darstellerinnen mit erstklassigen erotischen Körpern für ihren Film gefunden hatte, ging die Fleischbeschau weiter. Plötzlich ertönten aus dem Vorraum Männerstimmen. Schöberl wachte aus einer Art Halbschlaf auf und öffnete die Tür. Aug in Aug stand er Joseph Maria Nechyba gegenüber. Er stieß ein entsetztes »Jessasmariaundjosef!« aus.

»Schöberl, du Gfraßt! Was machst denn du da? In dem Schweinestall? Ich hab gedacht, du bist unten in der Kanalisation daheim. Dort, wo es im Vergleich zu diesem Ort sauber und manierlich zugeht!«

Schöberl stand total verblüfft da. Aber nicht lange, denn Nechyba packte ihn beim Haarschopf und schlug seinen Schädel so lang gegen den Türstock, bis er aus Mund und Nase blutete. Schöberl sackte neben der Tür zusammen. Nechyba stampfte wie ein Elefant zu dem nackten Mädchen, das wie versteinert in der Mitte des Raumes stand. Er hob ihr am Boden liegendes Hemd auf und schnauzte sie an: »Anziehen!«

Danach wandte er sich dem Schwarzer und der Moravec zu. Letztere war inzwischen aufgestanden und hatte drei Schritte zurück in Richtung Schöberls

Kabinett gemacht. Schwarzer, der ebenfalls aufgestanden war, stellte sich Nechyba in den Weg.

»Sie, Herr! Was erlauben Sie sich? Sie stören einen Vorstellungstermin! Außerdem haben Sie meinen Hausknecht niedergeschlagen. Ich glaub, ich werd die Polizei rufen …«

Weiter kam er nicht, denn Nechyba hatte ihn bei der Krawatte gepackt und etwas hochgehoben. Dann zog er den verdatterten Filmproduzenten ganz dicht zu sich her. Nase an Nase knurrte er: »Die Polizei ist schon da, du Verbrecher. Und zwar nicht irgendein Sicherheitswachmann, sondern die Gruppe 3 des k.k. Polizeiagenteninstituts.« Ohne Schwarzer loszulassen, wandte er sich an Pospischil und die beiden anderen Polizeiagenten. »Pospischil, schau net so deppert. Arretier gefälligst die Moravec. Fraczyk und Paul, ihr schnappts euch den Schöberl, die Nackerte und das Mädel dort in der Ecke. Die Weiber im Vorzimmer haben sich eh schon palisiert*.«

Schöberl sah, wie Pospischil sich Richtung Moravec bewegte, die aber flüchtete in Schöberls Kammerl und versperrte dessen Tür von innen. Nechyba, Schwarzer an der Krawatte hinter sich herschleifend, war einen Augenblick später zur Stelle, drückte den Filmproduzenten Pospischil in die Arme und schob beide zur Seite. Er trat einige Schritte zurück, nahm kurz Anlauf und donnerte, die Schulter voraus, mit seinem ganzen

* die Flucht ergreifen, verschwinden

Gewicht gegen die Tür. Sie zerbrach splitternd. Schöberl sprang voll Wut auf und wollte Nechyba daran hindern, noch mehr zu zerstören. Doch er sah nur, wie der Inspector ins Kammerl hechtete und den Fuß der Moravec packte. Die war bereits beim Dachfenster draußen. Eisern hielt Nechyba ihren Fuß umklammert und zog sie langsam wieder herein. Sie quietschte wie ein Ferkel kurz vorm Abstechen. Ihr freier Fuß zappelte wie verrückt. Plötzlich war er ruhig. Dann trat der Fuß, der einen spitzen Stöckelschuh trug, dem Inspector mitten ins Gesicht. Dieser brüllte vor Schmerz auf. Einen Augenblick lang ließ er den anderen Fuß los. Und weg war sie, die Moravec. Pospischil, Schwarzer loslassend, stürzte zu dem Dachfenster, kroch durch selbiges und verschwand ebenfalls. Ihm folgte der Polizeiagent Fraczyk.

Nechyba aber kauerte zusammengesunken in einem Eck, das Gesicht in den Händen vergraben. Zwischen seinen riesigen Fingern tropfte Blut auf den Boden der Dachkammer.

IX/4.

Sie rannte um ihr Leben. Über die Dächer von Haus zu Haus. Ständig die Angst, plötzlich vor einem Abgrund zu stehen. Unverhofft sah sie die massive Klappe eines Dachaufstiegs. Sie lief hin und versuchte, sie aufzuheben. Langsam und quietschend hob sich das schwere Ding, darunter eine Metallleiter. Mit der Kraft der Verzweiflung stemmte sie die Klappe hoch, sprang auf die Leiter und riss an dem eisernen Riegel, der von der Klappe herunterhing. Donnernd fiel die Klappe über ihr zu. An der Wand neben der Metallleiter sah sie einen Verschluss, in dem sie den Riegel verankerte. Keine Sekunde zu früh, denn oben versuchten ihre Verfolger, die Klappe zu öffnen. Die Moravec atmete tief durch und entspannte sich. Über ihr rüttelte es wie verrückt, dann trat jemand mit den Füßen gegen die Metallklappe und fluchte. Die Moravec grinste. »Glück gehabt«, murmelte sie und stieg die Leiter weiter hinunter. Sie befand sich nun auf einem Dachboden, auf dem jede Menge Wäsche zum Trocknen aufgehängt war. Sie irrte kurz durch die unzähligen Wäschestücke, bis sie den Ausgang fand. Hoffentlich war die Dachbodentür nicht versperrt! Dieser Wunsch ging der Moravec jedoch nicht in Erfüllung. Und während sie nervös von einem Fuß auf den anderen trat, hörte sie Schritte näher kommen. Sie versteckte sich hinter einem Leintuch und sah, dass ein Dienstmädchen mit einem Wäschekorb eintrat. Die Tür stand nun sperrangelweit offen. Das Dienstmädchen fing an, Wäschestücke von der Leine zu nehmen, zusammenzufalten und in den Wäschekorb zu legen. Als das Mädel mit dem Rücken zu ihr stand, huschte die Moravec auf Zehenspitzen zur Tür und verschwand ins Stiegenhaus. Sie rannte auf Zehenspitzen zwei Stockwerke hinunter, bevor sie normal zu laufen begann. Eilends verließ sie das Haus und rannte in Richtung Fasangasse 49. Dort angekommen, fragte sie die Hausmeisterin, ob irgendwer nach ihr oder dem Herrn Schwarzer gefragt oder gesucht hätte.

»Keine Menschenseele hat Sie gesucht, gnädige Frau. Aber ich war über Mittag kurz weg. Ich bin jetzt erst heimgekommen.«

Mit rasendem Pulsschlag rannte sie die Stiegen zum Wohnatelier hinauf. Und als sie aufsperrte, hörte sie plötzlich eine Stimme hinter sich. »Warum sind S' denn so nervös, Fräulein Moravec?«

Es war die Stimme der Mikinovic, ihrer Nachbarin. Am liebsten hätte sie der alten Schabracke den Schädel eingeschlagen.

»Ist das vielleicht deshalb, weil Sie von der Polizei gesucht werden?«

»Warum soll ausgerechnet ich von der Polizei gesucht werden?«

»Na, weil vorhin eine Gruppe von Polizeiagenten da war und nach Ihnen und dem Herrn Schwarzer gefragt hat. Die haben ganz laut an die Tür gepumpert*. Ich hab nachgeschaut, wer da so einen Krach macht, und wie ich g'hört hab, dass Sie beide gesucht werden, hab ich die Herren zum neuen Atelier am Arenbergring 15 geschickt.«

Der neugierigen Schastrommel** gehört der Kragen umgedreht, dachte sich die Moravec, als sie ins Atelier eintrat und die Tür hinter sich zuwarf. Jedenfalls wusste sie, dass sie nur kurz Zeit hatte, ihre Sachen zusammenzuraffen. In einen ihrer beiden Koffer packte sie das Allernötigste an Wäsche und Gewand, ging damit hinüber in Schwarzers Büro, öffnete die Firmenkassa, nahm alles vorhandene Bargeld – immerhin siebenhundert Kronen – und verließ das ungeliebte Domizil für immer. Vor dem Haus sah sie eine Tramway die Fasangasse herunterkommen. Den Koffer mühsam mitschleppend, lief sie zur Station, stieg ein und war weg.

Als wenige Minuten später Nechyba und Fraczyk erneut an die Ateliertür pumperten, lauerte die Mikinovic schon. Sie machte ihre Wohnungstür auf und sagte: »Die Herren haben heute kein Glück, gell? Das Fräulein Moravec war in der Zwischenzeit da. Aber jetzt ist sie schon wieder weg.«

---

* geklopft
** altes Weib

Die Moravec saß inzwischen in der Tramway und ärgerte sich. Ausgerechnet jetzt, wo geschäftlich alles bestens gelaufen war, musste dieser verdammte Inspector auftauchen. Die Saturn-Film, die Schwarzer seit eineinhalb Jahren aufgebaut hatte, erfreute sich mittlerweile bei Kennern in ganz Europa eines exzellenten Rufes. Sie konnte sogar den bis dahin führenden Pathé Frères in Paris den Rang ablaufen. Tja, Schwarzer verstand einfach etwas von Erotik, das musste man ihm wirklich lassen. Gegen die Saturn-Films nahmen sich die französischen Konkurrenzprodukte wie harmlose Unterhaltungsfilms aus. Schwarzer war überhaupt ein interessanter Mann ... Es war schier zum Verzweifeln! Dass gerade jetzt, wo alles so wunderbar lief und wo ihr so viele pikante Drehbuchideen einfielen, diese verdammten Polizeiagenten alles zunichte machten.

X/4.

In einer schäbigen Pension im 2. Bezirk, in einer Seitengasse der belebten Praterstraße, saß die Moravec in einem winzigen Zimmer. Sie fühlte sich wie eine Gefangene. Wie ein gehetztes Tier, das sich in einer Höhle versteckte. Ein Tier, das Angst hatte, von den Hunden des Jägers aufgespürt zu werden. Denn drei Tage nach ihrer Flucht war ihr Gesicht in der Stadt allgegenwärtig. Ihr hübsches Gesicht, mit dem sie bei Männern so großen Erfolg hatte. Die Polizeiagenten hatten ihr Antlitz von einer Kopie des Films ›Die Macht der Hypnose‹ in mehreren Ansichten zeichnen lassen. Diese Zeichnungen waren an alle Redaktionen mit der kurzen Sachverhaltsdarstellung gegangen, dass so die Hauptverdächtige in den beiden Kriminalfällen der ›Deutschmeister-Leichen‹ aussah. Ein gefundenes Fressen für die Presse. Als die Moravec heute früh morgens an einem Zeitungskiosk vorbeigegangen war, sah sie ihr Gesicht auf mehreren Titelblättern von illustrierten Zeitungen. Eine der dazugehörigen Überschriften lautete: ›Die Mörderin der Edelknaben?‹ Sie war schockiert. Mit gebeugtem Kopf eilte sie in die Pension zurück und verschanzte sich in ihrem Zimmer. Doch ihr wurde sehr schnell klar, dass sie hier nicht bleiben konnte. Wenn der fette, ungepflegte Kerl, der diese Pension gemeinsam mit seiner alten Mutter betrieb, die heutige Zeitung lesen würde, war sie verraten und verkauft. Sie sprang auf, packte ihre Sachen in den Koffer, verschleierte ihr Gesicht, setzte einen Hut auf und stieg hektisch die Treppen zur Rezeption hinunter. Gott sei Dank waren weder der Besitzer noch seine Mutter anwesend. Leise legte sie den Schlüssel auf das Empfangspult – die Miete hatte sie sowieso im Voraus zahlen müssen – und schlich aus dem Haus. Draußen atmete sie tief durch und ging Richtung Praterstraße. Plötzlich erschrak sie: Vis-à-vis ging der Pensionsbesitzer. Sein Kopf steckte in einer Zeitung, die er förmlich zu verschlingen schien. Er war völlig vertieft und sah weder nach rechts noch nach links. Was so interessant war, konnte sich die Moravec denken. »Das war knapp …«, murmelte sie und beschloss, in einer anderen Gegend Wiens Unterschlupf zu finden. Sie fuhr, mehrmals umsteigend, mit der Tramway hinaus nach Ottakring, wo sie sich in einem Fuhrwerkergasthof, in dem auch Zimmer vermietet wurden, einquartierte. Dort legte sie sich – nachdem sie Hut, Schleier und Mantel abgelegt hatte – zitternd auf's Bett und dachte nach. Ihr fiel ein, dass ihr vor vielen, vielen Jahren ein herumstreunender Hund ins Gesicht gebissen hatte. Im Ratzenstadl, als sie noch ein Kind war … Die Bisswunde war damals so stark angeschwollen, dass sich ihre eine Gesichtshälfte fast verdoppelt hatte. Das rechte Auge war infolge dieser Geschwulst komplett geschlossen gewesen. Nach über zwei Wochen ging die Geschwulst schließlich zurück. Trotzdem war sie für Monate entstellt und Freunde, die sie längere Zeit nicht gesehen hatten, erkannten sie nicht wieder. Und der Gumpendorfer Pfarrer meinte, sie sähe aus wie Quasimodo. Wie der hässliche Glöckner von Notre-Dame …

Schließlich verließ sie – vermummt mit Hut und Schleier – nochmals ihr Zimmer. Bei einem Eisenwarenhändler erstand sie ein Rasiermesser. Zurück auf ihrem Zimmer, saß sie lange Zeit regungslos da. Sie stierte in einen kleinen Spiegel, der vor ihr am Tisch stand. Daneben lag das funkelnagelneue Rasiermesser. Ihre Hände zitterten vor Angst. Der zerstückelte Vestenbrugg … Da drohte ihr der Galgen. Obwohl … Angst! Panische Angst! Außerdem war ihr die Vorstellung, mit zwei, drei anderen Weibern in eine enge Zelle gesperrt zu werden, unerträglich. Voll Ekel und Abscheu malte sie sich die Körperausdünstungen und den üblen Atem ihrer Zellengenossinnen aus. Sie spürte förmlich deren widerliche, körperliche Nähe. Ihr Magen rebellierte. Sie sprang auf, stürzte zur Waschschüssel und übergab sich. Der säuerliche Geruch des Erbrochenen kroch durch das enge Zimmer. Tränen rannen über ihr Gesicht. Sie wankte zum Tisch. Setzte sich. Griff mit zitternder Hand zum Rasiermesser. Klappte es auf. Säuerlich, bitterer Geschmack im Mund. Brennendes, schmerzhaftes Ziehen im Magen. Im Spiegel ihr tränennasses Gesicht. Ihr Gesicht. Ihr verdammtes, stadtbekanntes Gesicht.

»Scheiße! Verdammte Scheiße!«, schrie sie. Der Spiegel flog vom Tisch. Zerschellte am Boden. Klirren. Klirrendes Echo in ihrem Schädel. Blitzende Messerklinge. Schnitt. Schnitt. Schnitt.

Das warme, weiche Fleisch ihrer rechten Gesichtshälfte war von der Klinge zerfetzt worden. Blut. Überall Blut. Es brannte höllisch. Und mit jeder Handbewegung wurde der Schmerz intensiver. Denn ihre Hand, die sie bewusst nicht gewaschen hatte, rieb an den klaffenden Wunden, in denen sich ein roter Matsch bildete. Mechanisch rieb sie immer intensiver. Rasender Schmerz. Viel mehr als nur Brennen. Wie wenn Säure das Gesicht auffressen würde. Ihr wurde schwarz vor Augen. Sie wankte zum Bett und ließ sich fallen. Plötzlich das Gefühl der Erlösung. Im Fegefeuer der Schmerzen entspannte sie sich und die Angst wich.

Als sie sich Stunden später aufsetzte, eine größere Spiegelscherbe aufhob und darin ihr Gesicht betrachtete, überkam sie ein Gefühl des Triumphes. Eine blutverschmierte, von Narben gezeichnete Fratze starrte ihr entgegen. Blut pochte in ihrer rechten Gesichtshälfte. Ein Auge konnte sie nur mehr mit Mühe öffnen, so angeschwollen war ihr Gesicht. Fast wie damals nach dem Hundebiss …

So würde sie niemand erkennen. Und eines wusste sie von damals: Gesichtswunden verheilen recht gut und hinterlassen meist nur geringfügige Spuren. Nichts, was später nicht mit ein bisschen Puder abzudecken wäre. Und noch eines wusste sie: Diese verdammten Polizeiagenten würden sie nie finden! »Nie, nie, nie!«, schrie sie hysterisch lachend. Denn ihr hübsches, stadtbekanntes Gesicht gab es vorerst nicht mehr.

XI/4.

Beschwingten Schrittes betrat Nechyba das Café Landtmann. Dabei rannte er fast den Oberkellner um. Dieser kommentierte den Beinahezusammenstoß launig: »Hoppala! Der Herr Inspector ist ja heute flott unterwegs …«

Nechyba brummte einen Gruß und ging in den großen Saal, wo er Leo Goldblatt suchte. Dieser saß – so wie meistens – linker Hand in der vierten Fensterloge und verschanzte sich hinter einer großformatigen Zeitung. Nechyba trat an den Tisch, grüßte, legte den Überzieher und die Melone ab. Er reichte beides einem Piccolo, der es zur Garderobe brachte, und setzte sich. Nun musste er zur Kenntnis nehmen, dass Goldblatt ungerührt weiterlas.

»Was lesen S' denn da so konzentriert?«

»Die Konkurrenz! Man muss ja schauen, was die Konkurrenz schreibt.«

Nechyba bestellte einen ›Goldblatt‹, zündete sich eine Virginier an und beobachtete den Redakteur. Als der Kaffee serviert worden war und Nechyba die ersten Schlucke genommen hatte, begann er ein wohlig warmes Gefühl in seinen Eingeweiden zu spüren. Entspannt plauderte er gegen die von Goldblatt hochgehaltene Zeitung. »Ich sag Ihnen: Das, was Sie lesen, ist alles Stuss. Höchst uninteressant und nebensächlich. Da könnt' ich Ihnen viel interessantere Sachen erzählen.« Genussvoll nuckelte er an seiner Virginier und beobachtete mit spitzbübischem Grinsen, wie der Redakteur die Zeitung sinken ließ. Durch seine runden Augengläser hindurch fixierte ihn Goldblatt mit einem skeptischen Blick. »Haben S' endlich den Fall der ›Deutschmeister-Leichen‹ aufgeklärt?«

»Teilweise zumindest.«

»Also, was jetzt?«

»Sie wissen ja, dass ich vor vier Tagen den Johann Schwarzer, der die ganzen Schweinereien produziert hat, verhaftet hab. Und Sie wissen auch, dass mir dabei die Moravec entwischt ist.«

»Dabei hat die Moravec Ihren Frnak ganz schön malträtiert.« Damit spielte er auf Nechybas Gesichtserker an, der etwas schief sowie rot verfärbt und stark geschwollen war. Nechyba schluckte kurz, ließ sich aber die gute Laune nicht verderben.

»Das Gfraßtsackl* hat mir mit ihrem Schuh mitten ins Gesicht getreten. Deshalb ist sie mir ja auch entwischt. So hab ich halt nur den Schwarzer verhaftet. Und – das wissen Sie noch nicht – unseren alten Bekannten, den Schöberl. Beide sind übrigens schon wieder auf freiem Fuß.«

»Gehen S', der Schöberl war auch dort? Na ja, als Fleischhauer hat er ja eine gewisse Routine im Umgang mit nacktem Fleisch …«

---

* in diesem Zusammenhang: Biest

»Der Schöberl hat ordentlich niedergelegt*. Dadurch haben wir den Fall Popovic klären können. Ob Sie's glauben oder nicht, der Schöberl ist dem Popovic im Sommer in einem Praterwirtshaus über den Weg gelaufen. Die zwei Hallodri haben sich auf Anhieb gut verstanden, und so hat der Popovic, der zu dieser Zeit schon für den Schwarzer gearbeitet hat, den Schöberl als Assistenten verpflichtet. Einige Zeit später ist die Moravec an Popovics Arbeitsstelle in der Saturn-Film aufgetaucht. Der arme Depp hat sich neuerlich in die Moravec verliebt und wollte sie sogar heiraten. Sie aber hat sich an den Schwarzer herangemacht und war plötzlich die ›gnädige Frau‹. Und der Popovic war wieder Luft für sie. Da sie dieses Spielchen schon einmal mit ihm gespielt hatte, reichte es ihm nun endgültig, und er erhängte sich. Der Schöberl und die Moravec haben ihn im Atelier am Arenbergring am Strick baumelnd gefunden. Die Leiche haben sie hinter Schwarzers Rücken in den Donaukanal geworfen. Der Rest ist bekannt.«

»Also war's ein Selbstmord aufgrund unerwiderter Liebe«, fasste Goldblatt zusammen, der sich die ganze Zeit über eifrig Notizen gemacht hatte. »Das ist eine tragische Herz-Schmerz-Geschichte, die wird meinen Lesern g'fallen. Das werd ich groß herausbringen. Nechyba, wollen S' nicht mit mir einen Cognac trinken?«

---

* Geständnis ablegen

»Wollen S' mich bestechen, Goldblatt?«

»Gehen S', hören S' auf! Ein Cognac ist doch keine Bestechung. Ich wollt Sie nur unter Freunden bitten, ob Sie die G'schicht nicht einen Tag zurückhalten können? Damit ich sie morgen exklusiv hab.«

Der Inspector schmunzelte und Goldblatt bestellte zwei doppelte Cognacs. Als die beiden schweigend das ölige Elixier genossen, näherte sich ihrem Tisch eine Gestalt. »T'schuldigen, die Herren, wenn ich störe …«

Nechyba sah auf und lachte. »Da schau her, wen hamma denn da? Der Herr Schöberl gibt uns die Ehre.« Er winkte einen Piccolo her und befahl ihm, einen Sessel zu bringen. Schöberl setzte sich und Goldblatt, der anscheinend heute die Spendierhosen anhatte, bestellte auch ihm einen Cognac.

Schöberl war verlegen. »Herr Inspector … ich wollte Sie beide hier wirklich nicht stören. Aber ich hab was g'funden, was vielleicht interessant sein könnte.«

»Gefunden hast was? Was denn? Und überhaupt, woher hast du gewusst, dass ich da im Landtmann bin?«

»Na, im Polizeigebäude haben's mir g'sagt, dass Sie höchstwahrscheinlich hier sind. Weil das Ihr neues Stammcafé ist.«

»Meinen Leuten entgeht auch nix«, lachte Nechyba, dessen gute Laune heute schon fast unheimlich war.

»Also, wie gesagt, Herr Inspector … Nachdem ich

Sie wegen der Moravec so lange hinters Licht geführt habe, möchte ich mich jetzt rehabilitieren. Außerdem möchte ich mich dafür bedanken, dass Sie die kleine Böhmin, die Milena, nicht wegen Vagabundage einsperren haben lassen. Sie ist übrigens jetzt bei uns, bei der Saturn-Film. Und arbeitet da.«

Nun reichte es Nechyba. Noch immer einigermaßen gut gelaunt raunzte er: »Hör auf! Deine Schweinereien interessieren mich nicht. Im Übrigen laufen sowieso Anzeigen gegen dich und den Schwarzer. Wegen Behinderung meiner Ermittlungen und wegen Herstellen und Vertrieb von Films mit pornografischen Inhalten.«

»Künstlerische Inhalte! Mein gnädiger Herr besteht darauf, dass wir ausschließlich …«

»Kusch, Schöberl! Bist hergekommen, um mich zu ärgern?«

»Ganz im Gegenteil, Herr Inspector! Aus Pflichtgefühl und Dankbarkeit bin ich da. Für all das, was Sie für mich getan haben. Schaun Sie, ich hab da was gefunden. In den Sachen, die die Moravec zurückgelassen hat.« Er zog aus der Innentasche seines Sakkos ein Manuskript, das er Nechyba aushändigte. Es war in einer sehr disziplinierten, femininen Handschrift verfasst. Die Überschrift auf dem Deckblatt lautete: ›Des Edelknaben Glück und Ende. Ein Drehbuchentwurf von Stefanie Moravec‹. Nechyba pfiff durch die Zähne, blätterte um und begann zu lesen.

Die Geschichte fing damit an, dass ein älterer Offizier der Deutschmeister sich in eine junge Sitzkassierin eines Kaffeehauses verliebte. Die nächste Szene spielte in einem Separee, wo er zudringlich wurde und sie ihn abwies. Die nachfolgende Szene fand in einer gut bürgerlichen Wohnung statt. Der Offizier und das Mädel waren nun offensichtlich ein Paar. Sie kamen nach Hause, er half ihr galant aus dem Mantel und danach Stück für Stück aus der Kleidung. Hier hielt Nechyba beim Lesen kurz inne und nahm einen kräftigen Schluck Cognac. Sein Gesicht glühte und er bemerkte, wie Goldblatt ihn durchdringend ansah. Er zog es vor, nichts zu sagen und stattdessen weiterzulesen. Als das Mädel splitternackt war, tanzte sie um den Deutschmeister herum, neckte ihn und zog ihn nach und nach ebenfalls aus. Plötzlich griff sich der Mann ans Herz, knickte ein, fiel um und war tot. Das Mädel war geschockt, beugte sich über den Toten und jammerte. Dann aber zog sie die Leiche an und schaffte sie mithilfe eines jungen Deutschmeister-Offiziers weg. Am Ende gab es für den Jungen einen Kuss von ihr. Nechyba warf das Manuskript auf den Kaffeehaustisch und stierte ins Leere. Nach einiger Zeit sagte er zu Goldblatt: »Also so, wie es sich da liest, ist der Vestenbrugg an Herzversagen gestorben. Die Moravec wollte das in ihrer Panik vertuschen. Deshalb hat's mit dem Popovic Kontakt aufgenommen und der hat ihr wahrscheinlich geholfen, den Vestenbrugg zu zerstückeln und in den Donaukanal zu werfen. Warum sie so panisch geworden ist, ist mir allerdings ein Rätsel. Aber die Weibsbilder und ihre Handlungen sind mir oft ein Rätsel.«

September 1911

»Wenn der Ernst des Lebens wüsste, wie ernst das Leben ist, er würde sich nicht erfrechen, die Kunst heiter zu finden.«

Karl Kraus, Wien 1911.

Steine, Planken, Scherben, eingeschlagene Scheiben, misstrauische, feindselige Menschen mit von vielerlei Entbehrungen gezeichneten Gesichtern. So erlebte Joseph Maria Nechyba am Montag, dem 18. September 1911, die Ottakringer Vorstadt. Er nahm es grimmig zur Kenntnis. Grimmig deshalb, weil er von den Ereignissen des Vortags schockiert und verärgert war. Da hatten zehntausende Menschen gegen die in unermessliche Höhen geklettерten Lebensmittelpreise protestiert. Vor dem Rathaus war die Wut der Massen außer Kontrolle geraten. In der darauffolgenden Straßenschlacht war Joseph Maria Nechyba zum Glück nicht involviert gewesen, da er gestern dienstfrei gehabt und mit seiner Frau Aurelia einen Ausflug zu einem Heurigen am Nussberg gemacht hatte. Eine Gruppe der Demonstranten war nämlich nach Ottakring hinausgezogen, wo es vor dem Arbeiterheim zu einer regelrechten Schlacht gekommen war. Da die Sicherheitswache zahlenmäßig unterlegen war, rückten Kompanien der k.u.k. Infanterieregimenter N° 42, N° 67, N° 99 sowie ein Bataillon des bosnisch-herzegowinischen Infanterieregiments N° 1 aus. Mit aufgesetzten Bajonetten waren die Soldaten gegen die unbewaffneten Menschen vorgegangen. Es gab unzählige Verletzte, ein Arbeiter war getötet worden. All das ging Nechyba durch den Kopf, als er gemeinsam mit Pospischil in der Haymerlegasse 27 ankam. Das Stiegenhaus war voll von Leuten, die aufgeregt miteinander diskutierten. Vor einer Wohnungstür im Erdgeschoss stand ein Sicherheitswachebeamter. Nechyba grüßte, wies sich aus und wurde gemeinsam mit Pospischil in die kleine Wohnung eingelassen. Hier waren bereits die Beamten des zuständigen Kommissariats sowie der Staatsanwalt anwesend. Betretene Gesichter und blankes Entsetzen. Im Zimmer der Wohnung lag auf dem Sofa eine nackte Frauenleiche mit zerschnittener Brust und aufgeschlitztem Bauch. Ihre Weichteile waren herausgerissen und auf dem Sofa sowie auf dem Boden verstreut. Nachdem Nechyba einen heftigen Brechreiz niedergekämpft hatte, bat er die Anwesenden, die alle sehr blass im Gesicht waren, das Zimmer zu verlassen. Gemeinsam mit Pospischil und dem Leiter des Kommissariats begann er, den Tatort zu untersuchen. Der Kommissär berichtete ihm, dass die Ermordete der gewerbsmäßigen Prostitution nachgegangen war, sich unter sittenpolizeilicher Aufsicht befunden hatte und Franziska Hofer hieß. Irgendetwas an der Toten irritierte Nechyba. Er fühlte einen seltsamen Zwang, immer wieder ihr Gesicht zu betrachten. Im Zuge der Arbeit machte Pospischil eine grausige Entdeckung: In einer Ecke fand er die Leber der Toten. Offensichtlich hatte sie der geisteskranke Mörder aus ihrem Körper herausgetrennt und weggeworfen. Pospischil reichte es. Er bat Nechyba um eine kurze Pause. Alle drei Männer traten auf den Gang hinaus, Pospischil und der Kommissär zündeten sich Zigaretten an. Nechyba blätterte inzwischen in den Papieren einer Mappe, die er im Kasten unter einem Stapel Wäsche gefunden hatte. Wie betäubt durchforstete er diverse Briefe, die die Ermordete offensichtlich von Verehrern bekommen hatte. Er nahm sich vor, all das im Büro genau durchzulesen und nach Möglichkeit die Verfasser der Briefe aufzuspüren. Vielleicht war einer von ihnen der Mörder. Als er die Mappe zuklappen wollte, fielen einige lose Blätter auf den Boden. Auf einem stand zu lesen: ›Der eifersüchtige Bruder. Ein Drehbuchentwurf von Stefanie Moravec‹.

Diese Entdeckung traf Nechyba wie ein Peitschenschlag. Ohne ein Wort zu den anderen zu sagen, ging er in die Wohnung zurück, trat auf die Tote zu und musterte sie lange. Nun war ihm klar, warum er sie schon vorher dauernd angestarrt hatte. Zweifellos sah er in das etwas gealterte und von einigen feinen Narben gezeichnete Gesicht der Steffi Moravec. Mit zitternden Fingern blätterte er nochmals die Mappe durch, bis er auf den Drehbuchentwurf stieß. Der Beginn der Geschichte war praktisch identisch mit dem Drehbuchentwurf, den er seinerzeit von Schöberl erhalten hatte. Die Handlung nahm jedoch einen anderen Verlauf, als das nackte Mädel um den Deutschmeister-Offizier herumtanzte. Da klopfte es plötzlich an der Tür, ein junger Soldat trat ein und umarmte sie. Ihr Bruder! Als der den spärlich bekleideten älteren Mann sah, wurde er wütend, stieß das Mädchen von sich und ging auf den anderen los. Es kam zu einer Rauferei, bei der der Ältere ausrutschte, mit dem Genick auf der Bettkante aufschlug und es sich brach. Das Mädel drängte ihren Bruder wütend aus der Wohnung hinaus. Und warf sich weinend über den Toten. Damit endete der Drehbuchentwurf. Nechyba atmete tief durch und kratzte sich am Schädel. Während der Kommissär und Pospischil ihre Arbeit wieder aufnahmen, ging er zum Fenster, öffnete es und ließ kühle Herbstluft ins Zimmer. Als die Untersuchung am Tatort beendet war, schickte er Pospischil zurück ins Polizeigebäude an der Elisabethpromenade. Er selbst aber blieb so lange bei der Moravec, bis die verstümmelten Überreste ihres einst so attraktiven Körpers abtransportiert wurden.

ENDE

Glossar der Wiener Ausdrücke

andudelt betrunken

Bagasch Gesindel

Bahöö Lärm

bakschierlich hübsch

Barack ungarischer Aprikosenschnaps

Beisl Kneipe, Gasthaus

Beuschl und Bruckfleisch Lungenragout und Ragout aus Herz, Leber, Lunge, Bries und Milz

blad dick

Blunzn Blutwurst

Buchteln Dampfnudeln

Busserl Kuss

das Mensch kommt vom Grund Das Mädchen kommt aus ärmlichsten Verhältnissen

Edelknaben Bezeichnung von Angehörigen des k.u.k. Infanterieregiments Hoch- und Deutschmeister N° 4

Einbrenn Mehlschwitze

Erdäpfel Kartoffeln

Fadesse gelangweilte Laune

Fetzentandler Geschäft, das mit gebrauchten Kleidern handelte

Films 1908 sagte man nicht Filme, sondern Films

Fleischer/Fleischhauer Metzger

Fratschlerin Marktfrau

Frittatensuppe In dünne Streifen geschnittene Pfannkuchen, die in klarer Rindsuppe serviert werden

Frnak Nase

Früchterl Luder

Genierer Schamgefühl

Gfraßt / Grfaßtsackl schlechter Mensch, Gauner Halunke

Gfrieß Gesicht

Glumpert/Graffelwerk wertloses Zeug

Gosch'n anhängen eine Grobheit sagen

Greisler(ei) Tante-Emma-Laden

Greislerin Besitzerin eines Tante-Emma-Ladens

Gretzl nahe Umgebung, städtisches Viertel

Griasler Unterstandsloser

gschamig verschämt, prüde

gschert/Gscherte vom Land (nur beleidigend!)

Gschloder schlecht schmeckende Flüssigkeit

Gspusi (Liebes-)Verhältnis

Gwirgst Unannehmlichkeiten, Schwierigkeiten

Habe die Ehre! Altwiener Gruß bzw. Ausruf der Verwunderung

Hack'n Arbeit

ins Narrenkastl schauen ins Leere starren

Jessasmarandjosef Ausruf der Bestürzung

Jourgebäck Kleinstgebäck

Kaisersemmerl Brötchen

Kalbsvögerl ausgelöste, vordere Kalbsstelze (aus der Wade des Kalbs)

Katzelmacher Italiener

kiefeln nagen

Kinematografen(theater) Kino

Kren Meerrettich

Krügel großes, offenes Bier

Laden Brett

Lavoir Waschschüssel

leinwand super

Lungenbraten Filet

Malakofftorte Torte mit rumgetränkten Biskotten und Schlagsahne

Marille Aprikose

Marmelade Konfitüre

Mascherl Fliege

Masl Glück

Melange Milchkaffee mit Milchschaumhaube

Mensch, das junges Ding/Mädchen

Militärtschako Militärkappe

Mokka schwarzer Kaffee

Neugewürz Piment

niederlegen Geständnis ablegen

Palatschinken, böhmische Pfannkuchen, die mit Powidl gefüllt und mit Mohn und Staubzucker bestreut werden

palisieren die Flucht ergreifen, verschwinden

Pantscherl (Liebes-)Verhältnis

papierln verarschen

Papperl Essen

Patschen Hausschuhe

patschert ungeschickt

Powidl extrem lang gekochte und dadurch eingedickte, sehr intensiv schmeckende Zwetschkenmarmelade

Prater Wiener Erholungs- und Grüngebiet samt Vergnügungspark

pumpern klopfen

Riesenhack'n Wahnsinnsarbeit

Rohrstaberl Handfeger auf einer langen Rohrstange, die auch als Züchtigungsinstrument verwendet werden kann

sans culotte ohne Unterhose

Schaffel Trog

Schastrommel altes Weib

Schlag Schlagsahne

Schmäh führen flirten

Schmauswaberl weibliche Person, die Speisereste von großen Tafeln billig aufkauft und mit einem kleinen Aufschlag weiterverkauft

Schwindlicher Spinner

speiben kotzen

Staubflankerln Staubkörner

Stil, sezessionistischer damalige Bezeichnung für Jugendstil

Stuss Unsinn

Treberner Tresterbrand (Grappa)

Trampel dummes, ungebildetes Mädchen

Tratsch/tratschen Rederei/üble Nachrede/reden, plaudern

Tschecherant Trinker, Säufer

übernasern kapieren

überwuzelt nicht mehr ganz taufrisch, in die Jahre gekommen

Vanillerostbraten gebratenes Entrecôte mit viel Knoblauch

Watschen Ohrfeige

Weidling schüsselartiges Küchengeschirr

wurscht egal

Zecherln Zehen

Zichorienkaffee billiger Ersatzkaffee

Zniachtl kleiner, schmalbrüstiger Mensch

Quellen

ANNO – AustriaN Newspapers Online
Der virtuelle Zeitungslesesaal der Österreichischen Nationalbibliothek

Das Wiener Heimatbuch / Mariahilf
Herausgegeben von der Arbeitsgemeinschaft des Mariahilfer Heimatmuseums, Verlag Austria Press, Wien 1963

Der lange Schatten des Staates – Österreichische Gesellschaftsgeschichte im 20. Jahrhundert
Ernst Hanisch, Verlag Ueberreuter, Wien 1994

Der österreichische Bundes-Kriminalbeamte
Redaktionskomitee Heinrich Dehmal [u. a.], Verlag für polizeiliche Fachliteratur, Wien 1933

Der Wiener Pitaval III. Band
Regierungsrat Ubald Tataruga, Oberpolizeirat a. D., Wien und Leipzig 1924

Die letzten Tage der Menschheit
Karl Kraus, Suhrkamp Taschenbuch 1320, Frankfurt am Main 1986

Die Widmungen und Veranstaltungen der Gemeinde Wien zum 60 Jahr Regierungs-Jubiläum Seiner Majestät des Kaisers Franz Josef I.
Gerlach & Wiedling, Kommissionsverlag der Gemeinde Wien, Wien 1908

Durch die Wiener Quartiere des Elends und Verbrechens
Emil Kläger, Verlag Karl Mitschke, Wien 1908

Freud – Eine Biographie für unsere Zeit
Peter Gay, Fischer Taschenbuch Verlag, Frankfurt am Main 2006

Historisches Lexikon Wien
Felix Czeike, Kremayr & Scheriau, Wien 1992

K.u.k. Hoch- und Deutschmeister: 222 Jahre für Kaiser und Reich
Edmund Finke, Leopold Stocker Verlag, Graz und Stuttgart 1978

Magistratsabteilung 8 – Wiener Stadt- und Landesarchiv

Mein Leben
Oskar Kokoschka, metroverlag – verlagsbüro w. gmbh, Wien 2008

Projektionen der Sehnsucht, Saturn – Die erotischen Anfänge der österreichischen Kinematografie
Michael Achenbach, Paolo Caneppele, Ernst Kieninger, Edition Film und Text 1, Wien 1999

Sechzig Jahre Wiener Sicherheitswache
Selbstverlag der Bundespolizeidirektion Wien, Wien 1929

Venus im Pelz
Leopold von Sacher-Masoch, Insel Taschenbuch 496, Frankfurt am Main 1968

Wien – Ein Führer durch Stadt und Umgebung
Redigiert von Eugen Guglia, Gerlach & Wiedling, Wien 1908

Weitere historische Romane finden Sie auf den folgenden Seiten und im Internet:
www.gmeiner-verlag.de

GERHARD LOIBELSBERGER

Die Naschmarkt-Morde

274 Seiten, Paperback.
ISBN 978-3-8392-1006-2.

MARKT DER EITELKEITEN Wien 1903. Auf dem nächtlichen Naschmarkt, dem größten Viktualien-Markt der Stadt, wird ein brutaler Mord verübt. Das Opfer: die junge Gräfin Hermine von Hainisch-Hinterberg, eine Waise aus reichem Haus, die bei ihrer Tante und ihrem Cousin in der Wiener Innenstadt lebte.

Die Presse macht viel Lärm um den »Naschmarkt-Mord«, vor allem der Journalist Leo Goldblatt übt Druck auf die Polizei aus. Doch das kümmert Joseph Maria Nechyba, ermittelnder Inspector des kaiserlich-königlichen Polizeiagenteninstituts, zunächst wenig. Der korpulente Genussmensch widmet sich lieber seinem leiblichen Wohlbefinden und seiner neuen Liebe, der Köchin Anna Litzelsberger. Bis am Naschmarkt ein weiterer Mord geschieht …

UWE KLAUSNER

Die Bräute des Satans

315 Seiten, Paperback.
ISBN 978-3-8392-1072-7.

MEIN IST DIE RACHE Das Kloster Maulbronn, im Jahre 1417. Die Hennen legen nicht, die Kühe geben kaum Milch, der Wein schmeckt wie Essig. Und als das Bauernmädchen Mechthild der Zauberei verdächtigt wird, ist die Krise perfekt. Bruder Hilpert, der erst vor ein paar Wochen ins Kloster heimgekehrte Bibliothekar, tut alles, um die Gemüter zu besänftigen. Doch das Unheil nimmt seinen Lauf. Kaum hat er mit seinen Ermittlungen begonnen, wird der verkohlte Leichnam eines Mitbruders gefunden. Vom Täter, der auf einem Pergamentröllchen die Buchstaben EST hinterlassen hat, fehlt dagegen jede Spur …

GMEINER

Wir machen's spannend

GÜNTHER THÖMMES

Der Fluch des Bierzauberers

373 Seiten, Paperback.
ISBN 978-3-8392-1074-1.

EIN NEUER ANFANG Der Dreißigjährige Krieg stürzt Deutschland in die Katastrophe. Der Magdeburger Brauherr Cord Heinrich Knoll verliert bei der Vernichtung seiner Heimatstadt alles, was ihm lieb und teuer ist: Frau, Kinder, die Brauerei. Als endlich Frieden herrscht, bekommt er die Chance, unter der Herrschaft des Prinzen Friedrich von Homburg dessen neue Brauerei zu Ehre und Ansehen zu führen. Doch dann droht neues Ungemach von höchster Stelle. Ausgerechnet der Große Kurfürst von Brandenburg zwingt den Bierbrauer zu einem Kampf ums nackte Überleben …

OLIVER BECKER

Geheimnis d. Krähentochter

466 Seiten, Paperback.
ISBN 978-3-89977-1071-0.

ZWISCHEN LIEBE UND HASS Der Schwarzwald im Jahre 1636: Ein abgeschiedenes Tal wird von den Schrecken des Dreißigjährigen Krieges erreicht. Eine Gruppe von Söldnern überfällt den Peterst-hal-Hof, mordet und verschwindet wieder im Dunkel der Wälder. Es gibt nur eine Überlebende: die Magd Bernina. Sie wird von einer Frau gerettet, die in der ganzen Gegend als Hexe verschrien ist und nur die »Krähenfrau« genannt wird. Welche Geschichte verbirgt sich hinter dem geheimnisvollen Bild, das Bernina in den Trümmern des abgebrannten Hofes findet? Bald steht die junge Frau nicht nur vor dem Rätsel der Zeichnung, sondern auch vor der Entscheidung zwischen zwei Männern …

GMEINER

Wir machen's spannend

SEBASTIAN THIEL

Die Hexe vom Niederrhein

273 Seiten, Paperback.
ISBN 978-3-8392-1076-5.

HEXENJAGD Kempen, im Winter 1642. Am Niederrhein tobt der Dreißigjährige Krieg.

Nach einem Kirchgang rettet der junge Schmied Lorenz die Tochter des Statthalters vor zwei durchgehenden Pferden. Die schöne Elisabeth macht ihrem Retter von der ersten Minute an eindeutige Avancen. Doch nicht sie ist seine Auserwählte, sondern ihre schüchterne und geheimnisvolle Adoptivschwester Antonella. Als hessische Söldner Kempen belagern und einnehmen, bricht das Chaos aus. Und die kräuterkundige Antonella wird von der gesamten Stadt als Hexe denunziert …

DAGMAR FOHL

Die Insel der Witwen

271 Seiten, Paperback.
ISBN 978-3-8392-1070-3.

INSELLIEBE Taldsum, eine Insel im friesischen Wattenmeer, Mitte des 19. Jahrhunderts. Das Leben der Bewohner ist geprägt von der Seefahrt, dem Tod und bitterer Armut. Als ein Leuchtturm auf dem Eiland errichtet werden soll, schlagen die Wogen der Empörung hoch. Auch die junge Seemannswitwe Keike Tedsen, die wie viele Frauen von der Strandräuberei lebt, fürchtet um ihr karges Auskommen. Dann aber verliebt sie sich in den Hamburger Ingenieur Andreas Hartmann, der mit dem Leuchtturmbau beauftragt ist. Es ist eine schicksalhafte Liebe, die das Leben der beiden für immer verändern soll …

GMEINER

Wir machen's spannend

Das neue KrimiJournal ist da!

2 x jährlich das Neueste aus der Gmeiner-Krimi-Bibliothek

KRIMIJournal

Gestohlene Kindheit

Bloody Cover

Pharaonenkinder

Krimi-Spiele

In jeder Ausgabe:

- Vorstellung der Neuerscheinungen
- Hintergrundinfos zu den Themen der Krimis
- Interviews mit den Autoren und Porträts
- Allgemeine Krimi-Infos
- Großes Gewinnspiel mit ›spannenden‹ Buchpreisen

ISBN 978-3-89977-950-9
kostenlos erhältlich in jeder Buchhandlung

KrimiNewsletter

Neues aus der Welt des Krimis

Haben Sie schon unseren KrimiNewsletter abonniert?
Alle zwei Monate erhalten Sie per E-Mail aktuelle Informationen aus der Welt des Krimis: Buchtipps, Berichte über Krimiautoren und ihre Arbeit, Veranstaltungshinweise, neue Krimiseiten im Internet, interessante Neuigkeiten zum Krimi im Allgemeinen.
Die Anmeldung zum KrimiNewsletter ist ganz einfach. Direkt auf der Homepage des Gmeiner-Verlags (www.gmeiner-verlag.de) finden Sie das entsprechende Anmeldeformular.

Ihre Meinung ist gefragt!

Mitmachen und gewinnen

Wir möchten Ihnen mit unseren Romanen immer beste Unterhaltung bieten. Sie können uns dabei unterstützen, indem Sie uns Ihre Meinung zu den Gmeiner-Romanen sagen! Senden Sie eine E-Mail an gewinnspiel@gmeiner-verlag.de und teilen Sie uns mit, welches Buch Sie gelesen haben und wie es Ihnen gefallen hat. Alle Einsendungen nehmen automatisch am großen Jahresgewinnspiel mit ›spannenden‹ Buchpreisen teil.

GMEINER

Wir machen's spannend